Les Fleurs de Satan

Paul Halter

Les Fleurs de Satan

ÉDITIONS DU MASQUE

DU MÊME AUTEUR DANS LE MASQUE :

La Quatrième Porte
(Prix du Festival de Cognac 1987)
Le Brouillard rouge
(Prix du Roman d'Aventures 1988)
La Mort vous invite
La Mort derrière les rideaux
La Chambre du fou
La Tête du tigre
La Septième Hypothèse
La Lettre qui tue
Le Diable de Dartmoor
Le Roi du désordre
À 139 pas de la mort
L'Image trouble
La Malédiction de Barberousse
Le Cercle invisible
L'Arbre aux doigts tordus
Les Sept Merveilles du crime
Le Géant de pierre
Le Cri de la sirène
Meurtre dans un manoir anglais
L'Homme qui aimait les nuages
Le Crime de Dédale
Le Mystère de l'allée des anges
L'Allumette sanglante

DANS LES INTÉGRALES DU MASQUE :

Tome 1
Tome 2

EN GRAND FORMAT :

Le Chemin de la lumière
Les Douze Crimes d'Hercule

1

1er juillet 1966

Partir, fuir...

Ces mots résonnaient dans la tête de Debra Jordan comme le tic-tac morne et régulier de la pendule du salon. Malgré les fenêtres ouvertes, il faisait très chaud dans la pièce. Le front baigné de sueur, la jeune femme se balançait doucement sur son fauteuil, bercée par la litanie de ses pensées : « *Partir d'ici, fuir... Quitter ces lieux, ne plus revoir leurs occupants... Partir à jamais, fuir au plus vite !* »

Partir ? Cela faisait des jours, des semaines, des mois qu'elle en rêvait. Elle avait même mis soigneusement au point les détails de ce départ depuis que le destin avait placé l'infortunée Deborah James sur son chemin... Tout était donc prêt, mais il lui manquait le courage, la force de s'arracher à cet univers cossu et douillet dans lequel elle vivait depuis son mariage avec Roy deux ans auparavant. Roy Jordan, jeune directeur d'un établissement psychiatrique, qui la couvait, l'entourait de soins attentifs, la surveillait comme ses patients, et peut-être même davantage.

Déformation professionnelle ? Certes, mais c'était pire encore. En outre, d'une jalousie maladive, il voyait un rival possible dans chaque homme qui l'approchait. Tout cela, Debra ne le supportait plus. De fait, elle ne l'avait jamais aimé, mais à présent, elle ne souffrait même plus son contact. Sa seule vue lui donnait des boutons. Elle ne voyait plus en lui qu'un cerbère, et leur logis lui semblait être une prison. Roy Jordan avait pourtant un visage assez agréable, quoiqu'un peu autoritaire, avec des cheveux noirs coupés ras et une moustache en brosse.

Mais c'étaient surtout son air réfléchi, ses yeux gris scrutateurs derrière des lunettes à larges montures d'écaille, qui vous mettaient mal à l'aise, comme s'il parvenait à pénétrer vos pensées les plus secrètes. À 37 ans, il dirigeait avec compétence un établissement réputé pour ses cas difficiles, après avoir brillamment réussi son doctorat de psychiatrie.

Debra était beaucoup plus jeune que lui. Elle avait seulement 24 ans. Blonde, une silhouette élancée, de grands yeux bleus, un visage aux traits fins et à l'air candide, il se dégageait de sa personne une impression de fragilité, de biche apeurée, à laquelle Roy Jordan n'avait pas résisté en la voyant pour la première fois. Elle lui apparut comme une fleur enchanteresse, presque trop belle et trop délicate pour être cueillie.

Debra se leva et gagna la fenêtre. Elle cligna les yeux en faisant face à l'éblouissant soleil, puis s'accouda sur le rebord pour s'absorber dans la contemplation du parc, endroit plaisant avec ses allées bordées de buis et son magnifique bassin central fort bien aménagé. L'eau étale reflétait avec bonheur l'azur du ciel, les frondaisons des arbres environnants et la couleur rouge des briques des hauts bâtiments qui cernaient entièrement le parc. Lorsqu'un souffle de vent troublait la surface du bassin, le soleil propageait des ondes lumineuses, des cercles jaunes s'élargissaient.

Chaque fois qu'elle regardait le plan d'eau, par beau temps, Debra finissait par voir ces étranges cercles jaunes. Ils se formaient à la surface, puis s'élevaient dans l'air comme par un phénomène de condensation. Ils flottaient tels de paisibles petits nuages cotonneux, se dispersaient, mais finissaient chaque fois par converger vers elle pour l'encercler comme une meute vigilante, la poursuivre, la rattraper, l'oppresser, lui sangler la poitrine. C'étaient les espions, les gardiens de Roy, songeait-elle.

Poursuivant la dérive de ces cercles imaginaires, Debra sourit, se disant qu'elle était injuste envers son mari. Il n'avait pas que des défauts. D'ailleurs, elle lui devait beaucoup et, sur un plan purement matériel, elle était même une femme comblée. L'appartement dans lequel ils vivaient était confortable, meublé avec goût et bien équipé. Elle ne manquait de rien. Il suffisait qu'elle lui fasse part du moindre de ses souhaits pour qu'il soit aussitôt exaucé.

Mais ce qu'elle désirait ardemment, Roy ne pouvait pas le lui donner, comme par exemple soustraire à ses regards les imposants bâtiments du complexe hospitalier rattaché à leur maison. Ne plus respirer cette odeur d'hôpital, ne plus voir ces malades qui y déambulaient, ne plus entendre leurs propos insensés, ne plus croiser leurs visages hébétés ou étrangement souriants, et surtout ne plus être réveillée la nuit par les hurlements hystériques d'une folle.

Les visiteurs qui découvraient le centre psychiatrique se laissaient chaque fois abuser par l'atmosphère de sérénité des lieux : élégantes et spacieuses constructions de briques bâties dans la paisible et souriante campagne du Devon, près du village de Westlake, au nord de Plymouth.

À chaque fois, aussi, ils se montraient charmés par le bassin central, se promenaient dans le parc, puis repartaient tranquillement. Mais un observateur avisé ne s'y serait pas trompé. Il aurait été saisi d'un frisson d'inquiétude en croisant le regard des quelques malades enfermés dans les pièces du haut, en voyant leurs yeux fixes derrière les fenêtres à barreaux, étranges globes de verre dépoli rivés au miroir du bassin. Il aurait même été glacé jusqu'aux os par la singulière lueur qui brillait dans leurs prunelles, par leur sourire gourmand et anormalement juvénile.

Et avec raison, car il se produisait régulièrement des incidents. Le dernier en date, celui d'une infirmière à qui un dément avait à moitié arraché l'oreille, furieux parce que la soupe qu'elle venait de lui servir n'était pas assez chaude !

De la fenêtre de son salon, avec le soleil qui l'aveuglait, Debra distinguait à grand-peine les silhouettes derrière les fenêtres à barreaux, dans le bâtiment qui lui faisait face. Mais elle imaginait fort bien ces personnes, devinait la folie et la solitude glacée qui les habitaient. Elles lui faisaient horreur, mais en même temps, elle les plaignait. Non, vraiment, elle ne supportait plus cet endroit... Le contact permanent avec ces gens devait fatalement déteindre sur le personnel de l'établissement, à commencer par son mari. À force de fréquenter des fous, on finit par le devenir soi-même. Roy était déséquilibré à sa manière, Debra n'en doutait pas. Elle-même se sentait de plus en plus perturbée ces temps-ci. Il était grand temps qu'elle parte, qu'elle quitte à tout jamais ces lieux maudits, qu'elle parvienne à se soustraire aux cercles jaunes qui la harcelaient.

Le grincement d'une porte tira Debra de sa rêverie. Elle se retourna et aperçut Roy qui entrait dans le salon.

— Tout va bien, ma chérie ? demanda-t-il avec sollicitude.

Elle s'éclaircit la voix puis répondit :

— Oui... À part qu'il fait très chaud.

Il l'examina soudain en retirant ses lunettes.

— Et tu restes en plein soleil ? C'est très mauvais pour tes yeux, tu le sais bien !

Debra ne l'ignorait pas. Un jour, à force de regarder les reflets chatoyants du bassin, elle avait fini par ne plus voir que de violentes illuminations, puis rien qu'un écran noir. Plusieurs journées de soins et de repos furent nécessaires avant qu'elle ne recouvre la vue. Roy lui-même l'avait soignée... avant de la demander en mariage.

Debra s'approcha du miroir sur la commode et contempla son reflet.

— Je voulais juste prendre un peu de couleur... Nous sommes en juillet et je suis toujours blanche comme une momie !

— Tu es la plus ravissante des momies que je connaisse, ma chérie, commenta Roy en s'approchant d'elle. Mais si tu veux vraiment bronzer, pourquoi n'irions-nous pas à la plage ce week-end ?

— Oh oui ! c'est une excellente idée ! répondit Debra en essayant de masquer son manque d'enthousiasme.

— Alors, soit ! Nous partirons pour Plymouth samedi prochain ! Je connais un excellent hôtel, près d'une petite crique quasiment déserte. Nous aurons deux journées entières rien que pour nous, à lézarder, enfin si ce beau temps persiste jusque-là.

Aller à Plymouth avec Roy, pas question !

Or, Debra comptait bien se rendre là-bas, mais seule. La proposition de son mari, bien qu'innocente et partant d'une bonne intention, la contrariait fort. C'était précisément à Plymouth qu'habitait son amie Deborah James, dans un appartement près du port, au dernier étage d'un immeuble essentiellement occupé par des artistes ou des voyageurs. Deborah James, son amie ? Un terme sans doute excessif, mais Debra en était certaine, cette jeune personne n'avait jamais eu d'autre confidente qu'elle. C'était une fille de son âge qui, du temps de son vivant, souffrait de troubles psychiques. Elle vivait en recluse dans son meublé, avec pour seule rentrée d'argent une rente laissée par son défunt père. Elle fuyait les gens, avait peur d'eux, et évitait toute conversation dans la mesure du possible. C'était une solitaire, repliée sur elle-même, une ombre oubliée par la société.

Debra avait fait sa connaissance lorsque la jeune fille était venue à l'hôpital pour se faire soigner. Toutes deux avaient alors sympathisé, Deborah se livrant même davantage à elle qu'à son mari lors de la consultation. Une sorte de courant passait entre les deux femmes, qui d'ailleurs se ressemblaient beaucoup physiquement, exception faite de l'expression un peu plus terne du visage de Deborah.

Après une première prise de contact, le Dr Jordan avait fixé un second rendez-vous à sa patiente, et Debra s'était proposée d'aller la chercher chez elle, en voiture. Pour l'entrevue suivante, la jeune fille avait demandé à Debra de l'attendre à la sortie d'un petit village, au départ d'un chemin côtier que Deborah affectionnait particulièrement.

Debra y était bien allée à l'heure convenue, mais seul le vent du large et quelques mouettes en maraude étaient au rendez-vous. Debra attendit la jeune fille plusieurs heures, en vain. Au début du sentier, sur le sol, elle trouva un sac.

Celui de Deborah.

Il contenait ses papiers et des clés. En voyant à ses pieds la côte accidentée qui tombait à pic dans les rouleaux de l'Atlantique, Debra fut saisie d'un terrible soupçon. Elle rentra chez elle, pensive et inquiète, et se contenta de signaler à son mari l'absence de sa cliente, sans donner d'autres précisions. Le lendemain, elle se rendit à Plymouth, parvint à ouvrir la porte du petit appartement grâce à une des clés, mais personne.

Elle y retourna une semaine plus tard. Les lieux étaient exactement dans le même état qu'elle les avait laissés, et Deborah brillait toujours par son absence.

Bien qu'on ne signalât aucun cas de noyade au bord de mer le mois suivant, Debra était alors certaine que la jeune femme, qui souffrait d'une grave dépression mentale, s'était suicidée dans un moment de détresse en se jetant du haut des falaises ce jour-là. Mais à part elle, personne ne semblait s'être aperçu de la disparition de la jeune femme. Et la mer, après avoir avalé ce pâle fantôme, n'avait pas jugé bon de le rendre aux hommes. Personne ne la pleurait, personne ne se souciait d'elle, et ses rares voisins qui s'étaient rendu compte de son existence la croyaient toujours vivante. Le peintre qui habitait l'appartement sous le sien avait même salué Debra en la prenant pour la disparue...

Une idée avait alors germé dans l'esprit de la jeune Mrs Roy, qui s'était mise à régler les factures de Deborah James, au moyen du carnet de chèques de la morte, et de faire en sorte qu'aux yeux de tous la jeune fille fût encore vivante. Ainsi, deux ou trois fois par mois, Debra se rendait à Plymouth pour prendre connaissance de son courrier et s'assurer du bon déroulement de la supercherie.

Son dessein : prendre un jour définitivement la place de Miss James, afin de pouvoir recommencer sa vie. Tout semblait aller pour le mieux, car le suicide de Deborah remontait à six mois, et jusqu'ici, nul ne semblait avoir remarqué quoi que ce soit.

En vérité, Debra n'avait jamais vraiment arrêté sa décision. Elle était de nature trop hésitante pour cela. Elle se contentait simplement de savoir qu'il existait pour elle la possibilité de pouvoir s'enfuir de chez elle à tout moment, de connaître un endroit pour se mettre à l'abri et recommencer une autre vie. Mais jamais elle n'avait eu envie de prendre ses cliques et ses claques comme à présent. Tout son être vibrait rien qu'à l'idée de ce départ. L'atmosphère moite de cette chaude journée d'été ne faisait qu'accroître son sentiment d'oppression. Elle voulait partir, loin, très loin, mettre la plus grande distance entre elle et son mari, et cet hôpital psychiatrique. Même Plymouth, désormais, lui paraissait trop proche.

La voix de Roy accentua son malaise :

— Dis-moi, chérie, tu n'as pas l'air très en forme ?

— Comment ? Non, tout va très bien, je t'assure...

— Ma parole, tu as les joues en feu !

— C'est cette chaleur, je te le répète. Tout va bien, tout va très bien.

Partir, fuir, quitter les lieux au plus vite... Ne plus voir ces fenêtres à barreaux ni ces cercles jaunes qui la surveillaient...

Après l'avoir dévisagée, Roy Jordan haussa les épaules.

— Oui, c'est vrai, tu as raison. Il fait très chaud. C'est pénible pour tout le monde... J'ai encore un cas à étudier avec Kindley, puis je crois que je m'en tiendrai à cela pour aujourd'hui. Après quoi, je reviendrai, ma chérie.

Debra acquiesça tout en s'efforçant de sourire, mais n'en pensait pas moins.

Oui, qu'il aille rejoindre Kindley ! Le sous-directeur Richard Kindley, son bras droit, presque son frère, tant les deux hommes se ressemblaient et prenaient leur tâche au sérieux ! Tous deux étaient persuadés que le bien-être de l'humanité reposait sur leurs épaules, sur leur savoir, leur sens aigu de la psychologie... *Oui, qu'il aille rejoindre cet autre bon docteur de l'âme humaine ! Mais moi, il ne me reverra plus. Ma décision est prise !*

Après lui avoir adressé un regard bienveillant, Roy referma la porte derrière lui.

Jamais, sans doute, Debra n'avait connu de plus profonde certitude. C'était maintenant ou jamais. Si elle ne se levait pas sur-le-champ, elle ne partirait jamais. Elle resterait toute sa vie prisonnière de son mari, l'éminent Dr Roy Jordan.

Soudain, comme mue par une force mystérieuse, Debra passa à l'action. Elle gagna sa chambre, prit un imperméable et la coquette liasse de livres sterling qu'elle avait préparée, sortit, puis dévala l'escalier de service pour se rendre directement au garage. Le cabriolet Morris était rangé dans l'allée et Roy y avait laissé les clés dans la boîte à gants, selon son habitude. Lorsqu'elle mit le contact, son cœur battait la chamade. Le ronflement du moteur la libéra et elle appuya résolument sur l'accélérateur. Le cabriolet s'ébranla dans un crissement de gravier soudain. Le gardien à l'entrée de l'établissement la salua machinalement lorsqu'elle passa en trombe sous le porche, mais resta médusé, après avoir fait un écart pour ne pas être happé par le bolide.

Dans l'habitacle de la Morris, les yeux protégés par des lunettes de soleil et les mains rivées au volant, Debra souriait. Le soleil jouait sur les cadrans chromés. Ces points lumineux lui rappelaient les cercles jaunes qui montaient de l'étang, mais elle ne s'inquiétait pas. Elle filait trop rapidement pour qu'ils puissent la rattraper. La cabriolet avalait l'asphalte avec une grisante vélocité. Les dés étaient jetés. Elle se dirigeait tout droit vers le chemin de la liberté. Une autre vie s'ouvrait à elle.

2

L'émotion, la joie de se sentir libre, l'ivresse que lui procurait la vitesse étaient trop fortes pour que Debra reste encore maîtresse de ses pensées. Ne pensant plus qu'à fuir, qu'à s'éloigner le plus possible, elle prit résolument la direction du nord. Plymouth n'était plus une cachette assez sûre. Tant pis pour le plan soigneusement mis au point. Elle y reviendrait peut-être par la suite, quand les choses se seraient tassées...

Son intention : dans un premier temps, gagner Exeter. Le chemin le plus direct était de couper par la lande de Dartmoor. Malheureusement, dans sa précipitation, elle s'égara vers l'ouest et mit un certain temps avant de s'en rendre compte.

Lorsqu'elle aborda enfin la lande, le soleil déclinait à l'horizon. Son disque de feu embrasait un petit groupe de nuages, ainsi que les sommets granitiques des collines, étranges crêtes déchiquetées dressant dans le lointain leurs silhouettes vaguement menaçantes. L'isolement de ces mornes étendues sauvages tempérèrent progressivement l'optimisme de Debra. Les chemins pierreux qu'elle remontait semblaient constituer eux aussi un obstacle à sa progression.

Ils devenaient si sinueux et si mal indiqués que la jeune femme finit par se perdre. En nage, elle multipliait les manœuvres, les demi-tours, sentant ses nerfs la lâcher et un curieux sentiment d'inquiétude se développer en elle. Si elle continuait ainsi, se dit-elle, les « cercles jaunes » n'auraient aucune difficulté à la rejoindre.

La sueur dégoulinait sur son visage lorsqu'elle se trouva nez à nez avec un panneau lui indiquant la direction d'Exeter. Elle poussa un soupir de soulagement, tout en se rendant compte qu'elle n'avait fait que tourner en rond. Il lui restait presque toute la route à faire. Avec hargne, elle appuya sur la pédale de l'accélérateur et prit la direction du nord.

La nuit tombait lorsqu'elle arriva à Princetown. Elle se sentait de moins en moins rassurée. Son optimisme avait faibli comme la lumière du jour. Elle venait de passer devant le grand centre pénitencier où l'on séquestrait les pires malfrats du royaume. Ils y étaient étroitement gardés, mais il arrivait, hélas, qu'un de ces dangereux bandits réussît à s'échapper. Debra avait plusieurs fois lu dans les journaux de tels faits divers qui trouvaient souvent une issue fatale lorsque les forces de l'ordre rattrapaient les fugitifs.

Quelquefois ces sinistres individus parvenaient à passer au travers des mailles du filet tendu par la police, à se terrer quelque part dans l'immensité de la lande, à trouver refuge dans une grotte ou à continuer d'errer sur ces terres désolées. Sur les maigres pâturages autour d'elle, il n'y avait que des moutons, mais Debra ne put réprimer un frisson. Elle augmenta l'allure du véhicule et ses pneus crissèrent dans un virage serré. En vérité, ce n'était pas seulement l'idée d'une mauvaise rencontre qui l'inquiétait. La seule vue de ces bâtiments l'avait alarmée, car ils lui rappelaient par trop ceux qu'elle venait de quitter. Couloirs aseptisés, visages patibulaires, gardiens, fenêtres grillagées, gardes, rondes, cris hystériques... Elle ne voulait plus jamais connaître ça.

Elle traversa Princetown à vive allure, puis alluma les phares à la sortie du village. Soudain, ses yeux s'agrandirent d'effroi et elle écrasa la pédale de frein. Les pneus miaulèrent et le véhicule fit un magistral tour complet avant de s'immobiliser. La cœur battant, ses mains tenant toujours fermement le volant, Debra demeura un moment à reprendre son souffle et à analyser la situation. Plus de peur que de mal : pas une bosse, pas une égratignure. Il lui restait simplement le souvenir angoissant des deux cercles jaunes qui étaient apparus devant elle lorsqu'elle avait allumé les lumières...

Elle se moqua d'elle-même, de sa crainte irraisonnée, mais ne put contenir ses larmes. Allait-elle pouvoir rouler la nuit sans allumer les phares ? Non, ce n'était évidemment pas possible, surtout dans un trou perdu comme celui-ci...

Après avoir retrouvé son sang-froid, elle baissa précautionneusement l'interrupteur. Les faisceaux de lumière jaillirent devant elle et, après un moment d'immobilité, elle éclata de rire, incapable de comprendre comment elle avait pu s'effrayer à ce point. Seuls ses nerfs à vif pouvaient expliquer une telle réaction. Elle mit le contact et repartit, rassurée, mais toutefois vigilante, car il ne fallait pas cette fois-ci pécher par excès de confiance. L'un des deux cercles pouvait fort bien vouloir s'écarter du « droit chemin » pour venir la harceler.

Elle ne parcourut guère plus d'un mile. Ses yeux rivés sur la lumière des phares finirent par oublier la route, et ne pas apercevoir un virage en épingle. Elle sentit soudain un brusque choc sous elle, accompagné d'un bruit de ferraille protestataire. Puis le silence. Le moteur s'était tu. La voiture venait de caler après s'être échouée dans une ornière hérissée de gros cailloux. Elle tenta de la faire démarrer. En vain. Elle sortit, ouvrit le capot, sachant pertinemment qu'avec l'obscurité et son ignorance en mécanique, elle serait incapable de faire repartir la Morris.

Elle referma d'un geste rageur le capot, puis, sentant la fraîcheur nocturne la gagner en même temps qu'un profond dépit, enfila son imperméable. Elle était bonne pour faire une petite balade sous la clarté des étoiles. Son instinct lui indiquait de poursuivre sa route vers le nord, mais le bon sens le plus élémentaire lui commandait de revenir sur ses pas, vers Princetown qui ne se trouvait qu'à une heure de marche environ. Dans l'autre sens, elle aurait pu trotter jusqu'à l'aube sans rencontrer âme qui vive.

Elle se mordit les lèvres de colère. Rebrousser chemin la contrariait, mais elle n'avait pas le choix.

Portée par sa hargne, elle arriva à Princetown au bout de trois quarts d'heure. Elle entra dans le premier pub qu'elle aperçut, se disant qu'elle n'aurait aucun mal à dénicher quelque habile bricoleur parmi la clientèle ou tout au moins l'adresse d'un mécanicien. Deux types attablés près de l'entrée tournèrent des yeux surpris en la voyant s'avancer. Elle se dirigea machinalement vers eux. Le plus âgé devait avoir une quarantaine d'années. C'était un gros rougeaud à qui il manquait une dent. Il y avait quelque chose de bovin dans son sourire qui déplut d'emblée à Debra. Son compagnon, un de ces faux maigres aux avant-bras musclés et aux mains énormes, paraissait plus jeune et plus avenant, mais ses yeux plissés et goguenards ne lui inspiraient qu'une confiance relative. Voyant qu'elle hésitait en passant devant eux, ce dernier lui dit d'un ton jovial :

— On peut faire quelque chose pour vous, ma p'tite dame ?

— Oui, j'aimerais trouver un mécanicien. Je suis tombée en panne avec ma voiture à un mile d'ici...

Une étrange lueur d'étonnement s'alluma dans le regard de l'homme, qui échangea un bref coup d'œil avec son compagnon avant de répondre, avec une note d'ironie dans la voix :

— En panne, avec votre voiture ? Vraiment, c'est fâcheux ! Mais on peut dire que vous avez eu de la chance en entrant ici.

— Et pourquoi cela ?

— Car vous êtes tombée sur le meilleur mécano de la région, n'est-ce pas, Charly ?

L'homme à la dent manquante marqua un moment de surprise, puis, devant l'insistance de son ami, se mit soudain à opiner du chef.

— Voici donc Charly, ma p'tite dame, reprit le maigre aux mains noueuses, et moi, c'est William, Billy pour les intimes. Et pour ne rien vous cacher, je m'y entends aussi dans les voitures. Mais si j'ai bien compris, ce que vous souhaiteriez, c'est d'être dépannée le plus vite possible ?

— Oui, oui, je suis extrêmement pressée, répondit Debra, de plus en plus mal à l'aise dans ce pub enfumé et sentant peser sur elle de nombreux regards brillants de lubricité. Et je ne serais pas une ingrate, croyez-moi, si vous arriviez à me tirer d'embarras ce soir-même.

Avec une sorte de dignité offusquée, Billy trancha :

— Ce n'est pas une question d'argent, madame, mais d'honneur ! L'hospitalité est une chose sacrée dans la région, et d'ailleurs Charly a une réputation à défendre. Il serait la risée du coin s'il n'arrivait pas à faire repartir votre machine !

Debra jeta un bref regard autour d'elle, puis bredouilla :

— Eh bien alors, nous partons tout de suite ?

Billy approuva d'un hochement de tête, puis se leva en souriant.

— Oui, bien sûr, on y va. Voyons, à un mile d'ici, dites-vous ? C'est pas trop loin mais il vaut quand même mieux prendre une voiture.

— Et quelques outils aussi ! renchérit le gros Charly en couvant la jeune femme de ses yeux gourmands.

— Alors dépêche-toi, lui enjoignit sèchement son compagnon. Dans cinq minutes, je veux te revoir ici avec la camionnette !

Ledit Charly ne fut guère long. Peu de temps après, Debra le vit immobiliser devant l'auberge une voiture à l'arrière bâché qui ne disposait que d'un siège à côté du conducteur.

— Ça va être un peu serré, déclara Billy en ouvrant la portière du côté passager, mais enfin, on ne va pas y passer la nuit !

Debra prit place entre le conducteur et son compagnon qui s'excusait de devoir passer son bras au-dessus de ses épaules vu le manque de place. Elle répondit poliment que cela ne la dérangeait pas, tout en se sentant très inconfortablement installée, serrée comme une sardine entre ces deux inconnus aux manières un peu frustes. Mais ce qui la dérangeait surtout, c'était l'odeur qu'ils dégageaient, déplaisant mélange de sueur, de tabac et de bière.

Les quelques minutes qu'ils prirent pour parvenir à son véhicule lui parurent interminables, et elle éprouva un vif soulagement en sortant de la camionnette, surtout lorsque le volumineux Charly l'eut relâchée après l'avoir aidée à descendre. Il l'avait attrapée par la taille comme on s'empare d'une poupée, franchement serrée contre lui, en riant, avec des gestes passablement indécents que Debra avait alors mis sur le compte de la maladresse.

— Bon, allons jeter un coup d'œil sur votre machine, déclara-t-il ensuite en ouvrant le capot.

Penché au-dessus du moteur et venant d'allumer une torche électrique, Billy commenta :

— Tout ça semble en bon état. Je ne vois rien d'anormal, et toi, Charly ?

— Ouais... ça ne doit pas être grand-chose, il n'y a pas de casse apparemment. Sans doute un fil électrique qui s'est débranché avec le choc.

Quelque chose sonnait faux dans la conversation technique des deux hommes. Debra s'en rendait compte. Elle flairait une odeur de danger. Le vent venait de se lever comme un mauvais présage. Elle avait peur, de plus en plus peur, mais elle ne savait pas exactement de quoi. Sans la fatigue et sa profonde détresse, elle aurait été plus prompte à définir la nature de cette menace. Les événements n'allaient pas tarder à l'éclairer.

Les deux hommes la rejoignirent au bout d'une ou deux minutes, alors qu'elle s'était mise à l'écart.

— Ouais, ça peut se faire, fit le gros Charly avec un rictus qui mit en évidence sa dent manquante.

— Là, tout de suite ?

— Oui. Mais bon, ça ne sera pas gratuit.

— Combien ?

Le sourire de l'homme s'élargit.

— En fait, ce n'est pas vraiment une question d'argent... n'est-ce pas, Billy ?

L'autre secoua sa tête, en faisait lentement remonter le rayon de sa lampe le long du corps de la jeune femme.

— Non, l'argent, il n'y pas que ça dans la vie.

Cette fois-ci, Debra identifia avec précision le danger qui la menaçait. L'orientation du rayon lumineux qui courait sur son corps ne laissait aucun doute à ce sujet. Prise de panique, elle glissa prestement sa main dans la poche de son imperméable, retira deux billets de dix livres de sa liasse et les leur tendit.

— Est-ce que cela suffira ?

La main grasse et replète de Charly les lui arracha.

— Ouais, évidemment, ça peut pas se refuser. Mais on veut autre chose en plus...

— Et si vous ne voyez pas quoi, on peut vous faire un dessin.

Vive comme l'éclair, Debra écarta la grosse main avide que Charly avait avancée vers elle et le gifla. L'homme, surpris, se frotta la joue, regarda son compagnon, puis éclata de rire.

Billy fit chorus, manifesta bruyamment son hilarité, puis son rire se figea soudain. L'expression de ses yeux plissés devint alors cruelle, si brûlante de convoitise et si menaçante que Debra sentit un frisson glacial lui remonter l'échine. Elle venait de tomber dans un piège, et s'y était jetée elle-même de surcroît !

Apporté par le vent, le bêlement lointain d'un agneau semblait souligner la précarité de sa situation. Seule, la nuit, dans un endroit totalement désert : une proie facile pour ces deux brutes. Qui pouvait lui apporter de l'aide ? Personne, à part elle-même.

— Mettons les choses au clair, reprit Billy en caressant les cheveux de la jeune femme qui ne broncha pas. C'est vrai, Charly et moi on aime bien la bagarre, mais pas avec les femmes. On préfère que ce genre de choses se passent sans heurt. Et puis, on veut pas vraiment te faire de mal... On est des chics types, dans le fond, pas vrai, Charly ?

— Des chics types, ouais, haleta l'autre, l'œil étincelant.

— Mais si jamais tu devais faire des histoires, ma petite, ça pourrait te coûter très cher.

Il prit le menton de Debra, le releva brutalement et braqua sa lampe en plein visage, ajoutant :

— Tu as une belle frimousse, ma souris, hein ? Mais

tu sais, il faudrait pas grand-chose pour que ça change. Il suffirait, par exemple, que tu passes entre les mains de Charly, qui s'y entend comme pas deux pour démolir le portrait à quelqu'un. D'ailleurs, c'est ce qui lui a valu de faire plusieurs séjours au cabanon... Le cabanon, tu sais, la grande prison avant le village, tu as dû la remarquer en arrivant, n'est-ce pas ?

— Comment ? bredouilla Debra. Votre ami est un ancien... un ancien...

— Un ancien taulard, oui, acheva Billy. Comme moi, car c'est même au ballon qu'on a fait connaissance tous les deux. Mais bon, on n'est pas là pour te raconter notre vie. Charly, montre-lui ton joujou, histoire qu'elle pige bien ce qui l'attend si elle fait des manières.

La lampe dudit Billy s'orienta vers son compagnon, qui, après avoir plongé sa main dans la poche de son pantalon, fit apparaître un objet brillant. Il semblait à Debra qu'il venait d'enfiler d'un seul coup plusieurs bagues argentées à ses doigts, puis elle reconnut un de ces poings américains, qu'elle n'avait alors vus qu'au cinéma. Un modèle fort redoutable, car chaque anneau était garni d'une pointe. Le poing seul de Charly constituait une menace sérieuse, mais avec cet instrument autour de ses doigts, chaque coup porté devait causer des dommages irréversibles.

Debra fut saisie d'épouvante à cette seule idée.

Le faisceau de lumière de nouveau orienté vers les yeux de Debra l'aveuglait. Tandis que les cercles jaunes se multipliaient devant elle, elle se disait que son aventure commençait fort mal. Regrettait-elle déjà son départ ? Non, elle préférait subir les pires humiliations plutôt que de rebrousser chemin.

— Bien, je vois que tu as compris, fit Billy d'une voix mielleuse. Alors, tu vas gentiment te laisser faire et même y mettre du tien, sinon... tu sais ce qui t'attend.

3

On dit que la peur donne des ailes, mais parfois elle engendre également une maîtrise de soi et une lucidité étonnantes, une rare concision dans les gestes, pouvant vous sauver d'une situation quasi désespérée. Cela est d'autant plus surprenant chez les créatures d'apparence fragile, aux allures de vierges effarouchées, comme Debra. Fut-elle simplement animée par son instinct de survie ? À moins que son ange gardien lui ait dicté son comportement ? Elle n'aurait su le dire.

Lorsqu'elle sentit l'haleine avinée du gros édenté qui venait de la prendre dans ses bras, elle lui laboura si violemment le visage de ses ongles rageurs qu'il la lâcha aussitôt en hurlant. L'autre vint à la rescousse et la jeune femme mordit alors de toutes ses forces la main qu'il avait portée à son visage.

L'homme vociféra à son tour, laissa choir la lampe qu'il tenait dans l'autre main, et Debra, comme à la parade, d'un coup de pied réflexe, expédia la torche dans les taillis. La lumière s'éteignit aussitôt. Durant quelques secondes l'obscurité parut totale. Debra, échappant de justesse aux mains vengeresses qui cherchaient à l'agripper, s'élança vers la route.

Elle passa devant la camionnette, mais la contourna au lieu d'aller plus loin. La petite chute de pierres provoquée par sa course dévala le chemin, donnant l'illusion à ses poursuivants qu'elle filait droit devant elle, en aveugle. Leur méprise ne fut que de courte durée, mais lorsqu'ils s'en rendirent compte, après avoir entendu le bruit d'une portière qui claque, Debra s'était déjà installée au volant du véhicule.

Son cœur battait la chamade, mais ses gestes demeuraient étonnamment précis. Elle ne tâtonna qu'un bref instant avant de sentir le contact de la clé sur le tableau de bord. Elle eut également le réflexe salutaire de s'enfermer en enfonçant les boutons de sécurité. Ses poursuivants s'agrippèrent frénétiquement aux poignées lorsqu'elle démarra.

Lorsqu'elle accéléra, ils furent contraints de lâcher prise. Elle éprouva alors un soulagement qui ne fut hélas ! que de courte durée. Elle venait juste d'allumer les phares lorsqu'elle remarqua la barrière de rochers. Le chemin bordé de murets qu'elle remontait se terminait en cul-de-sac. Elle écrasa la pédale de frein en braquant à fond et en fermant les yeux. La camionnette fit un demi-tour parfait, mais le moteur cala. Elle actionna le démarreur, une fois, deux fois... En vain.

La silhouette de ses poursuivants apparut alors dans les rayons de ses phares. Leur visages luisants et ivres de vengeance ne laissaient aucun doute sur le sort qui lui serait réservé si elle ne parvenait pas à faire repartir le véhicule dans les secondes à venir.

Les brutes n'étaient plus qu'à quelques mètres d'elle lorsque le moteur, après quelques hoquets, se mit en route. Elle accéléra à fond tandis que ses deux poursuivants fondaient sur elle. La fourgonette patina sur le sol caillouteux, si bien qu'elle mit du temps à prendre de la vitesse. Billy-le-maigre s'agrippa à la poignée de sa portière, la secoua violemment, mais en vain. Tout en proférant les pires injures, il martela de ses poings vigoureux la vitre qui finit par voler en éclats. Debra se fit toute petite dans son siège, sans lâcher sa pression sur la pédale de l'accélérateur.

Sa portière gauche faisait l'objet d'un assaut tout aussi furieux, et même davantage d'après les coups sourds qu'elle entendait. Charly semblait vouloir défoncer la tôle de la camionnette avec son coup de poing américain. Debra l'avait vu l'instant d'avant brandir son arme menaçante. Son véhicule prenait de la vitesse. L'un des deux lascars dut même se blesser, car elle entendit un long cri rageur, avalé peu à peu par le ronflement puissant du moteur. À présent, elle savait que la partie était gagnée. De retour sur la route, elle prit plein nord, direction Exeter.

Il était près de 23 heures lorsqu'elle parvint à la ville. Un temps record compte tenu des circonstances. Les cercles jaunes de ses phares avaient dansé devant ses yeux durant tout le trajet, mais elle n'avait fait aucun écart et ne s'était pas trompée de chemin une seule fois. L'air frais qui entrait par la vitre brisée ne l'avait pas gênée. Au contraire, cela l'avait maintenue éveillée.

On a tenu le choc ! Moi et mon tacot ! se dit-elle en guise de boutade. Un bruit singulier et répétitif sur le côté l'avait intriguée, mais elle avait préféré ne pas s'arrêter sur sa lancée. Cependant, elle sentait qu'à présent il valait mieux faire une pause.

Passant devant une taverne éclairée, elle envisagea d'y boire une tasse de café, mais son expérience toute récente l'incita à passer son chemin. Au centre-ville, elle hésita à plusieurs endroits avant de s'arrêter devant une fontaine publique. Lorsqu'elle eut éteint le moteur, elle entendit un bruit de pas résonner sur les pavés, puis, regardant par sa vitre brisée, aperçut un policeman qui se dirigeait vers elle. Il la salua puis demanda d'un ton cordial :

— Bonsoir, Madame. Puis-je vous aider ? On dirait que vous êtes perdue et que vous avez des problèmes.

— Des problèmes ? balbutia-t-elle, prise de court.

— Oui, votre voiture... Vous avez eu un accident je suppose ? Cette vitre brisée.

— Ah ! Bien sûr ! C'est sans doute à cause de cette voiture que j'ai croisée tout à l'heure... Un caillou a dû sauter.

— Un caillou ? fit le policier, perplexe, en relevant le bord de son casque. À mon avis, il y a même dû en avoir plusieurs, et des gros, si je me réfère à toutes ces bosses. Vous êtes de la région ?

— Heu... non.

— Pourriez-vous me présenter vos papiers ?

— Je... je ne les ai pas sur moi.

Le représentant de la loi leva un sourcil méfiant, puis demanda :

— Et ceux du véhicule ?

— Euh... oui, naturellement. Enfin j'espère que mon mari ne les a pas enlevés entre-temps. Car voyez-vous, d'habitude, nous les mettons ici, dans la boîte à gants.

Debra s'était penchée de côté. Tout en tirant le couvercle, elle priait pour que le propriétaire du véhicule, aussi misérable soit-il, eût la sagesse d'y laisser le récépissé de l'assurance et les papiers de la voiture. Elle les trouva avec soulagement dans une petite sacoche de cuir, qu'elle tendit au policeman.

— Bien, tout paraît en règle, dit-il après les avoir examinés. En tout cas, il va falloir faire réparer cette portière au plus vite, car il n'est guère prudent de rouler ainsi.

— Oui, bien sûr, monsieur l'agent.

— Vous habitez Exeter, Mrs Haar ?

— Mrs Haar ? Mais...

Debra se mordit la langue. Elle venait de se rendre compte, mais trop tard, de son erreur.

— Comment, vous n'êtes pas Mrs Haar ? C'est pourtant bien le nom du propriétaire, Mr Charles Haar.

— Oui, mais en fait, ce n'est qu'un employé de mon mari.

— Quelle est sa profession ?

— Aubergiste.

— Quel est votre nom ?

Le changement de ton du policier acheva de perturber Debra, qui se sentait comme prise de vertige, et affreusement coupable, mais sans savoir exactement de quoi. Car il n'était pas interdit, après tout, à une femme mariée de rouler la nuit où bon lui semblait. Mais elle avait trop peur de dire la vérité. Elle mentait presque instinctivement, en disant les premiers mots qui lui venaient à l'esprit.

— James, Debra James.

À présent, le policeman devenait résolument soupçonneux. Il pria la conductrice de sortir, puis lui demanda de soulever la bâche du véhicule afin qu'il puisse y jeter un coup d'œil. Debra s'exécuta. L'attention du constable fut aussitôt attirée par une sacoche de cuir, qu'il ouvrit et examina pensivement. Pour la jeune femme, son contenu correspondait à des outils ordinaires, mais l'agent de police semblait se faire une autre idée de la question.

— Curieux, dit-il après avoir émis un petit sifflement. Il n'y a rien à dire sur ce jeu de clés, mais ce pied de biche, ces limes, ce passe-partout et ces profils de clé vierges... C'est l'outillage type du parfait cambrioleur. Aubergiste, votre mari, dites-vous ? C'est bizarre, car le nom de James ne me dit rien, et je connais pourtant Princetown.

Debra eut soudain envie d'abandonner la lutte, de se jeter dans les bras du représentant de la loi, pour ne pas défaillir, pour pleurer tout son saoul et lui expliquer ce qu'elle fuyait. Tout en retenant ses larmes, elle regarda machinalement le flanc gauche du véhicule. Un étrange objet accroché à la portière... Sans doute l'explication du bruit de ballottement qui avait accompagné son trajet. Elle s'approcha, se pencha pour l'examiner, ne voyant vraiment pas ce que cela pouvait être, puis resta interdite quelques secondes.

Elle eut alors la certitude de vivre un cauchemar, refusant le témoignage de ses yeux. Devant elle, un bras était accroché à la portière ! Une partie du corps humain arrachée par une force prodigieuse et plantée dans la tôle au moyen d'anneaux métalliques qui entouraient des doigts ensanglantés !

La scène lui apparut en un éclair. Ce bras était à l'évidence celui de l'infortuné Charly. En frappant la portière de son poing américain, l'arme s'était solidement ancrée dans le métal, et l'accélération du véhicule avait provoqué le démembrement. Le long hurlement qu'elle avait alors entendu prenait désormais toute sa signification.

Le policeman fut aussi médusé qu'elle devant l'horrible vision. Homme d'un certain âge, il n'avait sans doute connu que des rondes sans histoire dans cette ville plutôt calme. Mais même dans les quartiers les plus malfamés, les découvertes macabres de ce genre ne devaient pas être monnaie courante.

La profonde stupéfaction du fonctionnaire donna du courage à Debra. Elle profita de l'occasion pour s'enfuir à toutes jambes. L'homme se lança à sa poursuite, la sommant de s'arrêter sur-le-champ, mais elle parvint aisément à lui échapper dans les ruelles sinueuses de la vieille ville.

Harassée et en nage, Debra finit par s'arrêter dix minutes plus tard devant la vitrine éclairée d'un hôtel. Elle avait les poumons en feu et mourait de soif. Il n'y avait personne à la réception, mais dans le salon, un serveur fatigué se tenait derrière le bar. Il ne restait plus qu'un seul client dans la salle, un quinquagénaire distingué, vêtu d'un élégant costume trois pièces, qui lisait paisiblement le journal devant une bouteille de whisky largement entamée. Debra commanda un grand verre d'eau et une tasse de café, le serveur lui répondit que le bar n'était ouvert que pour les clients de l'hôtel. Le quinquagénaire intervint en déclarant que la jeune femme l'accompagnait. Debra trouva la force de sourire, puis prit place à sa table devant la grande baie vitrée.

— Merci, monsieur, dit-elle en se laissant glisser sur une confortable banquette capitonnée de cuir. Je vous en suis très reconnaissante, car vraiment je...

L'homme leva la main pour lui intimer silence, tout en la pardonnant d'un charmant sourire à fossettes.

— Non, ne dites rien, c'est inutile. Je sais ce qui vous arrive : vous fuyez votre mari, n'est-ce pas ?

Debra ouvrit de grands yeux étonnés.

— Mais... mais comment le savez-vous ?

— Ma modestie m'interdit de le dire !

— Dites-le-moi, je vous en supplie !

— Eh bien soit ! C'est ma grande expérience des femmes... Je sais lire dans leurs yeux quand elles sont fatiguées de leur conjoint.

— Alors, vous ne me connaissez pas ?

— Non, pas encore, mais quelque chose me dit que ce n'est pas le seul hasard qui vous a placée sur mon chemin... Mon Dieu, je m'aperçois que je ne me suis pas encore présenté : George Grant, homme d'affaires un peu las de la vie, mais croyant toujours à la grande aventure.

Debra écouta le monologue assez plaisant de ce séducteur un peu sur le retour, mais toujours très sûr de lui. La fatigue, les événements de la soirée avaient provoqué une sorte d'ivresse qui fut attisée par le whisky que l'homme lui servit. L'émotion lui picotait la gorge et les yeux. Elle avait à la fois envie de rire et de pleurer. Dans quel état se trouvait-elle ? Le reflet que lui renvoyait le miroir d'en face lui parut épouvantable, mais son vis-à-vis semblait d'un tout autre avis.

Au bout d'une demi-heure, il paraissait même persuadé que leur rencontre était écrite dans les étoiles. Debra se demanda ce qui, chez elle, inspirait tant de confiance et d'espoir à son compagnon. Prenait-il sa passivité pour une certaine disponibilité ? Ou son émoi comme une forme d'attirance, d'admiration à son endroit ? Alors qu'il évoquait ses multiples voyages aussi nombreux que ses bonnes fortunes, elle s'interrogeait sur son sort et l'issue de cette soirée. Entre-temps, elle avait éprouvé une petite frayeur en apercevant dans la rue le policier qui l'avait interpellée accompagné de quelques collègues, tous visiblement lancés à sa recherche. Mais aucun d'entre eux n'eut seulement l'idée de jeter un coup d'œil en direction de l'hôtel. Ils imaginaient la fugitive tapie dans une ruelle, et non paisiblement installée dans un salon.

— Et vous, qui êtes-vous, chère madame ? demanda-t-il à brûle-pourpoint en plongeant son regard dans le sien.

Jouant le jeu, Debra répondit d'un air mystérieux :

— Je suis une ombre, une sylphide, qui traverse la vie des hommes avant de se perdre dans les brumes de l'inconnu...

— Vous êtes mariée, n'est-ce pas ? s'enquit-il d'un air complice.

Debra joua nerveusement avec son alliance.

— Oui... Cela a-t-il une importance ?

George Grant sourit en haussant les épaules, puis posa sa main sur celle de la jeune femme.

— Non, bien sûr. Je comprends parfaitement. Vous préférez garder l'anonymat. Mais dites-moi, quelle est votre passion dans la vie ?

Debra hésita avant de répondre la première chose qui lui passait par la tête :

— Les voitures. Oui, j'adore les voitures !

— Ça alors, s'exclama-t-il avec un claquement de doigts très étudié. C'est une autre coïncidence ! Je suis moi aussi amateur de voitures ! Et d'ailleurs regardez mon dernier petit bijou.

Debra se tourna vers la baie vitrée et aperçut, garé le long du trottoir, un coupé Jaguar blanc et étincelant de tous ses chromes. Une idée germa alors dans son esprit et elle ne put que se féliciter du choix de sa réponse.

— Mon dieu, qu'elle est belle ! s'exclama-t-elle avec une admiration feinte. Elle est vraiment merveilleuse ! Mais vous savez, moi, je n'ai jamais eu l'occasion d'en avoir une comme ça, ni même d'en piloter.

La question qu'elle attendait ne tarda guère à jaillir de la bouche de son compagnon :

— Vous voudriez l'essayer, mon ange ?

— Ce serait un rêve, je n'ose pas y croire.

Roulant des yeux extatiques, George enchaîna :

— Maintenant, tout de suite, cela vous dirait ?

Quelques instants plus tard, Debra faisait ronronner les six cylindres du monstre en jouant avec l'accélérateur. À ce moment-là, le véhicule était toujours à l'arrêt et George Grant, à ses côtés, éprouvait une fierté d'artiste, comme s'il avait lui-même conçu l'engin. Il jubilait, sûr de lui, certain de l'issue de la soirée placée selon lui sous le signe de l'aventure et de la tendresse. Plein de sollicitude, il s'empressa de retourner à l'hôtel après que Debra, soudainement inquiète, lui eut déclaré avoir perdu son portefeuille, sans doute sur la banquette qu'ils venaient de quitter.

George Grant inspectait les recoins du revêtement de cuir capitonné, lorsqu'il entendit un brusque sifflement de pneus. Il se redressa, vit la Jaguar démarrer en trombe, et eut juste le temps de distinguer derrière la baie vitrée la jeune femme qui lui adressait un signe d'adieu. Tout aussi promptement que la voiture venait de partir, il réalisa qu'il venait de perdre à la fois son « petit bijou » et un bel oiseau qu'il imaginait déjà dans le nid douillet de ses bras.

Debra pilotait la Jaguar avec beaucoup d'assurance. *C'est autre chose que cette camionnette déglinguée !* songeait-elle en tenant fermement le volant. Éclairés par les phares de voiture se reflétant dans le rétroviseur, ses yeux semblaient agrandis par le plaisir, par la joie qu'elle éprouvait de se sentir seule, libre comme l'air, après avoir triomphé de multiples obstacles. Elle ignorait ce qu'elle faisait, où elle allait, mais elle était heureuse, comme jamais elle ne l'avait été. Cette sensation de danger proche, de menaces diverses, suivie d'une soudaine libération, l'avait plongée dans une merveilleuse félicité.

La Jaguar filait à vive allure sur la route, et chaque seconde qui s'écoulait l'éloignait d'un passé qu'elle voulait oublier. Le compteur kilométrique traduisait matériellement la vélocité du « fauve », faisant défiler ses chiffres comme s'il était pris de folie. Quant aux cercles jaunes, ils étaient désormais devenus ses complices : ils lui indiquaient fidèlement la direction à suivre.

Debra roula ainsi plusieurs heures sans savoir où elle allait, se laissant guider par sa seule intuition. Elle s'arrêta au cœur de la nuit dans un petit village endormi. Elle rangea la voiture le long d'un mur, le contourna, poussa une haute grille qui n'était pas fermée, puis remonta un chemin bordé de haies.

À présent, elle titubait. Toute la fatigue accumulée durant la soirée pesait désormais sur elle. Elle s'engouffra dans une allée sur sa gauche, avec l'impression de marcher comme un zombie mû par une force mystérieuse. Puis, comme si l'action magique qui la portait avait brutalement cessé, elle sentit ses genoux se dérober sous elle, et elle s'effondra sur le sol. Elle ne ressentit aucune douleur, juste le contact de l'herbe et de la terre mouillée sur son visage, puis s'endormit d'un sommeil profond.

Lorsqu'elle se réveilla, il faisait jour. Le soleil était déjà haut dans le ciel. Elle vit alors la plaque de marbre devant elle, surmontée d'une croix du Christ. Elle sursauta : le nom gravé sur la pierre polie était celui de son défunt père !

4

« Lâchement agressé par la main de Satan, John Steel a été rappelé à Dieu le 7 avril 1959. »

Les mots de la singulière épitaphe dansaient devant les yeux grands ouverts de Debra. Sept ans s'étaient écoulés depuis la mort de son père...

Sept ans, cela lui semblait à la fois très loin et terriblement proche. Ce père tant aimé, le seul compagnon de son enfance. Elle n'avait jamais connu sa mère, morte en couches, et qui n'avait jamais été remplacée. Si son père ne s'était jamais remarié, c'était sans doute à cause d'elle. Il savait qu'elle ne l'aurait pas supporté.

Sentant alors la main brûlante des souvenirs lui saisir la gorge, Debra se mit à pleurer comme une enfant. Le film de sa vie se déroula dans sa tête, image après image, d'abord comme un conte de fées... Elle entendait de frais gazouillis, la voix rassurante de son père, respirait d'agréables parfums, courait dans des champs émaillés de fleurs aux couleurs vives, puis soudain, comme si la pellicule était prise de tremblements, les images tressautèrent, les couleurs s'estompèrent, une lumière crue sculpta de violents contrastes.

Debra reconnaissait malgré tout le visage de son père mort, vision funeste et tragique qui préludait à une période plus sombre encore... Puis les images s'accélérèrent, les sons montèrent dans les aigus, devinrent inaudibles avant que le visage de Roy Jordan n'apparaisse.

Debra se frotta vivement les yeux pour chasser cette vision pénible, puis se releva et jeta un regard circulaire. Au-dessus du muret, elle vit des arbres en fleurs, une vieille église avec ses solides contreforts et des maisons à colombages. Elle reconnut alors le village de Bondleigh, où elle avait vécu avec son père avant qu'elle ne parte pour le Devon.

Elle réfléchit un instant, stupéfaite : elle avait parcouru plus de trois cents kilomètres en quelques heures pour se retrouver instinctivement devant la tombe de son père. Les détails de sa soirée et de sa fuite lui revinrent alors à la mémoire, puis un bruit de pas remontant l'allée troubla le cours de ses réflexions.

Elle frotta machinalement ses vêtements mouillés de rosée, se retourna et vit apparaître, au coin de la haie, un homme vêtu d'un tablier, tenant un râteau et une sarclette. Il approchait de la soixantaine et semblait parfaitement inoffensif. Mais Debra se méfiait désormais des apparences. Après tout, Roy, qui lui avait mille fois répété qu'il fallait se méfier des hommes, n'avait pas tort. Elle fut toute surprise de trouver dans sa poche une vieille paire de lunettes – car elle avait laissé l'autre dans sa voiture accidentée – et se hâta de la mettre devant ses yeux rougis par les larmes.

– B'jour, Madame, fit-il d'un ton chaleureux. Belle journée, n'est-ce pas ?

– Oui, il fait un temps superbe, bredouilla-t-elle en s'éloignant de la tombe de son père.

Sa manœuvre se révéla cependant vaine. L'homme fit remarquer :

– C'était de la famille à vous ?

– Non...

Il hocha la tête, songeur, puis jeta un coup d'œil sur les tombes voisines.

— Peut-être ces deux enfants à côté qui...

— Non plus, trancha-t-elle.

Le sexagénaire haussa les épaules, puis lui expliqua qu'il était venu pour l'entretien de la tombe de ses parents que ses frères et sœurs avaient tendance à négliger. Au bout d'un quart d'heure, Debra eut la certitude qu'elle n'avait rien à craindre de son compagnon, hormis le fait qu'il puisse la reconnaître. Elle ne tenait nullement à revenir sur son passé, de quelque sorte que ce soit. *Debra Jordan n'existe plus*, songea-t-elle, en se martelant ces mots dans la tête. Elle avait cessé de vivre, hier, sur les coups de 17 heures. Une autre femme avait quitté l'enceinte de l'hôpital.

Toute à ses pensées, elle n'écoutait que d'une oreille le bavardage de l'homme lorsqu'il lui parla de sa cousine qui tenait l'auberge des *Deux clés*, juste en face du cimetière :

— Ce n'est pas cher et la table est bonne. Si vous êtes de passage, comme cela semble être le cas, je suis sûr qu'une petite halte chez elle vous ferait le plus grand bien, car vous m'avez l'air bien fatiguée. Vous pouvez lui dire que vous venez de ma part.

Un quart d'heure plus tard, Debra prenait possession d'une confortable chambre à l'étage dans l'établissement des *Deux clés*. Elle remercia la patronne, puis se jeta littéralement sur le lit dès que la porte se fut refermée derrière elle. Après quelques instants, elle retira ses vêtements, puis entra dans la petite salle de bain attenante. Elle prit une douche, se frotta vigoureusement pour ôter toute trace de la sueur qui baignait son corps, comme pour mieux éliminer le souvenir détestable de ses mésaventures.

À midi, elle déjeuna dans la salle principale sans être importunée par qui que ce soit, et savoura autant le repas que sa solitude. Ses lunettes noires, qu'elle n'avait pas quittées, semblaient être une barrière efficace contre les gêneurs. Après quoi, elle remonta dans sa chambre. Elle se plaça devant la fenêtre ouverte, promena un instant ses regards sur la vue familière des environs, avisa la Jaguar blanche garée le long du mur, puis ferma les rideaux. Après s'être dévêtue, elle se glissa sous les couvertures et s'endormit comme une marmotte.

Elle émergea de son sommeil bien après l'heure du thé. Le jour commençait à baisser. Elle prit alors conscience d'une curieuse agitation à l'extérieur, se disant que c'était sans doute là la cause de son réveil. Des bruits de moteurs, de portières qui claquent, quelle singulière agitation pour le paisible village de Bondleigh !

Elle s'étira quelques instants, savourant la douceur des draps et sa liberté fraîchement retrouvée, puis se leva et tira les rideaux. Alors qu'elle portait lentement la main à la bouche pour réprimer un bâillement, elle se figea soudain dans sa pose, comme transformée en statue. Elle comprit en un instant le danger imminent qui la menaçait. En un instant aussi, la paisible voyageuse goûtant pleinement son désir de vivre était redevenue le gibier traqué de la veille.

Au dehors, pas moins de trois voitures de police étaient garées autour de la Jaguar. Deux agents inspectaient le véhicule, tandis qu'un policier en civil scrutait les environs, la main en visière, tout en donnant des ordres à d'autres agents.

Debra sentit le sang battre à ses tempes. De toute évidence, ils n'allaient pas tarder à retrouver sa trace. Il était même possible qu'ils investissent sa chambre dans quelques minutes. Désormais, chaque seconde comptait.

Elle s'habilla à la hâte tout en se gourmandant :

Quelle imprudence, quelle erreur grossière de sa part ! Elle avait laissé une voiture volée en évidence sur la place principale du village ! Mais que s'imaginait-elle ? Que son compagnon de la veille, bon prince, allait garder le silence après s'être laissé déposséder de sa belle voiture ? Et cela, sans avoir obtenu la moindre compensation ? Que la police allait rester là les bras croisés après avoir enregistré sa plainte ?

Debra descendait l'escalier en tapinois lorsqu'elle entendit déjà tintinnabuler la sonnette d'entrée. Elle dégringola alors les marches, quitta l'établissement par la porte de service, traversa une courette pavée, s'engouffra dans la basse-cour, faillit écraser quelques poules au passage qui protestèrent dans un concert de caquètements furieux, escalada le grillage, puis s'enfuit à la hâte à travers champs.

Elle courut ainsi aussi longtemps que ses forces le lui permirent, contrainte de s'arrêter régulièrement pour reprendre son souffle, puis repartant de plus belle. Il faisait nuit lorsqu'elle s'arrêta à la lisière d'un bois, près d'une route. Quelle distance avait-elle parcourue ? Deux, trois, quatre miles ? Elle n'aurait pu le dire.

Elle ne réfléchissait plus, ne pensant qu'à une chose : partir le plus loin possible, se mettre l'abri, se méfier des « cercles jaunes » qui chercheraient sans doute à la rattraper. N'était-ce pas eux, d'ailleurs, qui filaient sur la route ? Non, c'étaient de simples phares de voiture. Elle le savait, à présent, mais elle devait rester vigilante malgré tout. Seul un état de qui-vive permanent lui permettrait d'échapper à ses poursuivants.

Elle leva la tête, venant de sentir quelques gouttes de pluie, puis pensa aux policiers à ses trousses. Où étaient-ils à présent ? Que devait-elle redouter le plus ? Ce n'était pas le vol du véhicule qui l'inquiétait tant. Ni même l'accident du bras arraché... Peu lui importait le sort de la victime… Si ledit Charly avait réussi à se tirer d'affaire, il était à craindre qu'il passe sous silence certaines circonstances du drame afin de l'accabler au maximum. Si, au contraire, il était décédé des suites de sa blessure, à coup sûr son comparse s'en chargerait. Dans tous les cas de figure, sa situation était alarmante, mais ce qu'elle redoutait le plus, c'était qu'on la ramène auprès de son mari.

Faire de l'auto-stop lui paraissait risqué, mais cela semblait en même temps un moyen de transport efficace. La pluie qui s'intensifiait la décida. Elle fit signe dès qu'elle vit un véhicule, et ne tarda pas à se faire emmener.

Le conducteur tenta de lui faire la conversation, mais Debra, méfiante, ne se montra guère loquace. Elle changea deux fois de voiture sans jamais attendre longtemps sur le bord de la route. Sa détresse semblait perceptible même lorsqu'on ne voyait d'elle qu'une vague silhouette à la lueur de phares.

Au bout d'un moment, alors qu'on venait de la déposer à sa demande à l'entrée d'un village, elle reprit la route à pied. Il pleuvait toujours mais elle ne semblait guère s'en soucier. Elle longeait la rue, écoutait le murmure de la pluie et son bruit de pas résonner sur l'asphalte, se laissant une fois encore guider par son seul instinct. Elle était désormais très fatiguée et avait une forte envie de se mettre à l'abri pour dormir.

Elle bifurqua dans une ruelle, puis remarqua une maison carrée et haute, bâtie légèrement en surplomb sur un tertre, et coiffée d'une toiture pourvue de plusieurs pignons. Elle était plongée dans une obscurité totale. Un rayon de lune filtrant à travers les nuages la faisait paraître un peu sinistre, soulignant d'un doigt argenté les détails tourmentés des ferronneries du balcon et de la marquise au-dessus du perron. Un panneau « à vendre » se dressait à l'entrée de l'allée qui y menait.

Debra réfléchit un instant, jeta quelques regards furtifs autour d'elle, puis s'engagea dans le chemin en pente et contourna la maison. Elle s'arrêta devant la porte d'une véranda. Fermée à clé. Une ombre de déception passa sur son visage. Du bout du pied, elle poussa machinalement un pot de fleur retourné au sol. Elle sourit, venant d'apercevoir dans la faible clarté lunaire la forme caractéristique d'une clé.

Décidément, les gens manquent par trop d'imagination ! se dit-elle en se penchant pour la ramasser. Elle ouvrit sans difficulté la porte de la véranda, et celle qui donnait accès au corps de la maison n'était pas fermée. Debra poussa le battant qui émit un long couinement, puis entra. Une odeur de fraîche humidité régnait dans la demeure. Une odeur étrange de poussière et de vieux bois, mais aussi vaguement parfumée.

Debra réprima un frisson. Elle se retrouvait seule et grelottante, trempée de la tête aux pieds, dans une maison déserte, mais cela ne l'empêcha pas de s'engager dans les ténèbres. Elle fut heureuse de trouver dans sa poche un briquet bien qu'elle ne fumât qu'occasionnellement. Par miracle, il fonctionnait encore et elle put ainsi allumer un bougeoir trouvé près de l'entrée.

Elle découvrit alors l'intérieur d'une maison abandonnée depuis plusieurs mois, quoique assez confortable et plaisante si l'on faisait abstraction de la poussière. L'escalier qui menait à l'étage était un bel ouvrage en chêne. Un chérubin de plâtre peint, armé de son arc, en défendait l'accès. Les ornements des boiseries, comme la ferronnerie à l'extérieur, se singularisaient par leur profusion et un style baroque un peu pompeux, mais l'ensemble s'accordait avec les lieux, le mobilier, les tapisseries aux motifs de fleurs.

Seul le crépitement de la pluie sur la véranda était perceptible. La jeune femme eut cependant l'impression d'entendre une légère musique provenant de l'étage, comme une discrète invitation. Elle avait les paupières à demi baissées par la fatigue, savait que c'était son imagination qui lui jouait des tours, mais elle s'engagea dans l'escalier, gravit lentement les marches, la bougie à la main, comme hypnotisée.

Voyant son reflet dans une glace murale au coude de l'escalier, elle eut l'impression d'apercevoir une princesse aux longs cheveux dorés, suivre aveuglément un halo de la bougie, féerique petit cercle jaune se mouvant dans la pénombre, comme si une vilaine sorcière lui avait jeté un sort pour l'attirer dans quelque piège tout en haut d'un obscur donjon.

Arrivée sur le palier, elle sentit ses pas s'amortir dans un épais tapis. Elle ouvrit la porte qu'elle vit sur sa droite. Elle entra dans une pièce beaucoup plus poussiéreuse que celles du rez-de-chaussée, qui était aux deux tiers encombrée de meubles, de valises et de coffres. Mais la partie dégagée semblait presque aussi chargée, pourvue de bibelots, d'ornements divers et surtout de nombreux vases. Une psyché dorée attirait le regard, mais également de nombreux tableaux, qui présentaient exclusivement des motifs de fleurs. Des fleurs dont on sentait encore le parfum entêtant. À moins que Debra ne fût une fois de plus victime de ses sens ?

C'est alors qu'elle vit, posé sur une commode, le portrait d'une jeune femme. Sous son visage animé d'un doux sourire, on pouvait lire « Violette », écrit en lettres d'argent. Debra admira ses longs cheveux noirs et bouclés et son visage aux joues un peu creuses, d'une beauté remarquable. Ses yeux très clairs, frangés de longs cils sombres, avaient quelque chose de mystérieux, de fascinant, et témoignaient également d'une grande douceur.

Elle demeura un long moment à contempler le portrait, puis, venant de se brûler les doigts, lâcha la bougie. La pièce fut plongée dans une obscurité totale. Elle sortit à tâtons, longea le couloir à la recherche de la rampe, puis s'immobilisa soudain.

Le silence de la maison venait d'être troublé par un grincement au rez-de-chaussée.

Malgré sa vive angoisse, il lui sembla reconnaître le bruit de la porte qu'elle avait elle-même ouverte auparavant. Ensuite, des pas se firent entendre. Puis les marches de l'escalier grincèrent. Son diagnostic était le bon : celui qui montait était passé comme elle par la véranda. Chose curieuse : il évoluait dans une obscurité parfaite. Elle se dit qu'il s'agissait sans doute du propriétaire, mais l'étau de la peur venait à nouveau de se refermer sur elle.

Les marches craquaient de plus en plus fort, les pas se rapprochaient... La personne devait être à présent à mi-chemin. Bien qu'il fît noir comme dans la gueule d'un loup, Debra jeta un coup d'œil dans la cage d'escalier. Un spasme secoua tout son corps : elle n'aurait pas dû voir cette silhouette... Ce n'était pas possible dans ce noir absolu ! Et pourtant elle la voyait ! Elle voyait surtout ses grands yeux bleu pâle qui luisaient dans l'obscurité... Leur regard était fixe, anormalement fixe... Elle reconnut ensuite son visage, celui du portrait de la jeune femme.

Debra était certaine de rêver. C'était sa cervelle en déroute qui lui permettait de voir cette silhouette, cette « Violette » maintenant proche à la toucher. Elle passa devant Debra sans la remarquer et, chose plus étrange encore, traversa la porte qu'elle avait refermée, sans rencontrer la moindre résistance.

Un silence mortel tomba. Malgré la terreur qui la tétanisait, Debra, attendant dans le noir et n'y tenant plus, finit par retourner dans la chambre. Elle y découvrit « Violette », installée dans un fauteuil, souriante comme si elle l'attendait.

Elle se leva et lui montra un à un les nombreux tableaux et images de fleurs. Elle semblait prendre grand plaisir à cela. Puis elle lui tourna le dos, s'installa devant la psyché, écarta les flacons de parfum qui encombraient une petite table de marbre noir afin d'y poser un épais cahier mauve décoré de frises de spirales vertes sur ses bords. Elle l'ouvrit et le feuilleta. Les pages également mauves, recouvertes d'une écriture régulière et penchée, étaient encartées de fleurs séchées. Elle tourna une feuille vierge, prit une plume, la trempa dans un encrier, puis se mit à écrire.

Debra ne voyait plus guère son visage, mais la psyché lui renvoyait le reflet de ses yeux bleus, qui semblaient agrandis par l'intense jubilation de la jeune femme. Celle-ci écrivait toujours, faisant entendre le crissement de sa plume sur le papier.

Quand elle eut terminé, elle referma le cahier, puis fit signe à Debra de la suivre. Elle redescendit l'escalier, traversa la véranda, puis sortit. Il ne faisait plus nuit. Un gai soleil inondait de lumière les prés et les champs. « Violette » lui désignait un massif de fleurs très fourni et très coloré.

Debra s'en approcha et sentit d'exquis effluves, plus odoriférants encore que l'odeur pénétrante de la chambre à l'étage. Sa tête se mit alors à tourner, puis elle revint sur ses pas, reprenant la direction de la véranda. Le parfum était si fort qu'elle se sentit prise de vertiges... Il devenait même suffocant, asphyxiant, comme s'il paralysait progressivement toutes ses fonctions vitales. Sa dernière image fut celle de « Violette » installée dans la véranda. Elle ne bougeait plus et avait un regard éteint. Debra sombra ensuite dans un sommeil profond.

Le lendemain matin, elle fut réveillée par une voix grave et chaleureuse, qui se superposait au gazouillis des oiseaux.

— Vous habitez ici, mademoiselle, je suppose ?

Debra battit des paupières, aveuglée par l'éclatant soleil matinal, puis distingua progressivement le visage de l'homme penché sur elle. Brun, la quarantaine, il souriait d'un air paisible et vaguement amusé. Une veste et une chemise blanche, largement ouverte au col, rehaussaient son teint légèrement mat. Les traits de son visage n'étaient pas précisément réguliers, mais il demeurait assez attirant, malgré une légère cicatrice sur la joue gauche, anormalement brillante. Son calme rassurait, son sourire réchauffait le cœur et sa voix grave et chaude avait quelque chose d'apaisant.

— Heu... non, balbutia Debra, toujours aveuglée par la lumière et surprise par cette singulière apparition au saut du lit.

Mon Dieu, dans quel état suis-je ? songea-t-elle en se redressant. *Ai-je passé la nuit devant cette véranda ? Je n'ose y croire et pourtant...*

— Depuis combien de temps êtes-vous là ? repritelle d'un ton assez sec pour se donner une contenance.

L'homme sourit.

— Depuis un moment, en vérité. Je n'osais pas vous réveiller. Mais comme le temps passait...

— Que voulez-vous ?

— Cette maison est bien à vendre, n'est-ce pas ?

Debra approuva de la tête, venant de se remémorer son arrivée en pleine nuit, puis demanda :

— Pourquoi ? Vous êtes intéressé ?

Sans se départir de son sourire, le visiteur sortit de sa veste un paquet de cigarettes, en alluma une sans se presser, et finit par lâcher :

— En effet, je suis intéressé. Mais dites-moi, vous ne seriez pas comprise dans le prix, des fois ?

Debra détourna les yeux, troublée, mais sa propre réaction la surprit plus encore que celle du visiteur. La phrase formulée dans le tréfonds de son être, avait jailli de ses lèvres, incontrôlable :

— Oui, pourquoi pas...

5

Le gazouillis des oiseaux meubla le long silence qui suivit. Le visiteur ne put cacher sa perplexité. Il projeta un nuage de fumée devant lui, puis le chassa d'un geste en disant :

— Vous avez le sens de l'humour, mademoiselle. J'aime bien les gens qui ont le sens de l'humour. Car vous plaisantiez, n'est-ce pas ?

Elle soupira et se cacha la tête entre les mains.

— Excusez-moi, je suis très fatiguée...

— Je comprends... mais sans comprendre, si je puis dire. Voyons ! Que faites-vous ici, si vous n'y habitez pas ?

— Je ne sais pas.

— Vous venez du village ?

— Non.

— Des environs ?

— Non plus.

Il fronça les sourcils.

— D'où, alors ?

Silence.

— Vous êtes perdue ?

— Oui, en quelque sorte.

Venant de remarquer son alliance, il se tut un instant. Debra sentait d'instinct qu'elle pouvait faire confiance à cet homme, mais elle n'avait aucune envie de parler d'elle.

— En somme, reprit-il, c'est le hasard qui vous a guidée ?

Elle aquiesça.

— C'est curieux, ajouta-t-il, songeur. Car moi aussi... Cela fait un bout de temps que je cherche à m'installer dans la région. Pourtant je n'y songeais pas précisément ce matin, en m'arrêtant pour la première fois dans ce village, simplement pour acheter du pain. J'ai remarqué cette maison avant même de voir qu'elle était à vendre...

— Et vous avez fait le tour de la propriété pour y jeter un premier coup d'œil ?

— Oui. J'étais très intrigué sans savoir pourquoi. J'ai senti une atmosphère, quelque chose de mystérieux, et puis je vous ai vue...

— Vous plaisantez ?

L'homme secoua vivement la tête.

— Non, pas du tout. J'ai été attiré par cette bâtisse. D'ailleurs, je compte bien me renseigner pour l'acheter.

— Réflexion faite, vous avez bien raison de la trouver mystérieuse...

— Pourquoi ?

Debra lui narra sa vision nocturne, puis elle se mit à rire en disant qu'elle avait sans doute rêvé.

— Pas forcément ! Elle est peut-être hantée, après tout ?

— Vous dites ça comme si cette idée vous réjouissait !

— En vérité, oui, c'est très excitant ! J'adore les histoires de fantômes. Je vais de ce pas aller me renseigner. Mais peut-être pourriez-vous me montrer d'abord les lieux de votre vision ? Enfin, si vous n'avez pas trop peur ?

Une de fois de plus, Debra ne parvint pas à contenir ses pensées secrètes et dit en riant :

— Avec vous, non !

Pendant leur visite, le couple fit plus ample connaissance. Debra ne parla que de ses goûts et n'avoua que son prénom, mais l'homme, qui déclina le nom de Peter Sutcliffe, se montra plus prolixe sur son existence, qui n'avait souvent tenu qu'à un fil. Après avoir fait les quatre cents coups durant son enfance, il s'était engagé dès dix-huit ans dans la R.A.F., et avait participé aux derniers combats de la bataille d'Angleterre. Aux commandes de son Spitfire, il avait endigué les vagues de Messerschmitt puis les derniers joyaux de la technique allemande, les fameux V2. La mort l'avait alors frôlé à maintes reprises, mais sans parvenir à l'emporter.

Une dizaine d'années plus tard, après la fin de la guerre, la Grande Faucheuse fit une attaque plus sérieuse, le happant soudainement, alors qu'il exerçait un simple vol de reconnaissance dans le Sahara. Son avion s'écrasa dans le désert à la suite d'une panne de commande. Des Touaregs le retirèrent *in extremis* de la carcasse en flammes, et il demeura entre la vie et la mort durant plusieurs jours, avant d'être rapatrié en Angleterre. L'incendie avait laissé des marques sur son corps, notamment sur une partie de son visage, mais ce n'était là qu'un tribut bénin, le prix à payer à ce grave accident. Une autre chute en avion, sans conséquence physique, l'incita à mettre un terme à sa dangereuse passion. Célibataire endurci de quarante-deux printemps, il se consacrait désormais aux courses de chevaux, misant sans excès et perdant autant qu'il gagnait. Ses économies ainsi qu'un bel héritage lui permettaient de vivre de ses rentes.

— Comment la trouvez-vous ? demanda Debra devant le portrait de « Violette ».

— Très belle... En tout cas, elle portait son prénom

comme un gant, car si c'est bien sa chambre, il est manifeste qu'elle adorait les fleurs. Je crois même en sentir encore l'odeur.

— Moi aussi.

— Vous savez, cette petite visite n'a fait que renforcer ma décision : je suis de plus en plus désireux d'acquérir cette maison. J'ai envie de connaître son histoire. Venez, partons. Allons nous renseigner au village.

— *Nous* ? hésita Debra.

— Mais oui, vous et moi. Je ne suis pas assez rustre pour abandonner une belle jeune fille perdue comme vous ! D'ailleurs ne m'aviez-vous pas déclaré que vous étiez comprise dans l'achat de cette demeure ?

Peter Sutcliffe parlait sur un ton d'aimable plaisanterie, mais dans le même temps, Debra sentait qu'il était attiré par elle. Une attirance physique, épidermique, qu'elle partageait. Durant leur visite des lieux, il l'avait plusieurs fois prise par la main comme une gamine. Elle avait aimé le contact de cette main ferme, la chaleur de sa voix rauque et profonde. Elle se sentait désormais en sécurité.

La boulangère, qui ne connaissait pas l'adresse de l'agence, leur suggéra d'aller se renseigner chez Keith Simpson, l'érudit local, professeur de philosophie venant de prendre sa retraite, qui savait toujours tout sur tout. Il habitait un bungalow à l'autre extrémité du village. Elle leur donna également l'adresse de Fred Averill, l'horticulteur, dont les serres étaient visibles après avoir dépassé l'église.

Tout doré de soleil matinal, le village de Madford offrait une vue paisible et charmante avec ses maisons pimpantes, aux balcons fleuris de géraniums, et construites sans grand souci d'uniformité. Debra, pour de multiples raisons désormais, avait l'impression de renaître, de s'engager dans une nouvelle vie. Lorsqu'ils trouvèrent ledit Fred Averill, en train de réparer les verrières de ses serres, elle connut une nouvelle émotion. Après que son compagnon se fut présenté à l'horticulteur, ce dernier s'était tourné vers Debra en demandant, non sans hésitation, sans doute à cause de la différence d'âge entre elle et Peter Sutcliffe :

— Mrs Sutcliffe, je suppose ?

L'ancien aviateur marqua également une hésitation, avant de trancher :

— Oui, Mrs Sutcliffe. Nous cherchons depuis un certain temps une maison à la campagne, et nous croyons avoir trouvé ici quelque chose qui nous conviendrait...

« *Mrs Sutcliffe ?* » Debra eut envie de rire, tant cela lui paraissait si étrange, si surprenant, si nouveau... Elle réalisait que les circonstances avaient plus ou moins imposé cette réponse à Peter, mais elle ne lui en tenait nullement rigueur. Loin de là, même. Ce « Mrs Sutcliffe » semblait couper définitivement les ponts avec un autre nom qu'elle avait désormais rayé de son vocabulaire.

Lorsqu'elle s'extirpa de ses pensées, la conversation entre les deux hommes avait évolué.

— Et c'est cette maison qui vous intéresse ? s'enquit l'horticulteur sans cacher son étonnement.

Fred Averill, qui frisait la cinquantaine, avait des allures de gentleman malgré son tablier maculé de terre. Il se tenait droit comme un i, parlait à bon escient et mesurait chacun de ses gestes. Ses cheveux grisonnants soigneusement ramenés en arrière révélaient un visage ouvert au regard direct. L'expression de surprise qui déformait ses traits tranchait avec la réserve qu'il avait manifestée jusqu'alors.

— Vous l'aurez sans doute à un bon prix, reprit-il. Cela ne fait aucun doute. Elle est en vente depuis plusieurs mois. Mais je ne sais pas si ce sera une affaire pour vous. Si je peux me permettre un conseil, oubliez-la et passez votre chemin.

— Non, nous la voulons ! intervint Debra en s'accrochant au bras de son compagnon, qui approuva d'un mouvement de tête, avant de demander :

— Y a-t-il une raison précise à cela, monsieur ?

— Pas une, mais plusieurs !

Sur ces entrefaites, une femme potelée au visage terne et aux cheveux filasses parut. Fred Averill présenta son épouse, Gladys, qui, après avoir été informée du projet des visiteurs, se rallia aussitôt à l'avis de son mari.

— Ce ne serait pas très prudent, vraiment. La plupart de ses occupants ont été frappés par le malheur !

— Cette demeure serait-elle hantée ? s'enquit Peter en affectant un air jovial.

— Franchement, ce n'est pas impossible.

— Un fantôme qui aurait le visage d'une belle jeune femme ?

— De qui voulez-vous parler ? s'exclama Gladys, sur ces gardes.

— D'une certaine Violette.

Le visage de Mrs Averill se durcit.

— Alors, vous êtes au courant, n'est-ce pas ? Vous savez qu'elle a été assassinée par son mari !

6

Le professeur Keith Simpson habitait un vaste bungalow qui offrait une belle vue sur les bois. L'intérieur était résolument rustique et envahi par les livres. Son propriétaire était un homme mince, au visage studieux, nanti de lunettes à double foyers retenues par un long nez pointu. Il portait une veste noire fatiguée et semblait lui-même un peu négligé. Il avait accueilli les visiteurs avec affabilité, se déclarant heureux de pouvoir les aider. Il put leur donner l'adresse de l'actuel propriétaire de la maison, qui habitait un village voisin, précisant que leur prix serait sans doute le sien, tant il serait ravi de s'en débarrasser.

— Je dois avouer que j'ai ressenti quelque chose d'étrange en la voyant, expliquait Peter Sutcliffe. Et c'est sans doute cela qui m'a attiré... Mais franchement, Mr Simpson, toutes ces rumeurs ne seraient-elles pas exagérées ?

L'érudit local secoua la tête et regarda son interlocuteur par-dessus ses lunettes.

— Non, pas dans le cas présent. Du plus loin qu'on s'en souvienne, il y a toujours eu des drames à cet endroit. Des drames sanglants, même. Les faits se perdent dans l'imprécision du temps, mais il paraît qu'à l'époque du roi Guillaume y officiait le bras de la justice des environs. J'entends l'exécuteur des hautes œuvres, celui qui tranchait sur son billot les têtes des grands bandits de chemin écumant la région. Avez-vous remarqué le beau massif de fleurs derrière la véranda ? On dit que c'était l'emplacement réservé aux exécutions...

» La maison actuelle fut édifiée par un notable au milieu du siècle dernier. Avant, il y avait une construction plus modeste, où s'étaient succédé des affrontements familiaux. Un père alcoolique, qui dépensait tous ses revenus dans la boisson. Il fut assassiné à coups de hache par son propre fils, alors qu'il cuvait son vin, affalé dans l'herbe. Puis un cas d'inceste. Le mari coupable fut cette fois-ci exécuté par sa femme avec un couteau de cuisine. La nouvelle bâtisse ne tarda pas à connaître le malheur à son tour. Une rixe entre jeunes gens, qui donnèrent d'ailleurs le nom à l'endroit : la « Tombe d'Adonis ».

— C'est le nom de la maison ? s'étonna l'ancien aviateur.

— Plus exactement celui du massif de fleurs où étaient censés se dérouler ces drames, mais il arrive également qu'on nomme ainsi cette demeure. Là, les faits sont plus récents, plus sûrs. Je les tiens de la bouche même de mon grand-père. Le fils du propriétaire, qui était alors un jeune homme dans la force de l'âge et qui se croyait tout permis au village du fait de la notoriété de son père, tomba amoureux d'une jeune fille fort belle.

» Hélas pour lui, un garçon de mauvaise réputation avait jeté son dévolu sur elle ; un vilain coureur de jupons, qui parvenait à faire chavirer le cœur des femmes grâce à un physique avantageux qui lui avait valu le nom d'Adonis. Le fils du propriétaire conçut un vif ressentiment de cette liaison, d'autant qu'il était habitué à ce que l'on cède à tous ses caprices.

» La jalousie finit par le submerger et un beau jour, il fixa rendez-vous à son rival, derrière la maison, et l'assassina sans autre forme de procès. Lorsqu'on découvrit notre « Adonis » local, il était à moitié vidé de son sang, tant l'autre l'avait lardé de coups de couteau furieux, même après sa mort. Vous connaissez la légende, j'imagine ? Dans la mythologie grecque, Adonis chassant en compagnie d'Aphrodite, fut agressé par un énorme sanglier aux défenses acérées, qui le transperça de part en part. Aphrodite ne put assister qu'impuissante au drame et à l'agonie de l'éphèbe qui, couché sur l'herbe, se vidait de son sang. Une fleur rouge carmin jaillit alors de la terre.

— Je comprends, dit Peter. On attribua les belles floraisons de ce massif au sang versé !

— Oui, d'autant que là, l'endroit fut localisé avec précision. Les floraisons étonnantes, les sillons abreuvés de sang au fil du temps par plusieurs drames, avec une victime baptisée comme le héros grec pour parachever le tout, cela méritait bien ce nom de « Tombe d'Adonis ».

Peter hocha la tête en soupirant.

— Il paraît que c'est sur les champs de bataille qu'on fait les meilleures récoltes.

— C'est exact, approuva Keith Simpson, et l'on peut même dire qu'il y a un lien étroit entre le sang humain et la fertilité des champs. J'y vois même là l'origine de ces contes païens.

— Penseriez-vous à des sacrifices humains ?

— Exactement. Ne trouvez-vous pas logique, en effet, qu'on songe à répandre du sang humain sur le sol, sachant surtout qu'en ces âges sombres, la survie des hommes dépendait des récoltes ? En période de vaches maigres, ce sang des hommes, nourris eux-mêmes par le blé, ne pouvait-il pas nourrir le sol à son tour ?

— Mon dieu, que tout cela est sinistre ! s'exclama Debra qui contemplait la vue bucolique et ensoleillée derrière les grandes fenêtres.

Un éclair de malice brilla dans les lunettes du professeur de philosophie.

— Je sais bien, mais il vaut mieux que vous soyez prévenus.

Peter secoua la tête en souriant.

— D'accord, j'avoue qu'il y a là quelques coïncidences troublantes. Mais j'imagine que tous les propriétaires successifs n'ont pas connu de fin aussi tragique ?

— C'est vrai. Les dernières années furent plutôt calmes. Encore que, il y ait toujours eu de nombreux accidents, ici, à Madford. Concernant la « Tombe d'Adonis », le dernier drame remonte à une vingtaine d'années... dix-sept très exactement.

— Il paraît que c'était un crime très mystérieux, d'après Fred Averill.

— En effet, et il pourrait bien vous en parler, puisqu'il était indirectement impliqué. Mais l'homme le plus à même de vous exposer les faits est sans conteste le colonel Anthony Hawke. Il habite sur le versant de la colline. D'une manière générale, il a l'œil sur tout, et les gens d'ici, sans trop réfléchir, l'ont appelé « le sphinx », sans doute à cause de la position dominante de sa maison. Parallèlement à la police, il a mené jadis une enquête personnelle en vue d'éclaircir la mystérieuse mort de Violette Gardner... mais sans succès jusqu'à ce jour, pour autant que je sache.

— Cette femme n'a-t-elle pas été assassinée par son mari ? demanda Debra.

Simpson réfléchit, tout en faisant tourner nerveusement le globe terrestre qui trônait sur son bureau.

— C'est ce que tout le monde pense, y compris la police, mais sa culpabilité n'a jamais pu être prouvée. Il s'appelait Ian Gardner. En fait, il est très probable qu'il vive encore aujourd'hui, puisqu'il n'aurait que 40 ou 50 ans. Il est parti pour le Canada après le drame, et depuis, plus personne n'a jamais entendu parler de lui.

Keith Simpson continuait de faire pivoter le globe, le regard lointain.

— L'affaire a eu lieu en août 49... Je m'en souviens assez bien, mais comme je vous le disais, le colonel Hawke me semble plus qualifié pour vous renseigner. Disons en deux mots que Mrs Gardner fut assassinée dans sa véranda, dans des circonstances des plus singulières. Il s'agissait bien d'un meurtre. Or personne ne pouvait l'avoir commis, sauf une créature non soumise aux lois ordinaires de la physique, tel un fantôme...

7

Un étrange silence se fit. Debra échangea un coup d'œil avec son compagnon, qui demanda :

— Pourriez-vous nous parler de la victime ?

— Oui, bien sûr. Violette Gardner était une très belle femme, je la connaissais bien... (Il arrêta d'un geste la rotation du globe, puis se leva.) Mais venez, je vais vous montrer quelque chose.

Le maître de maison les conduisit dans son atelier, qui faisait également office de volière. Une faune bruyante et bigarrée s'agitait derrière de grandes cages en forme de maisons.

— Mrs Gardner adorait cet endroit. Elle était fascinée par ces cages que je réalise moi-même.

Debra s'approcha des volières. Son regard s'attarda d'abord sur les plumages vivement colorés des perruches et des canaris qui semblaient la saluer par leur chant et leur babillage, puis elle examina les toitures admirablement reconstituées à l'aide de bouts de bois en guise de tuiles. À l'évidence, le Pr Simpson apportait un soin extrême à la réalisation de ses constructions.

— Ce sont de simples bâtonnets de glace assemblés, commenta Keith Simpson, ravi de l'intérêt que portait la visiteuse à son édifice. En fait, le plus dur est de les rassembler. Pour cela, j'ai passé un marché avec tous les gamins du village : je leur procure un livre de leur choix, en échange d'un poids équivalent à la marchandise.

— Cela me paraît être un marché honnête ! fit Peter en s'approchant à son tour des cages. Vraiment, ces maisons pour oiseaux sont si bien exécutées que l'admiration de la défunte ne m'étonne guère.

— Oui, mais la plupart des gens finissent par s'y habituer. Mrs Gardner, non. Elle raffolait également du chant des oiseaux. En fait, elle adorait toutes les belles choses, et la vie d'une manière générale. Ses grandes passions étaient les fleurs et la poésie. Elle était du reste la meilleure cliente de notre horticulteur, Mr Averill. Durant la belle saison, elle passait au moins une fois par semaine chez lui pour se ravitailler, et ce malgré sa très prolifique « Tombe d'Adonis », le joyau de son logis. Mais sa maison entière était un jardin, avec sa véranda et surtout sa chambre, la pièce où elle aimait à se retirer. D'après elle, le parfum des fleurs y était si fort qu'elle en avait même mal à la tête.

» Elle trouvait également dans cet endroit son inspiration pour écrire ses poèmes, ses merveilleux poèmes, aussi enchanteurs et mélodieux que le chant des canaris... Un baume pour l'oreille et pour le cœur. Et je crois être suffisamment qualifié sur la question pour pouvoir en parler.

— En avez-vous ici ?

— Non, hélas ! Elle était d'ailleurs plutôt secrète sur la question. Je veux dire par là qu'elle ne les montrait pas à tout le monde. Peut-être par timidité. Il lui arrivait de m'en réciter, sans doute parce que j'étais censé faire autorité en la matière. De plus, sa voix était fort douce et elle-même très belle de sa personne, ce qui ne gâtait rien.

Keith Simpson se tut un instant. Il fixait avec un

vague sourire l'un de ses pensionnaires ailés, qui s'était lancé dans un concert de trilles mélodieuses.

— Sa mort m'a paru trop injuste, reprit-il. J'en ai voulu au créateur d'avoir rappelé à lui une personne si charmante et si joyeuse, si amoureuse de la vie. Bien que ses derniers jours fussent évidemment gâchés par le caractère épouvantable de son mari. Mais commençons par le commencement...

» Je ne vous ai pas encore parlé de Ian Gardner, un garçon du village qui était sur le point de partir après avoir perdu ses parents. C'était en 45, il revenait de la guerre. Il a fait la connaissance de Violette à cette époque. Il a alors changé d'avis, tout en rachetant la « Tombe d'Adonis », qui était à vendre, pour y abriter leur bonheur... C'est du moins ce que le jeune couple pensait, légitimement, après leur union. Violette était donc une étrangère à Madford, elle s'est très vite adaptée au village, grâce à son heureux caractère. Durant les deux premières années de leur mariage ils formaient un couple très réussi, si l'on peut dire, au bonheur communicatif. La seule présence de Violette semblait avoir embelli le village.

» Les choses ont commencé à se gâter, je crois, lorsque Ian a changé de métier. Il avait trouvé un emploi de représentant de commerce, qui le contraignait à de fréquentes absences. Devenu irritable, et parfois même violent, ses retours étaient souvent accompagnés de disputes, de plus en plus envenimées selon les voisins directs du couple, surtout les semaines qui ont précédé le drame. Violette, très affectée, ne disait rien, mais ses yeux parlaient pour elle. Ian, qui semblait lui aussi très abattu, ne se confiait pas plus que sa femme. On pensait alors qu'il devait être la proie de ses remords.

— Buvait-il ?

— Non, pas plus que de raison. Au début de

l'été 49, on sentait venir le drame, d'autant que l'hiver avait été difficile... Madford avait été endeuillé par une suite d'accidents malheureux. Puis il y eut cette journée d'août, qui vit la fin de la belle Violette. Contrairement à ce qu'on pourrait penser, son mari ne la frappa pas dans un accès de violente colère. Ils ne s'étaient querellés que quelques jours auparavant, pourrait-on dire. Ian était loin d'être un sot, il prépara minutieusement son crime. Il se ménagea un alibi en or, si ingénieux qu'il eut raison des enquêteurs.

— Sa culpabilité ne fait donc aucun doute, selon vous ? demanda Peter.

— Oui, répondit le maître de céans après un moment de réflexion. Oui, parce que je ne vois vraiment pas qui d'autre aurait pu en vouloir à la belle Violette.

Peter invita Debra à déjeuner dans une auberge des environs. Ils avaient préféré quitter le village pour faire le point à l'abri de toute oreille indiscrète. Leur propre situation semblait avoir été reléguée au second plan par le mystère de la mort de Violette Gardner.

— Pour moi, le mari n'est pas aussi coupable qu'on le pense, déclara Peter en se caressant pensivement la joue, tandis qu'on venait de leur servir le café.

— Ou il est l'instigateur de ce crime ou il ne l'est pas, fit remarquer Debra sur un ton d'aimable ironie. Et puis, je pense qu'il est un peu tôt pour se faire une idée.

— Bien sûr, il faut entendre en priorité le récit du colonel Hawke.

— Est-ce vraiment la priorité des priorités ?

— Oui... Enfin, après notre visite chez le propriétaire de la maison.

— Vous êtes toujours décidé à l'acheter ?

— Plus que jamais !

Debra reposa sa tasse de café vide, puis le regarda droit dans les yeux.

— Vous aimez les défis, n'est-ce pas ? Non seulement vous voudriez conjurer le mauvais sort, mais aussi résoudre cette énigme restée sans réponse.

Peter sourit.

— Je vois que vous avez parfaitement percé à jour ma personnalité profonde.

— Oh ! il n'y a aucun mérite à cela : on lit en vous comme dans un livre ouvert !

Après avoir allumé une cigarette, Peter posa sa main sur celle de Debra.

— Je sais. Je n'ai jamais été quelqu'un de compliqué. J'aime l'aventure, les défis, et les aborder de face, franchement, sans même en mesurer les risques.

Debra hocha gravement la tête.

— Je vous crois sur parole. Vous ne savez strictement rien de moi, et vous semblez prêt à partir pour une grande aventure !

— Je le suis, en effet. J'ai toujours suivi mon instinct, et ce n'est pas aujourd'hui que ça va changer.

— Il faut cependant que je vous prévienne, Peter. D'une certaine manière, je suis ce qu'on pourrait appeler « une personne à risque ». J'ai un passé sur lequel je ne veux plus revenir, et je vous demanderai de ne jamais me questionner à ce sujet.

— Je suis prêt à vous en faire la promesse, s'il le faut, pour ne pas vous perdre.

— Il faudra même faire plus que cela, au besoin, car on risque... comment dire ?... de vouloir me retrouver.

Après un coup d'œil sur l'alliance de sa voisine, Peter approuva d'un signe de tête.

— Je comprends, et je suis prêt à en assumer les risques. Mais dites-moi, avez-vous seulement un toit, actuellement ?

Debra secoua la tête.

— Voudriez-vous que je réserve une chambre dans cette auberge ?

— Non, je ne préfère pas.

— Alors, venez chez moi. Je me suis moi-même arrêté dans un hôtel des environs. J'occuperai le divan.

— Non, cela me paraît risqué malgré tout. On pourrait vérifier tous les registres. Mais si vous voulez bien me prêter votre salle de bain...

— Bien entendu. Mais où comptez-vous passer vos nuits ? À la belle étoile ?

— Et pourquoi pas ! s'exclama Debra, rieuse. Moi aussi, j'aime l'aventure. Mais j'ai une meilleure idée : puisque la « Tombe d'Adonis » est vide...

— Comment ? Vous voudriez passer vos nuits là-bas ? N'avez-vous pas peur de ce... fantôme qui rôde ?

Debra secoua la tête en souriant. Le soleil, qui filtrait à travers les carreaux sertis de plomb de la fenêtre, nimbait de lumière ses cheveux blonds, éclairait son visage joyeux, où toute trace d'angoisse avait disparu.

— Non. D'abord, je ne crois pas aux esprits. J'étais tellement fatiguée et à bout de nerfs, la nuit dernière, que j'ai dû avoir une hallucination, sans doute après avoir trop longuement observé le portrait de la défunte.

— Une hallucination ? réfléchit l'aviateur en rendant un nuage de fumée. Je me le demande. Voyez-vous, moi non plus je ne crois guère aux revenants. Mais il y a tout de même quelque chose d'étrange dans ce cas. Nous savons à présent que l'esprit de Violette a toutes les raisons de se manifester, puisqu'elle a été lâchement assassinée. C'est un premier point, mais évidemment pas une preuve en soi. Je suis d'accord avec vous pour l'explication de votre vision, influencée par le portrait que vous avez eu le loisir de regarder, mais le reste ? Sa passion pour les fleurs ?

— Il y a plusieurs tableaux et vases vides dans la chambre, objecta Debra après un temps.

— Et c'est par hasard qu'elle vous aurait fait traverser la véranda, où, nous le savons, elle a été retrouvée sans vie ?

— Eh bien...

— Et la « Tombe d'Adonis » à l'arrière de la maison, qu'elle vous a expressément indiquée, et qui passe pour l'épicentre de tous ces drames ? Simple coïncidence aussi ? Vous et moi en ignorions l'existence jusqu'à ce matin. Comment expliquez-vous votre rêve, dans ce cas ?

Avec une moue perplexe, Debra ouvrit la bouche pour parler, mais sans répondre.

— Et ce n'est pas tout, reprit Peter. Il y a aussi ce cahier qu'elle a ouvert devant vous pour se mettre à écrire... Or, vous ignoriez alors qu'elle avait coutume de rédiger des poèmes. D'après ce que vous m'avez dit, et d'après ce que nous avons pu constater ensemble en visitant les lieux tôt ce matin, rien ne donnait à penser qu'elle aimait cela. Je n'ai vu aucun objet, aucun détail que vous auriez pu relever inconsciemment pour le restituer ensuite dans un rêve.

Le visage de Debra s'assombrit.

— Je ne sais vraiment pas quoi vous dire. Quelle explication proposez-vous ?

— Aucune. Ces choses-là nous dépassent. En revanche, je suis sûr que votre vision, hallucination ou vrai fantôme, contient, elle, un message. L'esprit de Violette est bel et bien entré en communication avec le vôtre pour vous dire quelque chose.

— Quoi ? s'enquit vivement Debra, les yeux ronds.

— Je ne saurais être affirmatif. Mais il y a fort à parier qu'elle a tenté de vous fournir un indice pour confondre son meurtrier.

8

Contrairement aux Égyptiens, qui représentaient souvent le sphinx par un lion couché à tête d'homme, les habitants de Madford voyaient cette créature mythique en la personne du colonel Anthony Hawke, un homme bien planté sur ses jambes et au visage léonin. Ses yeux verts, surtout lorsqu'ils étaient braqués sur vous, évoquaient irrésistiblement ceux d'un fauve en train de guetter sa proie.

Bien que dépassant la soixantaine, il conservait une allure sportive et altière. Il avait accueilli le couple avec une cordialité un peu sèche, mais qui s'était progressivement réchauffée à mesure qu'il évoquait ses souvenirs. Une partie de son salon était réservée à une collection d'objets d'art persans et hindous, dont quelques remarquables miniatures mogholes, un peu surprenantes chez cet homme à l'allure martiale.

Le couple avait sonné à la porte du colonel en fin d'après-midi. Entre-temps, Peter était allé rendre visite au propriétaire de la « Tombe d'Adonis » après avoir conduit Debra dans sa chambre d'hôtel. La jeune femme en avait alors profité pour faire peau neuve. Elle était restée près d'une heure dans le bain qu'elle s'était fait couler, puis était partie s'acheter de nouveaux vêtements. Avec ses cheveux enroulés en chignon, c'était une autre femme que Peter avait découverte à son retour, fraîche et toute pimpante. Il ne cacha pas son admiration, tout en lui affirmant qu'à ses yeux elle resterait toujours belle, même vêtue de haillons. Il lui avait alors demandé d'un air mystérieux en plongeant sa main dans la poche de sa veste :

— Devine ce que j'ai là ?

— Ne me dis pas que tu as déjà acheté la maison !

— Non, mais presque ! Regarde.

— Une clé !

— Oui, la clé des champs, des songes ou du mystère ! Appelle-la comme tu veux ! En tout cas, elle nous donne accès à la « Tombe d'Adonis » de manière tout à fait officielle. Son propriétaire me l'a prêtée, en espérant bien que je ne change pas d'avis entre-temps. Nous avons déjà convenu d'un rendez-vous avec le notaire en début de semaine prochaine. Le prix aussi a été arrêté, un prix très intéressant, que j'aurais sans doute pu discuter, mais peu importe. C'est déjà une excellente affaire ! Alors, qu'en dis-tu, ma chérie ?

— C'est merveilleux !

— Cette maison est à nous.

— Oui, c'est formidable ! J'en suis vraiment très heureuse, dit d'une voix émue Debra, qui s'était réfugiée dans les bras de l'ancien aviateur. Mais ce qui m'enchante surtout, Peter, c'est que tu m'aies appelée « ma chérie ».

— Oh, excuse-moi ! Je suis de si bonne humeur que...

— Non, ne t'excuse pas, je te l'interdis !

Son compagnon lui avait alors adressé un regard de vague incompréhension, mais le baiser brûlant qui suivit acheva de mettre au clair une situation sentimentale un peu brumeuse jusqu'ici.

Comme ses hôtes, le colonel Hawke semblait impatient d'entrer dans le vif du sujet, mais se croyait obligé d'évoquer quelques souvenirs militaires en guise de préambule. Il soulignait le danger permanent côtoyé durant ses années passées sous les tropiques, sans doute pour mieux mettre en valeur un vie d'action, une existence instable, qu'il critiquait tout en paraissant la regretter.

— La partition de l'Inde... oui, bien sûr, j'y étais ! Ce fut sans doute l'épisode le plus douloureux et le plus cruel de mon existence. Car nous ne pouvions rien faire. Nous ne pouvions qu'assister à ces tragiques règlements de comptes, dont il vaut mieux taire les détails. J'avais personnellement pris des mesures pour enrayer ces excès, mais il est impossible d'arrêter l'engrenage de la violence quand chaque parti est persuadé de défendre la bonne cause...

» J'ai alors connu pour la première fois de ma vie un sentiment de dégoût, de lassitude, qui m'a décidé à prendre ma retraite très tôt. En 48, je remis les pieds sur le sol de cette bonne vieille Angleterre, et je me suis installé ici un peu au hasard. Je me suis laissé séduire par la position dominante de cette maison et la belle vue qu'elle offrait. J'étais certain, alors, d'y trouver le calme, de ne plus être confronté à la violence sous quelque forme que ce soit, mais je me trompais. Le mal est partout... Il habite les hommes, même les plus insoupçonnables. Justement, quand j'avais fait la connaissance de Ian Gardner, je l'avais trouvé d'emblée très sympathique. Et même par la suite, tout en apprenant certaines choses sur son compte. On aurait pu croire qu'il avait tué sa femme sur un coup de folie, mais après examen des faits, il ne bénéficie d'aucune circonstance atténuante. La préméditation était manifeste. Il manquait tout juste la preuve pour le confondre et détruire l'alibi inattaquable qu'il s'était forgé.

— Il paraît que vous avez mené une enquête personnelle sur cette affaire ? fit Peter après avoir goûté au whisky servi par le colonel.

— Affirmatif. J'avais en effet mené ma propre enquête, pensant à tort, je dois l'admettre, que la police civile avait mal fait son travail. J'avoue n'avoir pas obtenu de meilleurs résultats.

— Vous connaissez donc l'affaire dans le détail ?

— Absolument. J'ajoute même que, malgré les années qui ont passé, je l'ai encore bien en mémoire pour l'avoir souvent ressassée dans ma tête.

Un ombre passa sur son visage, où on lisait le regret et l'amertume. Le colonel regarda pensivement son verre, s'en empara, le vida d'un trait, puis poursuivit :

— Il y aurait beaucoup à dire sur l'aspect psychologique de ce drame, à commencer par la destinée tragique de Mrs Gardner, qui semblait vraiment trop jeune, trop belle pour partir ainsi, mais je préférerais m'en tenir rigoureusement aux faits dans un premier temps.

» Le drame s'est produit un dimanche matin, de très bonne heure, en août 49. La veille au soir, Ian Gardner avait quitté son domicile vers 20 heures. Un de ses collègues, un dénommé Gillard, était venu le chercher pour fêter le trophée du meilleur vendeur de la maison qui les employait, une maison d'édition qui cherchait surtout à promouvoir ses encyclopédies.

» C'était une soirée réservée au personnel, prévue de longue date. C'était aussi une sortie exceptionnelle pour Ian, qui ne partait jamais le soir après son travail. Du moins lorsqu'il se trouvait chez lui et non en déplacement pour prospecter de nouveaux secteurs de vente, ce qui lui arrivait assez souvent, il faut bien le dire.

» Les deux hommes s'étaient donc rendus à leur réunion, dans une taverne des environs, à une dizaine de miles d'ici, et ne s'étaient pour ainsi dire pas quittés jusqu'à leur retour le lendemain matin. Durant l'après-midi de la veille, un jardinier était venu retourner la plate-bande qui borde la véranda. Le patron, Fred Averill, s'en était chargé en personne, car son ouvrier souffrait d'un refroidissement. Le matin, il avait rencontré les Gardner, qui lui avaient tous deux rappelé cette tâche, prévue depuis un moment et dont l'exécution était sans cesse reportée. Fred avait terminé son travail vers 19 heures, d'assez mauvaise humeur, à cause de l'absence de son ouvrier qui lui causait bien des soucis.

» Vous connaissez donc les lieux, n'est-ce pas ? Vous savez que cette véranda est assez spacieuse, qu'elle fait cinq ou six yards de longueur et un peu moins de large, qu'elle est adossée à l'arrière de la maison, et qu'on y accède, de l'extérieur, par son flanc est. Le nord regarde le verger qui est précédé par une belle rocaille fleurie. L'édifice ne possède qu'une fenêtre, ou plus exactement un panneau vitré amovible. Il est situé à l'ouest. Une étroite bordure pavée de briques contourne la véranda. Au-delà, il n'y avait que la terre retournée par Averill, sur une largeur d'au moins cinq yards. À cet endroit précis, le sol est argileux, mais rassurez-vous, vous allez bientôt comprendre pourquoi je vous donne ces détails... Un mot encore pour vous dire que la vieille Mrs Miller, leur plus proche voisine, avait entendu les échos d'une conversation animée entre 19 heures et 20 heures.

» Selon Ian Gardner, il ne s'agissait pas d'une querelle, mais d'une simple discussion d'ordre domestique, assez forte parce que lui et sa femme se parlaient à un étage de distance. L'explication semblait plausible selon Mrs Miller, qui ne pouvait être affirmative, vu qu'elle n'avait pas perçu leurs propos assez précisément. Selon Gillard, le collègue de Ian, qui l'avait saluée en venant chercher son mari, Mrs Gardner ne semblait pas être sous l'effet d'une vive colère. Elle n'était pas précisément gaie, mais cela pouvait s'expliquer par la perspective de rester seule à la maison, tandis que les deux hommes se préparaient à passer une joyeuse soirée.

» Elle fut joyeuse en effet, puisque ledit collègue ne ramena Ian que le lendemain sur les coups de 7 heures. Le maître des lieux proposa un café au chauffeur, qui ne refusa pas. Leur soirée avait évidemment été bien arrosée, mais les vapeurs de l'alcool commençaient à se dissiper. Ils étaient encore un peu éméchés, mais lucides. En montant déposer ses affaires dans sa chambre, Ian fut surpris de trouver le lit vide. Il appela sa femme, inspecta la maison aidé de son collègue. En vain.

» Ils remarquèrent alors que la porte de la véranda était fermée à clé de l'intérieur. Grâce au carreau qui trouait le panneau à hauteur des yeux, ils purent y jeter un coup d'œil. Ils aperçurent Mrs Gardner, apparemment endormie sur son siège. Mais elle ne réagit ni à leurs appels ni à leurs coups contre la porte. Remarquant alors les étranges traces sombres sur ses avant-bras, Ian s'affola et décida d'enfoncer la porte. Sortir et faire le tour de la maison n'aurait servi à rien, puisque la deuxième porte était également verrouillée de l'intérieur, comme ils allaient bientôt pouvoir s'en rendre compte.

» Après avoir défoncé la porte à coups d'épaules, ils découvrirent la malheureuse, affalée dans un fauteuil en osier, la tête renversée sur le côté et les mains ensanglantées. À ce moment-là, il ne faisait aucun doute qu'elle s'était suicidée en s'ouvrant les veines avec le couteau de cuisine qui gisait sur le sol. À côté d'elle, une flaque de sang s'était formée sous un de ses poignets. Tous deux constatèrent qu'elle était morte depuis un certain temps. Son corps était déjà froid.

» L'enquête établit par la suite qu'elle avait cessé de vivre depuis environ une heure, soit vers 6 heures. Devant elle, la table basse, également en osier, chargée de quelques livres, à laquelle Violette avait coutume de s'installer pour y lire, au milieu de belles plantes en pots. D'un côté, se dressait une étagère basse, qui supportait une autre rangée de romans prise entre deux serre-livres. À part les plantes, il n'y avait rien d'autre. Les deux témoins l'affirmèrent. Ils découvrirent alors que le verrou de la porte donnant sur l'extérieur était poussé. Violette semblait avoir trouvé la mort dans une pièce entièrement close, fermée de l'intérieur. Le suicide, bien qu'évident, devenait désormais une certitude.

» C'est alors que Ian remarqua que l'unique fenêtre, apparemment fermée, n'était que poussée dans son logement, c'est-à-dire non assujettie par la poignée. Ils jetèrent un bref coup d'œil au dehors, mais ne virent aucune trace sur les plates-bandes fraîchement retournées par Averill. Les faits semblaient donc clairement établis, mais Gillard sentait qu'il subsistait là quelque chose de bizarre. Ian, lui aussi, manifesta son scepticisme. Il n'arrivait pas à s'expliquer le geste de Violette. Il semblait atterré et accepta sans protester de prendre une tasse de café lorsque Gillard le lui proposa, avant d'aller ensemble au commissariat de police le plus proche.

» Dès le début de leur enquête, les policiers flairèrent une mystification. D'abord, le couteau n'était maculé de sang qu'à son extrémité. Il n'y avait aucune trace sur le manche. Cela n'aurait pas relevé l'attention, si Violette l'avait aussitôt laissé tomber après s'en être servi. Mais les empreintes digitales de la victime étaient pour le moins curieuses. Il y avait celles de l'index et du majeur gauches... mais pas celle du pouce !

— Oui, c'est étrange, réfléchit Peter Sutcliffe en agitant le fond de son verre.

— En effet, comment peut-on tenir ainsi le manche d'un couteau ? Très difficile. Puis l'inspecteur chargé de l'enquête fit une remarque plus judicieuse encore, et qui réglait définitivement la question : quand bien même la victime aurait pu saisir son arme ainsi pour se trancher les veines de la main droite, comment l'aurait-elle fait pour l'autre poignet, puisqu'il n'y avait aucune des empreintes de la main opposée !

» C'est ensuite qu'on découvrit un bel hématome à l'arrière du crâne, un peu caché par le cuir chevelu. Puis on trouva un des cheveux de la victime sur un coin d'un des serre-livres, que le meurtrier avait soigneusement rangé après usage, mais en oubliant de l'essuyer, sans doute parce qu'il n'y avait pas vu de traces de sang. Ils étaient bel et bien en présence d'un crime, que le meurtrier avait tenté de déguiser en suicide.

» L'assassin avait dans un premier temps assommé sa victime à l'aide du serre-livres, puis lui avait ouvert les veines. En essuyant le manche du couteau, il l'avait maladroitement pressé contre les doigts de la victime, en commettant l'erreur d'oublier la seconde main. Il commit une erreur supplémentaire en essuyant la poignée de la fenêtre simplement poussée dans son logement et par laquelle il s'était vraisemblablement échappé. En effet, cette poignée aurait dû, en bonne logique, comporter au moins les empreintes d'un des propriétaires. Néanmoins, cette issue posait un problème, un problème redoutable qui ne fut jamais éclairci.

» Réglons d'abord la question des portes, qui étaient toutes deux fermées de l'intérieur. Celle donnant sur le jardin avait un verrou récalcitrant difficile à manœuvrer. Le tirer depuis l'extérieur, à l'aide d'un système de fil ou de tige métallique, était donc impossible. La porte et sa serrure furent néanmoins examinées avec soin par les enquêteurs, qui ne découvrirent pas la moindre éraflure suspecte, ni d'ailleurs sur l'autre porte enfoncée par les deux hommes. Celle-ci avait été fermée à clé de l'intérieur, clé qui était d'ailleurs restée dans son emplacement. Les deux hommes l'avaient même constaté avant de l'enfoncer, car Gillard avait d'abord proposé d'aller chercher un double. La porte, parfaitement ajustée dans son cadre, ne présentait pas le moindre interstice ; celui du bas est si mince qu'il n'est pas possible d'y passer un objet, telle une clé par exemple. Donc aucune supercherie possible de ce côté-là.

» La véranda entière fut inspectée à la loupe, et notamment, bien sûr, chaque vitre qui la composait. Il fut établi qu'aucune d'entre elles n'avait été descellée puis remise en place avec du mastic frais. Le sol en carreaux de terre cuite fut également passé au peigne fin, sans résultat. Ni cachette ni passage dérobé. Rien. La fenêtre restait donc la seule sortie possible pour l'assassin. Mais bien entendu, les policiers ne se contentèrent pas de jeter un simple coup d'œil comme l'avaient fait Ian et Gillard.

» D'abord, une première remarque sur la nature même du sol. Le terrain était détrempé par une pluie tombée drue durant une partie de la nuit, entre 2 heures et 4 heures. Cette surface ramollie aurait immanquablement gardé les empreintes de pas d'une personne passée par là, surtout après 4 heures. Or, il n'y en avait aucune, à l'exception de quelques traces étranges, qui avaient échappé au coup d'œil de Ian et de son ami. Cela ressemblait à des traces partiellement effacées par la pluie. Elles étaient situées le long de la maison, du côté de la fenêtre incriminée, entre la bordure de la véranda et un point plus à l'ouest, cinq yards plus loin.

» On retrouva également à cet endroit quelques débris de poterie, provenant vraisemblablement d'un pot de fleurs suspendu au mur à près de trois yards du sol, au moyen de chaînettes elles-mêmes reliées à un solide crochet. Or, il ne restait plus que celui-ci et quelques menus fragments du pot de fleurs sur la boue. Ce crochet qui était, notez-le bien, la seule partie saillante de tout ce pan de mur. Tout le reste avait disparu : débris, fleurs et chaînettes. Selon Ian, ce pot se trouvait encore là avant son départ, mais il n'aurait pas pu l'assurer. Averill avoua n'y avoir pas prêté attention, pressé qu'il était d'en finir. Je précise également que la seule vraie fenêtre qui perce le mur de cette façade se trouve à l'étage, et du côté opposé, c'est-à-dire plus vers l'est. Impossible d'atteindre le toit de la véranda sans faire de la casse.

» J'en reviens à mes traces étranges. Elles donnaient l'impression d'être antérieures à l'heure du crime, mais en envisageant une action calculée, consistant à verser de l'eau sur la terre derrière son passage ou je ne sais quel autre subterfuge, elles pouvaient avoir été celles du meurtrier. C'est d'ailleurs presque certain. Il a ainsi pu gagner cet endroit et s'être ensuite servi de ce pot de fleurs en surplomb, ou à tout le moins de son crochet pour exécuter je ne sais quelle acrobatie afin de pouvoir se projeter au-delà de la bande de terre retournée.

» Mais il restait encore quatre bons yards jusqu'à l'herbe la plus proche, et même là, pas de traces de saut. À titre indicatif, jusqu'au coin de la maison, il y a environ le double de distance. Vous voyez comment se pose le problème à présent ? Comment le meurtrier, après avoir commis son forfait, après avoir préparé sa mise en scène, a-t-il pu franchir cet espace de terre vierge ? Avait-il trouvé le moyen de se transformer en oiseau ?

Le colonel fit une pause pour se resservir un whisky. Il en but une gorgée et dit avec un rictus d'amertume :

— Les policiers ont cherché la solution de l'énigme, et moi aussi, je peux vous le dire, mais en vain. Du moins n'avions-nous pas trouvé d'explication satisfaisante. On a imaginé des cordes tendues jusqu'à l'arbre le plus proche, mais celui-ci se trouvait à plus de dix yards. On a même pensé à des échasses, qui auraient malgré tout laissé de petites traces. Bref, ce fut un échec pour nous, mais pour le criminel, en revanche, une réussite. Techniquement parlant, je me vois contraint de lui tirer mon chapeau.

— En somme, intervint Debra, Ian Gardner avait un double alibi : non seulement il ne pouvait pas avoir commis le crime pour ces raisons-là, mais il avait aussi plusieurs témoins durant toute la soirée !

Le colonel plissa le front.

— Pas exactement. Il s'est absenté durant une bonne demi-heure, pour prendre l'air parce qu'il se sentait mal, selon ses dires. Absolument personne ne l'a vu pendant ce temps. Or, il se trouve que cela coïncidait curieusement avec le moment fatidique, entre 5 heures et 6 heures. Mais voilà, faire le chemin aller et retour en une demi-heure, c'est tout juste le temps qu'il faut pour un pilote expérimenté. Ian Gardner n'avait pas pris sa voiture ce soir-là, mais il pouvait avoir préparé son affaire et en avoir loué une.

» Mettons qu'il n'ait pris qu'une dizaine de minutes pour l'exécution du crime, mettons que sa demi-heure d'absence ait été un peu plus longue, disons d'un petit quart d'heure, et que les témoins participant à la fête n'aient pas vérifié montre en main. Il pourrait dans ces conditions, et avec une bonne préparation, être parvenu à réaliser cet exploit.

— Finalement, ce qui l'a sauvé, déclara Peter, c'est ce bout de terre sans empreinte !

— Exactement. C'est le travail de Fred Averill qui lui a évité le gibet.

Un silence suivit ces paroles. Peter, qui pianotait sur l'accoudoir de son fauteuil, fut le premier à le rompre :

— Donc, ce crime peut avoir été commis par n'importe qui.

— Oui, évidemment, grogna le colonel. Puisque le *modus operandi* ne fut pas percé à jour.

— Alors, pourquoi s'est-on acharné sur ce malheureux Ian Gardner ! A-t-il profité de la mort de sa femme ? A-t-il touché une forte prime d'assurance-vie ?

— Non, mais enfin... c'était son mari ! D'ailleurs, tout le monde savait que ça ne tournait pas rond dans leur ménage depuis quelque temps.

— Cela me semble insuffisant pour l'accuser d'un acte aussi grave !

— Certes, mais il était le seul à avoir un motif ! Violette Gardner n'avait pas d'ennemi ! Personne d'autre que lui n'avait de raison de la tuer !

Peter ébaucha un sourire.

— Nous avons eu l'occasion de voir le portrait de Mrs Gardner, une bien belle femme... Belle au point de pouvoir susciter des passions, des jalousies, et donc des drames...

Le visage du colonel s'était empourpré.

— Décidément, jeune homme, vous semblez avoir pris le parti du mari !

— Non, pas du tout. Simplement, je cherche à comprendre. Cette orientation des soupçons me paraît un peu excessive au vu des circonstances.

Anthony Hawke fixa d'un air sombre son interlocuteur, puis finit par sourire.

— Vous étiez un as de la R.A.F., si j'ai bien compris ?

— Oh ! j'ai simplement fait mon devoir.

— Modeste, mais obstiné. Vous êtes bien tous les mêmes, vous, les pilotes ! Je n'ai pas fait trente ans d'armée pour rien, et je m'y connais en hommes. (Puis, en arborant un large sourire :) Mais oui, mon cher Sutcliffe, vous avez raison, il y avait autre chose... En fait, rien de précis, mais des rumeurs, de méchantes rumeurs, vraies ou fausses, qui ont cependant fini par renforcer la suspicion qui pesait sur Gardner. Comme il n'y avait aucun élément tangible, et que les faits semblaient si odieux, elles n'ont pas été mentionnées à l'enquête. Enfin jugez plutôt...

9

Installé à son bureau, Roy Jordan regardait pensivement la sobre bibliothèque vitrée qui garnissait la pièce. Elle était chargée de livres soigneusement choisis, qu'il n'avait du reste pas eu le temps de lire : des romans d'aventures connus, de la littérature classique et une minorité de traités de psychiatrie. Roy Jordan pensait que les clients n'aimaient pas avoir affaire à un savant trop brillant, trop scientifique, mais préféraient plutôt quelqu'un de plus proche d'eux, de plus humain. Il attachait beaucoup d'importance au choix de ces livres — le reflet de sa personnalité — et réfléchissait souvent à la composition de sa bibliothèque qu'il lui arrivait de modifier en fonction de ses clients. Roy Jordan la regardait fixement à ce moment-là, mais ne la voyait pas.

Il avait le front sillonné de fines rides inquiètes et son visage était moite, malgré le grand ventilateur qui brassait l'air près de lui. Depuis quelques jours, depuis la disparition de Debra, il n'était plus que l'ombre de lui-même. Il paraissait avoir vieilli d'une dizaine d'années et s'était plongé dans un mutisme profond. Une seule pensée l'obsédait : Debra. Pourquoi était-elle partie ? Où était-elle ? Que faisait-elle en ce moment ?

La sonnerie du téléphone troubla ses pensées. Il décrocha et dit avec aigreur :

— Oui, qu'y a-t-il ? Écoutez, Rose, je vous avais pourtant donné des consignes précises pour cet après-midi : je ne veux voir personne. Comment ? L'inspecteur Norton ? Oui, bien sûr, faites-le monter immédiatement.

Quelques instants plus tard, l'inspecteur Davis Norton avait pris place en face de lui. C'était un homme assez jeune, roux, précocement dégarni, aux yeux bleus et au regard intelligent. Courtois, il était un peu économe de ses paroles, mais parlait toujours à bon escient. Roy Jordan s'était fait une bonne opinion de lui dès leur première rencontre, mais dans son esprit, personne hormis lui-même n'était suffisamment perspicace pour comprendre Debra, et donc la retrouver. Au demeurant, la police avait fait chou blanc jusqu'ici. Et aujourd'hui, elle ne faisait pas exception à la règle.

— Si je me suis permis de vous déranger, Mr Jordan, déclara le policier, c'est simplement pour faire le point de la situation. Nous pensons désormais avoir recueilli tous les témoignages et tous les indices, ce qui nous a permis de reconstituer assez fidèlement le parcours de votre femme.

— Qui s'arrête toujours à Bondleigh ?

— Oui, malheureusement. Mais je tenais surtout à vous rassurer, car nous sommes désormais certains qu'elle ne pourra pas être poursuivie pour ce qui est arrivé à Charly Haar. En fait, c'était plutôt elle la victime.

— Personnellement, je n'en ai jamais douté.

— Je vous comprends, monsieur, mais avouez tout de même que l'affaire se présentait mal pour elle. À présent, nous sommes fixés. Ces deux types étaient des repris de justice, qui exerçaient encore occasionnellement leurs talents de cambrioleur, comme en attestait le matériel retrouvé dans leur camionnette. Ils étaient non seulement des délinquants en exercice, mais aussi de détestables individus, que votre femme a eu le malheur de rencontrer après être tombée en panne près de Princetown. Nous connaissons les circonstances dans le détail, car le dénommé William Cream, le complice de Charly, a fini par lâcher le morceau. En fait, lors de ses précédents témoignages, il avait simplement passé sous silence le fait que lui et son comparse avaient essayé de violenter votre femme avant qu'elle ne prenne la fuite avec leur camionnette.

Le psychiatre se prit la tête entre les mains.

— Oh ! mon Dieu, les misérables...

— Il paraît qu'elle ne s'est pas laissé faire et qu'elle a eu beaucoup de cran. La justice ne lui reprochera donc pas le tragique accident de Haar, lequel ne pourrait s'en prendre qu'à lui-même s'il était encore vivant. Il était légitime que votre femme accélère à fond pour échapper à ses agresseurs, alors qu'il martelait le véhicule de son poing américain. Je vous passe les détails de la scène, car Cream lui-même a blêmi en évoquant les faits. Il était aussitôt revenu à l'auberge pour appeler une ambulance, mais trop tard... L'hémorragie due à l'amputation du bras a rapidement eu raison du malheureux.

— Malheureux ? releva le Dr Roy Jordan en réprimant difficilement sa colère. Je pense que ce scélérat n'a eu que ce qu'il méritait !

L'inspecteur Davis Norton observa un silence avant de reprendre :

— En revanche, l'attitude de votre femme par la suite est plus difficile à expliquer. À Exeter, arrêtée par le policier, elle a pris la fuite. Ce qui est punissable par la loi, comme vous le savez.

— Mais ne bénéficie-t-elle pas de circonstances atténuantes ?

— Si. Mais après cela, elle a sciemment volé une voiture de sport. Le témoignage de son propriétaire est accablant. Il était très en colère lorsque nous l'avons interrogé, mais en apprenant que son véhicule avait été retrouvé en parfait état, il a changé du tout au tout, et a même pris les choses avec humour, disant qu'après tout, il s'était beaucoup diverti. Si bien qu'il a retiré sa plainte.

— C'est une bonne chose, mais cela ne nous avance guère.

— À Bondleigh, alors que nous venions de retrouver sa trace grâce à la Jaguar, votre femme a une nouvelle fois pris la poudre d'escampette, avec une célérité stupéfiante. Elle nous a même glissé entre les doigts, alors que nous étions sur le point de la surprendre à l'hôtel où elle s'était réfugiée. Nous avions appris l'endroit de sa cachette grâce à un retraité qui lui avait parlé tôt le matin, dans le cimetière. Que faisait-elle là ? Mystère. Depuis, plus la moindre trace, plus le moindre signe. Elle s'est littéralement évanouie dans la nature. Et comme elle est majeure et donc libre de ses mouvements, que les faits qui lui sont reprochés paraissent somme toute mineurs et qu'il n'est pas en notre pouvoir de nous opposer à sa volonté...

— Il faut la retrouver !

— J'entends bien, Mr Jordan. Mais il nous faut désormais envisager un départ volontaire de sa part. Ne vous méprenez pas, nous ferons tout pour la retrouver. Mais vous-même, de votre côté, pourriez-vous nous fournir quelques indications ?

Roy Jordan fronça les sourcils, tandis qu'il jouait nerveusement avec son étui à cigarettes en or.

— Que voulez-vous dire ?

— Je ne tergiverserai pas plus longtemps, monsieur. Vous savez sans doute les hypothèses qu'il faut envisager en pareil cas...

— Non, mais je vous écoute.

— Votre femme pourrait avoir une liaison.

Le psychiatre alluma une cigarette, lâcha un mince filet de fumée vers le plafond, puis secoua la tête.

— Non, elle n'avait pas de « liaison », comme vous dites, et je suis bien placé pour le savoir.

— Je m'excuse d'insister, Dr Jordan, mais vous savez bien que les maris sont toujours les derniers informés dans ces cas-là.

— Peut-être. Apprenez néanmoins, monsieur, que j'ai quelque prétention en matière de psychologie.

— Certes, mais...

— En ce qui concerne Debra, je sais parfaitement à quoi m'en tenir, trancha le maître des lieux. Faites-moi confiance. Ce sont quinze années d'expérience qui vous parlent.

En vérité, Roy Jordan ancrait sa conviction sur un point précis : le fait que Debra s'était rendue à Bondleigh pour se recueillir sur la tombe de son père. Sa présence dans ce village, dans ce cimetière, ne pouvait s'expliquer autrement : oppressée par l'angoisse, traquée par ces malfrats puis par la police, elle s'était instinctivement dirigée vers l'endroit où reposait son père. Un geste difficile à concevoir dans le cas d'une fugue en vue de retrouver un amant. La police, qui ignorait l'existence de cette tombe, n'avait pas pu faire le rapprochement. Du reste, cette question purement personnelle ne la concernait pas.

— Quelle serait votre idée, alors ? s'enquit le policier avec une nuance de défi dans les yeux.

— La panique. Au départ, elle a simplement dû avoir envie de prendre l'air. Il faisait très chaud ce jour-là, je vous le rappelle. L'agression qu'elle a subie du fait de ces deux individus après sa panne de voiture, puis la vision sinistre du bras accroché à la portière me semblent autant d'éléments suffisants pour qu'elle s'affole et cherche à fuir n'importe où.

— Soit. Mais où est-elle, alors ?

— Il a dû lui arriver quelque chose. Un accident, sans doute, tandis que vos hommes la traquaient à la sortie de Bondleigh.

— Nous n'avons rien trouvé dans les bois et les champs des environs que nous avons passés au peigne fin.

— Savez-vous au moins dans quelle direction elle s'est enfuie ?

— Non, fit le policier, laconique.

Après un silence méditatif, le psychiatre secoua la tête avec lassitude.

— Puis-je vous demander une faveur, monsieur l'inspecteur ? Pourriez-vous me donner les noms et adresses des personnes qu'elle a rencontrées sur son trajet ?

Davis Norton eut un sourire ironique.

— Voudriez-vous jouer au détective ?

— Oui, et je dirais même que c'est mon devoir en tant que mari.

— Ma foi, si ces gens acceptent de vous écouter, je n'y vois aucun inconvénient. Je vous communiquerai cela sans tarder par téléphone. Mais je doute, Mr Jordan, que vous parveniez à en apprendre davantage. Nous avons fait notre travail très consciencieusement.

— J'en suis persuadé. Mais en tant que proche et de par mon métier, je possède l'avantage non négligeable de bien connaître « la fugitive ». Or, il suffit parfois d'un rien, d'une parole banale, pour vous mettre sur la voie. Debra a peut-être laissé un tel indice derrière elle, invisible pour vous, mais évident à mes yeux, comprenez-vous ?

Le policier acquiesça en silence. Il lui promit de l'appeler ce soir-même avant de prendre congé. Lorsqu'il se fut retiré, Roy Jordan songea une fois de plus qu'il avait affaire à un homme intelligent. Mais curieusement, tandis que ses doigts pianotaient sur son étui de cigarettes, cette pensée semblait autant le contrarier que le réjouir. On frappa alors à la porte qui s'ouvrit sur Richard Kindley, le sous-directeur de l'établissement.

Les deux hommes ne se saluèrent pas, échangeant simplement un regard, puis Kindley, homme de taille moyenne au visage aussi inexpressif que celui de son supérieur, demanda :

— Alors ? Toujours rien de neuf ?

— Non.

Kindley fit une grimace. Il retira ses lunettes, se passa la main sur la tempe, puis déclara :

— Après tout, pourquoi ne pas envisager une explication toute simple...

Jordan jeta un regard incrédule sur son confrère.

— C'est-à-dire ?

— Eh bien..., hésita l'autre. Ce pourrait être un cas de fugue avec une liaison clandestine à la clé.

La réaction du directeur de l'établissement ne tarda guère. Une attitude totalement inhabituelle chez lui, due selon toute probabilité à ses nerfs malmenés, son angoisse et son chagrin. Il vira à l'écarlate, gifla son subalterne, puis dit d'une voix sifflante :

— Ne vous hasardez plus jamais à ce genre de remarques, Kindley !

10

13 juillet

Une dizaine de jours s'étaient écoulés depuis l'arrivée de Debra à Madford. Pour tous les villageois, elle était Mrs Debra Sutcliffe, l'épouse de ce sympathique Peter Sutcliffe, ancien héros de la dernière guerre. Et elle-même, en était de plus en plus convaincue, surtout depuis qu'ils avaient officiellement emménagé dans la « Tombe d'Adonis », qui appartenait désormais à Peter. Durant les premiers jours de leur installation, le crime mystérieux de Violette fut relégué au second plan, mais la présence de la défunte semblait omniprésente, d'autant que les affaires du ménage Gardner étaient toujours là, entassées dans les pièces de l'étage.

En quittant les lieux après le drame, Ian Gardner avait laissé toutes ces affaires à la famille de Violette. Or, celle-ci n'avait qu'un oncle, qui ne se manifesta qu'une fois pour récupérer quelques objets. La demi-douzaine de ménages qui louèrent successivement la maison ne se composait jamais de plus de deux ou trois personnes qui se contentaient d'occuper le rez-de-chaussée, ne sachant trop quelle décision prendre avec les effets des Gardner qui restèrent sur place, se couvrant de poussière au fil des dix-sept ans qui suivirent.

Mettre de l'ordre dans tout ce bazar qui remplissait presque deux pièces entières n'était pas une mince affaire, d'autant que le couple avait d'autres priorités. En outre, Debra et Peter préféraient ne pas agir à la hâte, se donnant ainsi le temps d'examiner chaque objet. Debra se contenta simplement d'épousseter les parties accessibles des deux pièces, et notamment celle qu'elle avait visitée nuitamment : la chambre personnelle de Violette. Elle prit aussi le temps de cueillir des fleurs sur la rocaille et de remplir quelques vases, qu'elle disposa autour du portrait. Les yeux clairs de la défunte qui souriait paisiblement dans son cadre d'argent semblaient la remercier de son attention, mais Debra, en vérité, ne les vit pas bouger, pas plus qu'elle ne revit « le fantôme ». Peter semblait déçu, tout en continuant de croire dur comme fer à son existence.

Entre-temps, le couple avait fait de nouvelles connaissances, dont la vieille Mrs Miller, leur charmante et aimable voisine, et Mrs Doreen Marshall, une fort belle personne d'une quarantaine d'années, qui tenait la droguerie avec sa fille Kathleen. Jusqu'ici, ils n'avaient fait qu'échanger quelques mots avec elles, mais ils entendaient bien leur parler plus longuement comme le colonel leur avait recommandé de le faire.

D'autre part, ils avaient reçu la visite d'un certain Richard West, sourcier de son état, un jeune homme blond au regard rêveur, qui se présenta comme le neveu de Fred Averill. Il leur avait proposé ses services, ajoutant qu'il était également en mesure de détecter dans la propriété les endroits « bénéfiques » et, surtout, ceux à éviter. Debra l'avait écouté avec une grande attention, mais Peter, qui allait et venait pour décharger des courses de sa voiture, l'avait prié de revenir un autre jour, quand ils auraient un peu plus de temps devant eux.

— Un sourcier, pour quoi faire ? Je te demande un

peu ! avait-il déclaré avec humeur dès que le jeune homme se fut retiré. Nous ne manquons pas d'eau et il y a même un puits au fond du jardin !

— Tu n'as pas tout entendu, Peter. Il est capable de détecter les zones de mauvaises influences dans la maison.

Peter avait haussé les épaules en souriant.

— C'est inutile, puisque nous savions à quoi nous en tenir en venant ici, n'est-ce pas ? C'est toute la propriété qui porte la poisse ! Au point qu'elle déteint même sur le village. Tu te souviens des confidences du colonel ? De ces accidents étranges ?

— Oui, mais il pensait qu'il fallait les imputer au mari.

— Il a été plus nuancé que ça, ma chérie, souviens-toi.

Debra ne dut faire aucun effort pour se remémorer la fin de leur entretien avec l'ancien militaire, le jour de leur arrivée. Tout comme la fin tragique de Violette, ces événements n'étaient pas de ceux qu'on oublie facilement.

« Oui, ces accidents étaient pour le moins singuliers, avait déclaré le colonel Hawke en se rejetant contre le dossier de son fauteuil, les yeux fixés vers le plafond comme pour mieux rassembler ses souvenirs. Voyons, il y avait d'abord le jeune Harper, un gamin d'une dizaine d'années. C'était au tout début du printemps. On l'avait retrouvé noyé au fond du puits derrière la grange de ses parents. Tout donnait à croire qu'il s'agissait d'un accident, que le gamin avait peut-être joué avec la corde qui retenait le seau, car le tout fut retrouvé avec lui, mais une partie de cordage portait une entaille nette. Néanmoins, personne n'avait alors osé envisager une intervention criminelle à ce moment-là. Cela pouvait avoir été fait auparavant par n'importe qui, ou peut-être par le gamin lui-même. On avait alors simplement consigné ce curieux détail.

» Puis ce fut au tour du benjamin des Lee. Un garçonnet de sept ou huit ans, assez turbulent. Retrouvé couvert de piqûres d'abeilles, près d'une ruche qu'il semblait avoir détruite à coups de bâtons, il était si mal en point qu'il n'a pas été en mesure de prononcer un mot avant de rendre l'âme. Rien de suspect de prime abord, cependant cela faisait une seconde mort subite en l'espace de deux mois. Néanmoins, on a retrouvé une grosse pierre derrière la ruche qui m'avait donné à réfléchir.

» Vers la fin juillet, la petite Sarah Coles se noya dans l'étang au sud du village, derrière les bois qui bordent le bungalow du professeur Simpson. Elle se baignait avec sa cousine, une jeune fille de seize ou dix-sept ans. L'endroit n'est guère dangereux, l'étang étant peu profond. La petite Coles devait avoir pied sur une bonne distance depuis la rive. En outre, sa cousine savait bien nager. Elle s'était mise un peu à l'écart, à l'ombre d'un arbre pour lire. Habituée à ses cris joyeux et ses bruyants ébats dans l'eau, elle se contentait de jeter un coup d'œil de temps à autre. De plus, la petite Coles portait des brassières : un modèle de fiabilité, solide, fait de bâtonnets de liège, qu'elle avait enroulé autour de ses petits biceps.

» Plongée dans sa lecture, la cousine avait relâché son attention durant un certain temps, sans doute rassurée par le bruit continu des éclaboussements. Après un long silence, elle s'était simplement dit que la gamine avait regagné la rive pour se reposer. Mais lorsqu'elle leva les yeux de son roman, cinq ou dix minutes après, il était trop tard. Les pieds de Sarah Coles dépassaient de la surface de l'étang, immobiles, les brassières autour des chevilles. La petite les avait changées de place, mises autour des pieds histoire de faire une expérience rigolote, avant de s'élancer hardiment vers le centre de l'étang.

Un silence de mort envahit le salon et Debra sentit de petits picotements lui remonter l'échine. Le colonel, qui s'était tu un instant, reprit d'un ton grave :

— Je ne sais pas si vous en avez déjà fait l'expérience étant enfant, mais ce peut être un piège mortel. C'est comme si deux mains puissantes vous maintenaient plongé dans l'eau, les pieds en l'air. Vous pouvez vous agiter comme vous voulez, la pression vous retiendra irrémédiablement la tête en bas. Et il est difficile, alors, de se défaire de ces brassières, surtout si elles sont serrées, ce qui était le cas. Bien sûr, en dehors de l'étang, cela ne pose pas de problème, mais les retirer dans l'eau, c'est une autre affaire. Et difficile d'appeler à l'aide, dans ces conditions !

— C'est affreux, déclara Peter. Mais je ne vois pas dans ce cas, ni dans le précédent, autre chose qu'un accident.

— La cousine de la petite, qui du reste n'habite plus au village, était effondrée, comme vous pouvez l'imaginer. Lorsqu'elle a parlé d'une ombre, de l'impression d'avoir senti une présence s'approcher du lac pour les épier discrètement, on ne l'a pas vraiment crue. D'abord, parce qu'elle ne l'avait pas vue, et ensuite, parce qu'elle était si malheureuse qu'elle donnait l'impression de dire n'importe quoi pour atténuer sa responsabilité et sa détresse. Mais tout compte fait, cela faisait maintenant trois accidents d'enfant en l'espace d'un semestre. C'est beaucoup pour un petit village comme Madford...

— Mais c'est monstrueux ! s'exclama Debra en prenant la main de Peter.

— Oui, mais possible. Toujours est-il qu'à partir de ce moment-là, quelques vagues rumeurs ont commencé à circuler. Rien de précis au départ, juste quelques remarques sur la coïncidence de cette série tragique, puis il y a eu des allusions plus orientées. Le comportement de Ian Gardner paraissait étrange, ces temps-ci. Non seulement il se querellait avec sa femme, parfois violemment, mais il devenait de plus en plus taciturne.

— Du coup, on l'a soupçonné d'être une sorte de maniaque, d'avoir tué ces trois gosses de la manière la plus odieuse ! s'exclama Peter, sans pouvoir cacher sa colère.

Le colonel eut un geste d'embarras.

— Pas exactement. Cela a peut-être été dit, insinué sournoisement, mais d'une manière plus générale, Gardner était devenu le lien direct entre ces malheurs et la malédiction issue de la « Tombe d'Adonis ». Il faisait en quelque sorte rayonner ce mal latent, le communiquait autour de lui, comme un morceau de métal transmet la chaleur... Enfin vous connaissez ce genre de ragots, rien n'est dit, tout n'est que sous-entendus ou regards accusateurs !

— Ian Gardner était donc devenu l'oiseau de malheur de Madford !

— Oui, exactement. Sur quoi, le mois suivant, sa femme a été assassinée dans les circonstances que vous connaissez. Voilà pourquoi il était le suspect numéro un et l'est toujours resté.

— Nous comprenons, approuva Peter avec un sourire amer. Il a été condamné avant même de tuer sa femme, n'est-ce pas ?

— Avouez cependant que les présomptions étaient lourdes !

— Et même avec le recul, vous êtes toujours certain de sa culpabilité ?

— Oui, bien sûr, par déduction, comme je vous l'ai expliqué. Lui seul avait un mobile. Enfin, je ne parle que de l'assassinat de Mrs Gardner, car pour ce qui est des trois enfants... J'ai du mal à m'imaginer Gardner dans le rôle de leur bourreau. Parfois sombre et peu bavard, mais sympathique dans l'ensemble. Intelligent, aussi. Mais compte tenu de la ruse déployée par le coupable pour commettre son assassinat, c'est une qualité qui ne plaide pas en sa faveur.

— Je me demande ce qu'est devenu cet homme, fit remarquer Debra en posant sa main sur le bras de Peter, installé à ses côtés sur le sofa.

— Nous n'avons jamais eu de nouvelles de lui depuis qu'il a quitté le pays, répondit le colonel en haussant le épaules. Mais enfin, cela ne m'étonne guère.

— Comment était-il, physiquement ?

— Brun, de taille moyenne... pas de signe particulier, réfléchit le colonel. Souriant, sympathique — du moins au début — mais en somme assez effacé.

— Le reconnaîtriez-vous ?

— Oui. Encore que..., se ravisa-t-il. Il y a quand même près de vingt ans qui ont passé. À l'époque, lui et sa femme avaient vingt-cinq ans.

— Enfin pourquoi cette question, Debra ? s'enquit l'aviateur avec une once d'agacement.

— Mais voyons, j'essaye simplement de me faire une idée.

Peter la regarda un instant, puis finit par soupirer, l'air un peu contrit.

— Oui, tu as raison. Moi aussi j'essaye de me faire une idée. Mais c'est surtout son comportement qui me laisse perplexe. Pourquoi un homme qui n'est pas idiot, sachant qu'il fait déjà l'objet de soupçons, aurait l'idée d'assassiner sa femme dans des circonstances aussi étranges ?

— Vous oubliez son alibi en or ! fit observer le colonel.

— Qui n'était finalement pas aussi solide qu'on le pensait !

— Et l'apparent suicide de la victime ! Car s'il n'avait pas commis l'erreur des empreintes, c'est le verdict qui aurait été rendu !

— N'avez-vous pas dit qu'il semblait lui-même étonné du suicide en découvrant le cadavre de sa femme ?

— Oui, mais cela pouvait être une ruse au second degré, ou une simple précaution au cas où les choses se compliqueraient...

Peter ne trouva rien à redire. Il restait très sceptique et le fit savoir à son hôte, puis demanda si d'autres décès suspects s'étaient produits par la suite.

— Non, fit le colonel Anthony Hawke, songeur. Rien durant les années suivantes. Quoique, cinq ou six ans plus tard, il y ait eu deux regrettables accidents assez rapprochés, ce qui a fait penser aux autres, évidemment sans rapport. Ian Gardner avait quitté le village depuis cinq bonnes années. Si vous voulez en savoir davantage sur la question, je vous conseille d'aller en parler à Mrs Marshall, ou mieux encore, à Mrs Miller, qui habite à côté de la maison qui vous intéresse. C'est une femme assez âgée, qui n'ignore rien des moindres potins circulant au village. Allez la trouver, elle sera contente de vous accueillir. Elle vous rebattra sans doute les oreilles avec les tourments que lui a causés son fils, mais c'est une fine mouche, très observatrice, qui a bien connu les Gardner. »

Mrs Elisabeth Miller était une charmante vieille dame, qui semblait tout à fait à sa place dans un village comme Madford. De sa personne se dégageait un charme suranné à l'image des façades des vieilles maisons à colombages. À l'intérieur de son logis, cette impression de désuétude semblait plus prononcée encore. Après avoir franchi le seuil de sa porte, au-dessous d'une rangée de tuiles qui semblaient à peine accrochées au bord du toit, on découvrait un univers d'une autre époque.

Les fenêtres à petits carreaux laissaient filtrer une lumière vive, qui éclairait avec un contraste saisissant les murs peints à la chaux, la blancheur des napperons et la dentelle des rideaux qui tombait en flocons lumineux, comme si des faisceaux célestes essayaient de réveiller un monde endormi, peuplé de meubles propres à affoler un antiquaire et fleurant bon la cire.

La vie de Mrs Miller, elle aussi, appartenait au passé. Elle avait épousé très jeune un officier de cavalerie, avant qu'il ne parte pour l'Afrique du Sud, où il périt lors de la guerre des Boers. Pour tout souvenir, il lui avait laissé un fils, Paul, « un enfant adorable mais... »

— Quand j'y pense, quand je le revois, si aimable et si prévenant..., disait la vieille dame avec émotion. Tout le monde en raffolait au village. Il était si gentil que j'en oubliais même, parfois, la disparition pourtant très cruelle de son père. Lorsqu'il a commencé à courir les filles, à mener une vie de bâton de chaise, je me suis dit que c'était de son âge. Mais cela a duré jusqu'à quarante ans... Il a alors épousé une brave jeune fille des environs. (Un éclair malicieux passa derrière les verres épais de ses lunettes :) Mais je suppose que ce n'est pas pour entendre mes jérémiades que vous êtes venus ?

Peter s'éclaircit la voix avant de répondre :

— Je crois que nous aurons encore l'occasion d'en parler, Mrs Miller, étant donné que ma femme et moi venons d'emménager dans la maison voisine.

Mrs Miller eut un sourire indulgent.

— Je suis déjà au courant. Les nouvelles circulent vite, à Madford. En tout cas, permettez-moi de vous féliciter pour votre courage. Bien des ménages y ont renoncé à cause de sa réputation. Je commençais à désespérer d'avoir des voisins... Je crois que les gens se complaisent d'une certaine manière dans le malheur, entendez par là qu'ils aiment à cultiver les vieilles histoires et les malédictions, ce qui, par je ne sais quelle alchimie, finit par les provoquer.

— Notre maison n'est donc pas hantée, selon vous ? demanda Peter Sutcliffe sur un ton de plaisanterie.

— Je crois davantage à la méchanceté des gens qu'aux effets pervers d'un endroit prétendument maudit. Je dis cela parce qu'après l'affaire Gardner, il s'est passé un long moment sans histoires...

— Vous êtes donc, vous aussi, persuadée de la culpabilité du mari ?

— Je n'ai pas dit ça, répliqua la vieille dame. Quelqu'un d'ici pouvait très bien nourrir une profonde aversion contre les Gardner et cesser d'être nuisible après leur départ, comprenez-vous ?

— Songeriez-vous à quelqu'un de précis ?

La maîtresse de maison secoua la tête avec gravité.

— Je préfère me taire... Les personnes auxquelles je pense n'ont sans doute rien à voir avec ce drame. C'était simplement un exemple, pour vous dire que les apparences peuvent être trompeuses.

L'ancien aviateur évoqua alors les accidents mentionnés par le colonel, puis demanda à leur hôtesse ce qu'elle en pensait.

Elle garda le silence, puis demanda à brûle-pourpoint :

— Saviez-vous que Mrs Gardner aimait écrire ?

— Oui, bien sûr, on nous l'a dit, répondit spontanément Debra. Nous savons aussi qu'elle adorait les fleurs.

— Oui, une véritable passion. Nous en parlions souvent, car je m'entendais bien avec elle. Elle vivait au milieu des fleurs, à tel point que je trouvais cela même excessif. Elle m'avait une fois emmenée dans sa chambre, un jour où Paul était de retour... Paul qui, comme je vous le disais, avait épousé cette jeune fille des environs, à qui il fit trois enfants. Juste avant la Seconde Guerre mondiale. Et à la fin du conflit, lors d'un voyage d'affaire, savez-vous ce qu'il fit ? Je vous le donne en mille ! Je vous rappelle que nous étions en 45 et que...

Mrs Miller retira ses lunettes et secoua la tête comme pour se gourmander elle-même.

— Je préfère ne plus parler de lui, vraiment. Je n'ai aucune raison d'être fière. Pour en revenir à la chambre de Violette, je m'étais dit qu'elle ferait bien de l'aérer de temps en temps, car ces parfums étaient si lourds qu'ils vous donnaient des impressions de tournis. De plus, c'est là qu'elle passait des heures à écrire des poèmes et son journal.

— Son journal ? s'enquit Peter, intrigué. Mrs Gardner écrivait un journal ?

— Oui, bien sûr, dit la vieille dame en souriant. Qu'y a-t-il de si étonnant pour quelqu'un qui avait la passion des belles lettres ?

— Aviez-vous vu ce journal ?

— L'objet en soi, oui, mais pas son contenu, bien sûr, car c'était personnel... Tiens, maintenant que j'y pense, je me demande... C'est curieux, car je ne me souviens pas qu'il en ait été question lors de l'enquête. À moins que les policiers ne l'aient pas trouvé, ou qu'ils ne l'aient pas jugé suffisamment intéressant. C'est dommage, car ces ouvrages intimes contiennent parfois des éléments d'information déterminants pour ce genre d'affaire.

— Comment se présentait ce journal, Mrs Miller, demanda vivement Peter. À quoi ressemblait sa couverture ? Vous en souvenez-vous ?

— Oui, naturellement. Je l'ai vu plusieurs fois. Cette malheureuse Violette en était très fière, elle brûlait sans doute de m'en montrer quelques extraits, mais ne s'y est jamais résolue. Je sais qu'elle plaçait parfois des fleurs séchées entre les feuilles.

— N'était-il pas mauve et décoré de dessins verts ?

— Oui, en effet, je me rappelle bien. Mauve avec de fines spirales vertes sur les bords... Mais qu'avez-vous ? Vous semblez fort surpris...

Peter et Debra s'entre-regardaient. Chacun venait de songer au fantôme qui, en apparaissant à Debra, avait ouvert devant elle un cahier semblable.

11

— La fin de l’année 45 arrivait, oui, et nous pansions encore nos plaies, soupira Mrs Miller. Tout le monde souhaitait la réconciliation de nos deux pays, certes, mais Paul a vu les choses de manière... disons... avant-gardiste. Il a choisi cet instant entre tous pour tomber amoureux d’une Allemande, une jeune Bavaroise, de vingt ans sa cadette. Et comme si cela ne suffisait pas, il est allé s’installer chez elle séance tenante. Ce fut un sacré choc pour nous tous.

— Je comprends, Mrs Miller, approuva Peter d’un air compatissant.

— Moi, j’étais effondrée comme vous pouvez l’imaginer, mais il s’agissait surtout de sa femme et ses trois jeunes enfants, vous rendez-vous compte ? Au début, je n’osais plus me montrer au village, tellement j’étais mortifiée ! Mais les gens ont compris ma détresse et m’ont aidée, surtout ma belle-fille. En vérité, nous étions tous consternés : Paul, mon petit Paul, si sage, si affectueux, comment avait-il pu nous faire une chose pareille ? Nous abandonner, nous, sa mère, sa femme, ses trois enfants pour... une *Gretchen* ?

— C’était presque comme si vous l’aviez perdu...

— Oui, on peut le dire. Mais la honte s’ajoutait au chagrin...

— J'en reviens à ces trois tragiques accidents d'enfants, Mrs Miller. Oui, ces morts étranges ont dû être un véritable drame pour les parents.

— Bien sûr, et plus cruel encore !

— Pensez-vous qu'il puisse y avoir un rapport entre ces décès et celui de Mrs Gardner ?

— Ah ! Oui ! fit la vieille dame en retirant ses lunettes. Je sais maintenant ce que je voulais vous dire. Car voyez-vous, il est probable que ma voisine ait noté quelque chose là-dessus. C'est pour cela que je vous ai parlé de son journal lorsque vous m'aviez posé la question.

Une lueur d'intérêt s'aviva dans le regard de l'aviateur.

— Vous avait-elle fait des confidences à ce sujet ?

— Plus ou moins, oui... Malheureusement, sans me fournir d'autres précisions. Elle trouvait cette suite d'accidents singulière et...

La vielle dame se tut, les sourcils froncés, puis reprit :

— Si, ça me revient maintenant. Une fois, elle m'a clairement fait comprendre qu'elle soupçonnait quelqu'un d'avoir volontairement provoqué ces accidents.

— Savez-vous qui ?

— Elle ne me l'a pas dit. Encore que...

— Oui ?

— Non, vraiment je ne peux pas en dire davantage. Elle n'a pas cité de nom. Je n'ai eu qu'une impression. De plus, ce n'était pour elle que des soupçons fondés sur certains recoupements.

Peter se frotta le menton, d'un air sombre, disant :

— Des accidents provoqués ? Cela signifie trois assassinats, commis de sang-froid, sur d'innocents enfants.

La vieille dame parut mal à l'aise.

— Oui... Et je pense que de telles monstruosités ne peuvent avoir été commises que par une créature déséquilibrée. Or, j'avoue avoir eu des inquiétudes pour la santé mentale de quelqu'un à cette époque, mais cela ne cadrait pas avec le reste, si bien que je n'ai jamais réussi à me faire une idée précise sur la question de ces accidents.

— Mais voyons, fit Peter, nous avons là un puissant mobile de meurtre ! Si Mrs Gardner avait eu des soupçons sur l'auteur de ces crimes d'enfant, et que celui-ci s'en fut rendu compte, il devenait vital pour lui de la réduire au silence dans les plus brefs délais ! Ce n'est donc pas forcément son mari qui l'a tuée, comme tout le monde semble le croire !

— Oui... mais à condition que le mari ne fût pas lui-même ce maniaque.

— Est-ce là votre sentiment ?

— Non, mais d'autres l'ont cru. Vraiment, je ne sais que penser de ces événements tragiques... Crimes ou accidents ? Les observations que j'ai pu faire me paraissent contradictoires. En revanche, je suis plus sûre de moi pour ceux qui se sont produits durant la décennie suivante, lors de l'été 57. Je me souviens bien de la date à cause de la naissance de mon sixième petit-enfant, Jürgen... Je ne l'ai jamais vu, mais il est adorable, paraît-il... Après avoir fait trois enfants à sa précédente femme, Paul, sans doute par souci d'équité, en a fait trois autres à sa petite Bavaroise. En fait, il n'a jamais eu le sens des responsabilités. Les mauvaises langues du village prétendent que c'est de ma faute, parce que je l'ai toujours gâté.

Le regard de Mrs Miller se tourna vers un portrait sur sa commode, qui représentait le visage aimable d'un homme à la chevelure claire et ondulée. À côté se dressait un autre cadre, protégeant la photo d'un jeune homme ressemblant fort au précédent, mais à l'allure plus décidée et portant l'uniforme de l'armée anglaise.

— Vous comprenez, lorsque je me suis retrouvée veuve à dix-neuf ans, et mère de surcroît, j'étais dans une situation difficile à laquelle s'ajoutait mon chagrin... Cet enfant était mon seul soutien, ma seule raison de vivre, et si gentil avec moi lorsque je pleurais devant la photo de feu mon mari.

Il fallut tout le tact de Peter pour recentrer la discussion.

— Donc en 57, répéta Mrs Miller, songeuse, il y avait eu une tempête et beaucoup de nos toitures avaient souffert. Cela me fait penser à la mienne, qui nécessiterait d'être revue entièrement... Le jeune Tommy, apprenti couvreur était venu réparer le clocher de l'église. Il était très fier d'avoir la charge d'une telle mission, mais il n'en vint malheureusement pas à bout. Il n'atteignit même pas le bord du clocher.

» La grande échelle qu'il avait disposée contre le mur a glissé à sa base alors qu'il l'escaladait. Il a fait une chute de plusieurs mètres qui l'a tué sur le coup. Au pied de l'échelle, il y avait une grosse corde enroulée. L'apprenti qui accompagnait Tommy l'aurait vue bouger bizarrement juste avant la chute, alors qu'il se tenait un peu plus loin. Comme il ne se trouvait pas à sa place, à la base de l'échelle pour la maintenir solidement, on supposa qu'il avait inventé cette histoire pour se disculper.

» L'autre accident mortel eut lieu quelques semaines plus tard. Le fils d'un fermier, un petit bonhomme de six ou sept ans, tomba dans une fosse à purin derrière sa maison, à cause d'une planche vermoulue qui avait cédé sous son poids. Il devait sans doute jouer à la corde à sauter, car on en découvrit une à côté de la planche brisée.

Un silence se fit dans le salon désuet de Mrs Miller. L'ancien aviateur, méditatif, finit par demander :

— Qu'est-ce qui vous donne à penser que le second cas pût être un meurtre ?

— La corde à sauter. Le gamin n'aimait pas y jouer... Or, j'ai vu quelqu'un lui apprendre à sauter à la corde quelques jours avant le drame.

— Mon Dieu, je comprends... Ce serait alors un meurtre parfaitement ignoble. Mais il pourrait aussi s'agir d'une coïncidence ?

— C'est ce que je me suis dit, figurez-vous. Mais ensuite, je me suis mise à observer cette personne. J'ai alors eu le sentiment qu'elle souffrait d'un déséquilibre mental. Mais comment en être sûre ? Dans le doute, j'ai préféré me taire, et j'espère avoir bien fait.

— En tout cas, cela nous prouve une chose, déclara vivement Peter. Si ces accidents se révélaient être des assassinats, Ian Gardner ne pourrait pas en être l'auteur, puisqu'en 57, il avait depuis longtemps quitté le village !

— Votre raisonnement est juste, mais il s'appuie sur des bases incertaines. Ces événements déplorables ne sont pas forcément des meurtres, de plus, il ne s'agit peut-être pas d'une même main criminelle.

— Il serait vraiment étonnant que dans un village comme Madford, même à plusieurs années d'écart, il y ait existé deux dangereux maniaques de ce genre !

La vieille Mrs Miller hocha tristement la tête.

— Vous avez raison, Mr Sutcliffe. Mais il se produit parfois d'étranges choses dans la vie, je peux le dire. Mon fils Paul, qui était un enfant si charmant...

De retour dans leur logis, Debra et Peter s'installèrent dans la cuisine pour y prendre le thé. Entrée par la fenêtre ouverte, une abeille bourdonnait près des toasts et de la marmelade d'orange. Ils suivaient des yeux son manège, mais sans réagir, chacun semblant profondément plongé dans ses pensées.

— Maintenant, une chose est claire, déclara soudain Peter.

— Ah bon ? Laquelle ? Moi, je trouve au contraire que tout s'embrouille !

— Je parle du fantôme de Violette, du sens de son intervention. La description que Mrs Miller nous a faite de son journal n'autorise plus le moindre doute, Debra. Tu ne *peux pas* avoir imaginé dans un rêve ordinaire un détail aussi précis, comprends-tu ? Il s'agit bel et bien d'un message de la malheureuse Violette. Elle veut nous livrer le nom de l'assassin, et pour cela...

— Nous devons retrouver son journal !

— Exactement. C'est ainsi que je comprends son geste. Elle s'est montrée à toi, t'a guidée dans sa chambre, t'a attendue, puis a sorti son journal et s'est mise à écrire. Le journal de Violette, c'est cela le message ! Il contient un indice qui désigne l'assassin ! Du reste, cette charmante Mrs Miller le pense également. Il ne nous reste donc plus qu'à retrouver ce journal !

— S'il existe encore...

Peter serra le poing et dit avec hargne :

— Il est encore là, j'en suis sûr ! Sinon, l'esprit de Violette ne se serait pas manifesté ainsi ! Il doit être dans une de ces deux pièces, et vraisemblablement dans celle où elle aimait écrire. Il faut nous atteler à cette tâche sans tarder !

— Tu veux commencer tout de suite, Peter ? Comme il y en a pour un bout de temps, tu sais, nous ne sommes plus à un jour près ! J'avais prévu de m'occuper de la rocaille cet après-midi.

— Non, rien ne presse, répondit Peter d'un ton

démentant ses paroles. Mais j'ai bien l'intention de m'y mettre dès ce soir.

— Ce soir, n'oublie pas que nous sommes chez Mrs Marshall. Elle nous a invités à prendre le café !

L'appartement de Mrs Marshall se trouvait au premier étage de la droguerie, au centre du village, un intérieur très soigné, à l'image de sa propriétaire, une belle brune élancée, qui portait admirablement ses quarante ans. Elle avait de grands yeux bleus, assez écartés, et portait des lunettes à verres épais. Doreen Marshall souffrait en effet d'une très mauvaise vue et d'un léger strabisme. Cela ne nuisait en aucun cas à sa beauté, se disait Peter, et lui conférait même un charme certain.

Les yeux de sa fille étaient en revanche parfaits. Kathleen possédait la beauté de sa mère, réhaussée par l'éclat de sa jeunesse. Elle avait une magnifique chevelure châtain, souple et lustrée, qui mettait en valeur son regard lumineux. Ce qui agaçait Debra, c'était l'insistance de ce regard, braqué en permanence sur Peter. Avec une insouciance que seule sa spontanéité pouvait excuser, elle le couvait des yeux, buvait chacune de ses paroles lorsqu'il évoquait ses souvenirs de la bataille d'Angleterre, et n'hésitait pas à lui poser de nombreuses questions, ponctuées d'exclamations admiratives devant tant de courage et de bravoure de la part du pilote.

Mrs Marshall, à qui le manège de sa fille n'avait pas échappé, finit par lui demander de se retirer pour permettre aux grandes personnes de parler entre elles. Kathleen s'était éclipsée docilement, mais non sans avoir fait savoir au pilote qu'elle serait heureuse d'entendre, à l'occasion, la suite du récit de ses exploits.

— Kathleen est encore un peu fantasque et exubérante, commenta sa mère lorsque la jeune fille se fut retirée. Elle n'a que dix-sept ans...

— Dix-sept ans ? réfléchit Peter. Elle est donc née en 49, c'est-à-dire lors du drame survenu à la « Tombe d'Adonis ».

— Oui, acquiesça la maîtresse de maison. Elle est née cette année-là, lorsque Ian est parti.

— Ian Gardner, je suppose ?

— Oui, Ian Gardner. Il aurait pu être son père.

Debra et Peter échangèrent un regard surpris. Mrs Marshall, amusée, s'empressa d'ajouter :

— Je dis bien « aurait pu », car Ian était un ami d'enfance... même un peu plus à mes yeux, pour ainsi dire, mon premier béguin.

— Eh bien, nous l'ignorions, fit Peter en riant.

— En vérité, nous étions très amoureux l'un de l'autre, jusqu'au jour où il a fait la connaissance de Violette. Il m'a alors laissée tomber comme une vieille chaussette ! Aujourd'hui, j'en rigole, naturellement, car le temps a passé. Mais à l'époque, je lui en ai voulu ! D'autant plus qu'ils ont eu le toupet de s'installer au village ! J'en étais même tellement offensée que je me suis mise à fréquenter un de ses anciens rivaux, croyant ainsi que j'allais le vexer. C'est le père de Kathleen. Il a été victime de l'un des derniers raids aériens allemands. Mais Ian n'avait d'yeux que pour sa Violette.

— Il en était donc très amoureux d'après vous ?

— Au début, oui. Pour moi, j'en arrivais à croire qu'elle l'avait ensorcelé ! J'étais jeune et naïve, à cette époque-là. Un peu comme Kathleen. On a du mal à dominer son enthousiasme, ses élans...

— Et par la suite, cette passion s'est progressivement éteinte pour se transformer en haine.

— De la haine ? s'interrogea gravement Doreen Marshall. Mon Dieu, je ne sais pas...

— Il l'a pourtant tuée.

— C'est ce qu'on raconte. Pour moi, Ian était incapable de faire du mal à une mouche. Je l'ai connu assez longtemps pour pouvoir m'en faire une idée.

— Eh bien dans ce cas, vous êtes bien une des rares personnes à le croire innocent !

Mrs Marshall posa sur son hôte ses deux yeux au regard convergent.

— Peut-être, hésita-t-elle. Mais c'est difficile à dire. Avec les drames passionnels, on n'est jamais sûr de rien.

— Drame passionnel ? releva Peter, surpris. L'affaire ne me semblait pas se présenter sous cet angle.

Mrs Marshall eut un sourire de Joconde.

— Je préfère me taire. Je n'aime pas dire du mal des personnes disparues, mais posez la question au Pr Simpson, ou à Fred Averill.

12

Minuit venait de sonner. Debra relut ce qu'elle avait écrit, puis rangea ses affaires. Elle se sentait fatiguée. Après avoir éteint la lumière du salon, elle sortit. Le corridor n'était éclairé que chichement par une lampe à l'étage. Le bord des marches de l'escalier brillait dans la pénombre, ainsi que la longue rampe qui semblait se diriger vers la source lumineuse. D'étranges bruits résonnaient.

— Il n'a toujours pas fini, soupira-t-elle en levant les yeux.

Elle passa devant le chérubin armé de son arc, puis s'engagea dans l'escalier. Elle cligna des yeux. Par contraste, la lumière l'aveuglait, jouait sur la moindre surface brillante, comme le bois poli de la rampe. Elle sentait que les « cercles jaunes » allaient apparaître, que les souvenirs affluaient, mais elle refoula avec force ces pénibles pensées. Roy Jordan n'existait plus pour elle. Le nom de Jordan lui était étranger à présent. Elle s'appelait Sutcliffe, Mrs Sutcliffe, et était en parfaite sécurité auprès de son mari Peter. Plus personne ne pouvait la trouver, l'atteindre ici, à Madford, dans la « Tombe d'Adonis », ni Roy Jordan ni ses « cercles jaunes ».

Elle avançait sans hâte dans l'escalier et entendait les marches grincer sous ses pieds. La clarté à l'étage se précisait, comme une bougie qu'on approche de vos yeux, puis elle vit un rai de lumière vive qui filtrait d'une porte entrouverte. Le bruit de rangement fébrile s'accentuait. Peter passait la chambre de Violette au peigne fin depuis deux jours.

— Rien, rien, rien ! grognait-il, le souffle court.

Debra entra dans la pièce. Son compagnon ne lui accorda pas un regard, tout occupé qu'il était à déballer une vieille malle en osier, en jetant pêle-mêle autour de lui des piles de romans.

— Enfin bon sang, où est ce cahier ? J'aurais parié qu'il était par ici. Et rien, apparemment ! S'il se trouve dans l'autre pièce, on en aura encore pour un moment... Là-bas, c'est pire encore !

Peter avait le front moite et sillonné de rides. La clarté d'une applique murale faisait ressortir ses traits, et briller plus que de coutume la joue où il portait sa cicatrice. Debra se mit à l'observer en silence. Elle se rendit alors compte d'une chose qu'elle n'avait jamais remarquée auparavant. D'ordinaire, lorsqu'il parlait, bougeait ou souriait, Peter présentait un visage assez régulier. Mais en l'examinant attentivement, et dans certaines conditions, on avait le sentiment d'être en présence d'un assemblage de deux profils distincts. Or, à ce moment-là, tandis qu'il jetait un regard furieux au contenu du coffre, Debra croyait voir son visage scindé en deux moitiés différentes. Elle se rendait compte de l'effet particulier de l'éclairage qui renforçait cette impression, due vraisemblablement aux conséquences de son accident. Par simple association d'idées, elle se dit qu'il y avait deux personnalités en lui. Mais elle songea ensuite à ces derniers jours et à ce changement imperceptible qui s'opérait en lui.

— Peter, ne crois-tu pas qu'il serait l'heure d'aller se coucher ?

— Je veux retrouver ce journal !

— Nous le retrouverons, chéri, j'en suis sûre.

L'aviateur se redressa vivement pour la regarder.

— Enfin, je ne te comprends pas, Debra ! Nous avons là, à portée de main, un élément essentiel pour notre enquête, et cela ne semble pas t'émouvoir outre mesure. Pendant que je me démène, tu fais du jardinage, tu lis dans le salon...

— J'étais avec toi toute la matinée, Peter !

— Certes, mais tu vois bien que je n'avance pas. Regarde ! Et dire qu'il y a encore l'autre chambre ! Non, vraiment, je ne te comprends pas !

— C'est moi qui ne te comprends pas, Peter. Plus les jours passent, plus tu t'impatientes, plus ce mystère t'obsède.

— Nous ne sommes pourtant là que depuis dix jours !

— Oui, c'est pour ça que je me pose des questions, dans quel état seras-tu dans un mois, si nous n'avons pas résolu cette énigme ?

Peter respira profondément, passa le bras sur son front luisant de sueur, puis sourit à la jeune femme. Il se dirigea vers la commode qui supportait le portrait de Violette, embelli par quelques iris dans des vases disposés de part et d'autre du cadre. Debra avait soigneusement nettoyé le meuble, mais après les travaux de recherche de Peter, une mince pellicule de poussière s'y était déposée. Le maître de maison était cependant trop exalté pour s'en rendre compte.

— Regarde, dit-il en désignant le portrait. Cette femme a été lâchement assassinée par quelqu'un qui avait déjà d'autres meurtres sur sa conscience. Crois-tu qu'elle te soit apparue ce soir-là, par hasard ?

Debra secoua timidement la tête.

— Non.

— Et crois-tu que notre rencontre survenue juste après cette vision inexpliquée, soit elle aussi le fait du hasard ?

— Non, Peter, dit-elle d'une voix de plus en plus émue.

— Alors, ne crois-tu pas que c'est notre devoir de résoudre ce mystère ? De retrouver cet abominable personnage qui, par un beau jour d'été, a froidement éliminé cette malheureuse, rayonnante de joie de vivre aux dires de tous ? Notre devoir est de réhabiliter la mémoire d'un homme, son mari, accusé de toute évidence à tort de ce crime.

— Sans doute, Peter. Mais n'avons-nous pas tout notre temps pour cela ? Et... il y a d'autres choses, toutes aussi urgentes...

— Lesquelles ?

— Il nous faut aussi penser à nous.

Sur ces mots, elle se réfugia dans les bras de l'aviateur, qui se rendit compte qu'elle tremblait de tous ses membres.

— Debra, ma chérie, qu'as-tu ?

— Rien, Peter, j'ai peur...

— Peur de quoi ?

— De te perdre, de devoir partir d'ici... de retourner...

Sa voix s'étrangla. Elle se blottit au creux de l'épaule de Peter et se mit à sangloter à chaudes larmes. L'ancien pilote de R.A.F. lissa d'un geste rassurant la masse de ses cheveux blonds, garda le silence un instant, puis dit de sa voix chaude et un peu rauque :

— Tu sais, Debra, tant que tu refuseras de parler de toi, de ta vie, je ne pourrai pas vraiment t'aider.

— Je sais... c'est de ma faute. Mais tu m'as promis, n'oublie pas.

— D'accord, si cela te bouleverse à ce point.

— J'ai peur, Peter, j'ai peur de revoir ces cercles jaunes... J'ai peur tant que nous ne serons pas vraiment mariés. Tôt ou tard, quelqu'un finira par s'en rendre compte.

— C'est vrai. Tu sais bien que de mon côté, je suis prêt à m'engager. J'étais même prêt à le faire depuis l'instant où je t'ai trouvée, endormie sur les marches de cette maison.

— Oh ! Peter, tu remues le couteau dans la plaie ! Moi aussi, je ne souhaiterais que cela, mais...

— Mais tu ne peux pas, pour des raisons qui me semblent évidentes.

Les sanglots de la jeune femme redoublèrent, puis elle finit par dire dans un murmure :

— Il y a pourtant un solution. Je ne t'en ai pas encore parlé, parce que je voulais tout oublier. Maintenant, je crois que cela devient nécessaire, vital pour moi.

Sur quoi, la jeune femme lui exposa le cas de cette amie lui ressemblant, et qui s'était suicidée dans un moment de dépression. Elle passa sous silence son mari et la clinique, se contentant simplement de lui exposer les circonstances singulières de ce suicide et l'occasion inespérée qui s'offrait à elle pour la remplacer.

— Si personne ne s'est rendu compte de rien au bout de tout ce temps, réfléchit Peter, cela me semble réalisable. Elle s'appelait Deborah James, dis-tu ? C'est un autre coup de veine, car ce prénom de Deborah pourrait très bien expliquer le fait que tu te sois fait appeler « Debra ».

— Je le sais bien. Je crois même que c'est cela qui m'a donné l'idée.

— Évidemment, je n'aime pas beaucoup ces manigances. Mais j'avoue que le coup me semble jouable. Depuis combien de temps n'es-tu plus allée à son appartement ?

— Deux ou trois semaines. J'y avais fait un tour peu de temps avant de quitter... de te rencontrer.

— Le mieux serait d'y retourner sans tarder.

— C'est ce que je pense aussi.

— Mais tu sais, Debra, j'aimerais aussi y jeter personnellement un coup d'œil.

— Je n'y vois aucun inconvénient. Je t'ai dit l'endroit...

— Très bien. Alors si les choses n'ont pas évolué dans le mauvais sens, nous pourrions prendre une décision...

— Celle de...

— Oui, de nous marier, ma chérie. Je suis prêt à en assumer le risque... par rapport à ta vie passée.

Pour la seconde fois de la soirée, Debra se jeta dans les bras de son compagnon en sanglotant, mais de joie cette fois-ci. Elle murmura tendrement à son oreille :

— Oh ! Mon chéri !

— Évidemment, il n'y aura pas de cérémonie, puisque nous sommes déjà censés être mari et femme, ici. Mais après tout, si quelqu'un l'apprend au village, ce ne sera pas très grave, vu que nous aurons régularisé sans tarder notre « situation coupable ».

— C'est trop beau pour être vrai, Peter ! Je n'ose pas y croire !

— Nous n'avons pas encore gagné la partie, ma fille ! Il nous faut d'abord aller à Torquay et faire le point.

— Quand ?

— Demain, si tu veux.

Sur ces mots, le couple échangea un long et tendre baiser. Peter se rapprocha ensuite de la commode pour s'absorber dans la contemplation du portrait de Violette, entouré de fleurs. Debra le tenait tendrement par le bras.

— Je te remercie, Peter, dit la jeune femme. Tu fais passer notre bonheur avant toute autre considération !

— En aurais-tu jamais douté, ma chérie ? Mais dis-moi, sens-tu ce merveilleux parfum ?

— Bien sûr. C'est moi-même qui ai cueilli ces iris sur la « Tombe d'Adonis » cet après-midi.

— Je sens aussi le parfum de Violette. C'est curieux, parce que j'ai toujours eu l'impression de le sentir, en ce lieu, même lorsque nous sommes venus dans cette pièce pour la première fois. Crois-tu que ce n'est qu'une impression liée à mon imagination ou un réel parfum, si tenace qu'il aurait résisté à l'épreuve du temps pendant près de deux décennies ?

— Je ne pourrais te le dire, Peter. Moi aussi, j'ai toujours eu cette sensation. Violette s'entourait de tant de fleurs que les odeurs ont fini par imprégner les murs.

— Elle est belle, n'est-ce pas ?

— Oui, très belle, soupira Debra. J'aimerais lui ressembler.

— Chérie, voyons, ne dis pas ça ! fit Peter en riant. C'est toi que je préfère, toi que j'aime !

— Je me le demande, parfois...

L'aviateur crut bon, une nouvelle fois, de joindre le geste à la parole pour lui prouver la sincérité de ses sentiments. Après quoi, il tenta de s'expliquer :

— Je crois que c'est son sourire qui m'a frappé. Un sourire mélancolique. Au fond d'elle-même, elle semble si triste ! On a l'impression qu'elle veut dire quelque chose, peut-être même est-ce un appel au secours, un message de détresse... Ne le ressens-tu pas ainsi ?

— Si. Je n'en ai même jamais douté.

Un lueur de détermination passa dans les yeux bruns de l'aviateur.

— Nous percerons le mystère, Debra. Fais-moi confiance. Nous arracherons le masque du monstre qui l'a assassinée.

13

Roy Jordan supportait de moins en moins la chaleur de l'été. Il avait l'habitude de rester dans son bureau, de respirer l'air brassé par le ventilateur, et non pas d'affronter cette fournaise dans l'habitacle de sa nouvelle voiture. Le vendeur avait pourtant attiré son attention sur la couleur noire de ce modèle d'exposition, qui mettait certes les chromes en valeur mais qui présentait l'inconvénient d'absorber la chaleur sous le soleil. Le psychiatre n'avait pas tenu compte de sa remarque dans son empressement de disposer d'une voiture pour entamer ses recherches.

Il avait commencé par sillonner plusieurs fois la lande de Dartmoor, la traverser en tous sens, sans suivre une stratégie précise, agissant ainsi peut-être simplement parce que l'endroit offrait des espaces dégagés, donc une bonne vue, et que cette terre était réputée pour ses légendes et ses mystères. Quelque part dans son inconscient, il s'imaginait voir surgir la silhouette de Debra, au détour d'un chemin, au milieu d'un pré, ou même s'élever de l'écume d'un de ces bruyants torrents qu'enjambaient les ponts de pierre.

Passé ces premières errances, purement instinctives, il s'était dirigé vers Princetown, à l'endroit où les deux brutes avaient tenté de malmener sa femme. Dans la crevasse du sentier où l'on avait retrouvé sa voiture accidentée, il avait même mis la main sur les lunettes de Debra, qu'elle avait sans doute jetées de dépit après être tombée en panne. Il était fier de sa découverte, essentiellement parce qu'elle avait échappé aux policiers, mais force lui était de reconnaître qu'elle ne le faisait pas plus avancer. C'était simplement un signe d'encouragement.

L'inspecteur lui avait fait savoir qu'il était difficilement possible de ménager un entretien avec William Cream, vu que celui-ci avait été appréhendé. De toute manière, Jordan n'y tenait pas. Il doutait que cette brute pût lui être utile, et n'avait nullement envie de faire sa connaissance. Il lui souhaitait de ne jamais échouer, un jour, dans son établissement, car il résisterait difficilement, dans ce cas, à lui faire subir un traitement de choc, de ceux qu'il réservait aux cas les plus graves et dont on sortait rarement indemne.

Le jour suivant, il se rendit à Bondleigh, le dernier endroit où Debra avait été aperçue. Il inspecta soigneusement la tombe de son père, mais n'y découvrit pas d'indice. La police lui avait donné l'adresse du vieil homme, qu'il ne trouva pas chez lui, mais à l'auberge des « Deux clés », où il comptait se rendre de toute façon. Il était très bavard mais ne lui apprit pas grand-chose. Le fait qu'il eût rencontré Debra au cimetière ne l'étonnait pas. Roy Jordan se doutait qu'elle s'y était rendue pour se recueillir sur la tombe de son père. Tout le reste de son témoignage, d'ailleurs, confirmait ses déductions : sa fatigue, son air perdu et inquiet. La patronne de l'auberge ne lui en apprit pas davantage.

Il acquit aussi la certitude qu'elle n'était pas passée à son ancienne adresse, comme le lui assurèrent les nouveaux propriétaires. Il passa le reste de l'après-midi à tourner en rond au village, à en faire le tour, le long de la lisière des bois et des champs, tentant vainement de deviner la direction qu'elle avait prise. Au nord vers Oxford ? À l'est vers Londres ? Au sud vers Brighton ? Ou avait-elle rebroussé chemin vers l'ouest ? Il quitta Bondleigh bredouille, abattu, découragé, mais malgré tout déterminé à la retrouver. Pour lui, c'était vital. Il ne pouvait concevoir sa vie, son avenir sans elle.

Il rencontra George Grant le surlendemain. Ce fut un entretien pénible. L'homme lui parut déplaisant dès l'abord, trop jovial, trop sûr de lui, trop enclin au pardon. Cette manière de « passer l'éponge » après le vol de sa voiture, avec une ostensible et joyeuse mansuétude, l'agaçait au plus haut point. Malgré son vernis de civilité, il décelait un éclat de lubricité dans ses yeux quand il évoquait sa rencontre avec Debra. Enfin, lorsque pour prouver ses bonnes dispositions, George Grant lui proposa de les inviter, lui et sa femme, dès qu'il l'aurait retrouvée, Roy Jordan estima qu'il était grand temps de le quitter. Il n'avait pas plus l'intention de nouer des liens d'amitié avec ce vieux don Juan sur le retour qu'avec Billy Cream. Il retira simplement de cet entretien la confirmation de ce qu'il savait déjà : Debra n'était pas une sotte. Malgré son affolement, elle avait réussi à berner cet homme pour lui emprunter sa voiture.

Roy Jordan retourna chez lui, faisant le désagréable constat de ses échecs successifs. Il n'avait ni progressé d'un pouce ni fait mieux que les enquêteurs. Il ne lui restait qu'une piste à suivre, une personne à entendre : le policier qui avait questionné Debra à Exeter, avant la découverte macabre du bras accroché à la portière. Il irait le retrouver, lui poser les mêmes questions qu'aux autres témoins, mais il doutait fort qu'il puisse l'aider. Ce en quoi il se trompait...

14

— Ainsi mon neveu Richard West est passé vous voir, déclara Fred Averill après avoir versé un verre de porto à ses hôtes. Et je suppose que vous avez pris rendez-vous avec lui ?

— Rendez-vous, c'est un grand mot, répondit Peter en souriant. Je lui ai simplement dit de repasser à l'occasion.

— Eh bien, il reviendra, soyez-en certain !

Debra, qui n'écoutait que d'une oreille distraite la conversation, regardait l'intérieur du salon des Averill en se demandant ce qui la gênait. Ce n'était ni l'ameublement de sobre facture, ni la pièce en soi, ni la vue qu'elle offrait sur les jardins et les serres. Ce qui la dérangeait – elle finit par s'en rendre compte –, c'était ses occupants : Gladys et Fred Averill. Il n'y avait rien à leur reprocher, mais le couple s'accordait mal à ses yeux. Lui, le maintien fier, la voix assurée. Elle, terne et effacée. Lorsqu'elle parlait, elle ne faisait qu'exprimer des reproches à peine voilés, tel que ce « Ah, vous avez fini par acheter cette maison ! » alors qu'elle venait tout juste de les introduire dans son salon. Elle n'avait pas ajouté « malgré mon avertissement », mais c'était tout comme...

L'harmonie du ménage Averill n'était pas la seule préoccupation de Debra. Loin de là. Elle pensait davantage à son ménage à elle, à sa future union, encore incertaine, à cause des suites imprévisibles du décès de Deborah James. L'affaire se présentait pourtant sous les auspices les plus favorables. En matinée, Peter et elle s'étaient rendus à Torquay et avaient passé plusieurs heures dans l'appartement de la défunte. Le courrier, purement administratif, qu'ils avaient retrouvé dans sa boîte aux lettres, attestait du prolongement de « l'existence officielle » de la jeune fille. Ils passèrent en revue toutes ses affaires, tous ses papiers, au terme de quoi Peter avait conclu :

— Il ne manque rien. Tout y est, jusqu'au carnet de vaccination. Cette substitution est tout à fait réalisable, ma chérie. Si tu veux devenir Deborah James, il ne reste plus qu'à te décider... Et à mon avis, il vaudrait mieux ne pas tarder.

Pour Debra, la question était tranchée depuis longtemps. Mais se jeter à l'eau, aussi soudainement, la fit un peu hésiter.

— Tu veux dire... tout de suite ?

— Oui, car il serait préférable que Deborah James quitte officiellement cet appartement au plus tôt et qu'elle fasse suivre son courrier à sa nouvelle adresse. Cela évitera toute surprise désagréable et d'éventuels soupçons liés à ses absences fréquentes.

En sortant de l'appartement, ils avaient croisé dans la cage d'escalier le peintre qui logeait à l'étage du bas. L'homme avait souri en apercevant Debra, puis dit après un instant d'hésitation :

— Miss James ?

— Oui ? avait dit Debra en répondant à son sourire.

— Je me suis un peu inquiété pour vous ces temps-ci, car vous étiez souvent absente...

— Oui, je sais ! D'ailleurs je ne vais plus rester longtemps ici... Voici mon fiancé... Nous allons bientôt nous marier !

Le peintre, un peu confus, les avait vivement félicités, puis s'en était allé.

Réjouis par cette méprise, ils avaient décidé de fêter l'événement dans un restaurant chic de Torquay. Il ne subsistait désormais plus d'obstacle majeur à leur mariage. Ils avaient ensuite passé une partie de l'après-midi à flâner le long du port, avant de rentrer à Madford. Peter avait alors décidé de rendre visite aux Averill, afin de tirer au clair les étranges allusions de la veuve Marshall.

— D'aussi loin que je me souvienne, déclara l'horticulteur, Richard, qui est donc le fils aîné de ma sœur, n'a jamais été très porté sur les travaux manuels. Il a toujours été un peu rêveur...

Mrs Averill intervint sèchement :

— Dis-le franchement, Fred : un gros paresseux ! Et ses trucs de sourcier, moi, je n'y crois pas ! Souviens-toi, il nous a fait déplacer deux fois le lit de notre chambre. Or, je dors toujours aussi mal !

— Certaines personnes au village ont été très satisfaites de ses services, trancha Fred Averill. Mon neveu doit avoir malgré tout un certain talent... qu'il ne tardera pas à mettre à votre disposition, soyez-en certains.

— Eh bien, nous écouterons volontiers ses conseils ! répondit Peter.

— Conseils qui ne seront pas gratuits ! fit remarquer Gladys Averill.

— Bah, il faut bien qu'il vive, répliqua son mari. Mais enfin, j'imagine que nos amis ne sont pas uniquement venus pour entendre parler de lui.

Peter approuva, avant d'expliquer à son hôte les raisons de leur visite : le mystère de la mort de Violette Gardner.

— Vous comprenez, ma femme et moi avons le sentiment que nous ne connaîtrons jamais vraiment la paix tant que cette énigme pèsera sur notre demeure.

— Je vois, dit Averill en resservant ses hôtes en porto sans s'oublier lui-même. J'imagine que c'est le colonel Hawke qui vous a parlé de tout ça ?

— Oui, c'est lui qui nous a tout expliqué en détail.

— Et il n'a pas manqué de souligner l'importance de ces mystérieuses traces de pas ?

— Leur absence, plus exactement...

— Oui, bien sûr. À l'époque, il m'avait interrogé sur la question, davantage même que la police. Pensez donc : j'étais un des témoins principaux, ayant retourné ces fameuses plates-bandes la veille du drame. Je m'en souviens d'autant mieux que c'était une veille de fête et que tout allait de travers ce jour-là. Tu t'en souviens, Gladys ?

— Que trop bien !

— J'y ai passé tout l'après-midi, car il y avait un sacré bout de terre à retourner ! J'ai bien cru ne pas pouvoir terminer ! Heureusement que le sol était meuble !

— Vous aviez fini sur les coups de 19 heures, n'est-ce pas ?

— Oui. Et si je m'en souviens, c'est parce que le colonel m'a posé trente-six mille fois la question. Il m'a aussi demandé qui, d'entre Gardner et sa femme, avait insisté pour que je fasse ce travail. Tous deux me rappelaient régulièrement cette tâche, plusieurs fois reportée. Ce jour-là, j'avais simplement mis un point d'honneur à ne plus la retarder, d'autant que l'absence imprévue de mon employé sonnait comme une mauvaise excuse.

— Il était également question d'un pot suspendu au mur à un solide crochet ?

— Oui, je me rappelle. Le colonel m'a aussi harcelé avec ce détail. Hélas ! Je n'y ai pas fait attention. Vous comprenez, l'endroit m'était familier, j'y venais souvent pour apporter les fleurs que Mrs Gardner me commandait. C'était une de mes meilleures clientes et...

Croisant le regard de sa femme, l'horticulteur se tut, puis vida son verre d'un trait. Après un silence, Peter demanda :

— Comment expliquez-vous le mystère de la fuite de l'assassin ? Aviez-vous envisagé des solutions ?

Averill eut un geste approbateur.

— Oui. Celle de l'utilisation d'une grande échelle pour enjamber la bande de terre, d'un côté posée sur la pelouse, et de l'autre appuyée sur le fameux crochet. Cela n'expliquait qu'une partie du mystère, car il restait encore la distance entre ce point et la fenêtre, soit quelques yards de terre vierge. Mais on ne trouva pas d'échelle assez grande chez les Gardner, ni chez leurs voisins. La seule qui pouvait faire l'affaire était conservée pleine de poussière dans la grange d'un paysan.

— Le mystère reste donc entier.

— Oui, si l'on veut, réfléchit Averill. Car la culpabilité du mari ne semblait faire guère de doute.

— Et quel aurait été son mobile ?

Le jardinier haussa les épaules.

— Le couple commençait à battre de l'aile.

— S'étaient-ils querellés en votre présence, la veille du drame ?

— Non, je n'ai rien entendu...

— Et Ian Gardner aurait subitement décidé de se débarrasser de sa femme ? fit Peter sans cacher son scepticisme.

— Il avait dû préméditer son acte, c'est certain. Un tel crime ne s'improvise pas.

— Dans ce cas, quel machiavélisme ! Je me suis

laissé dire qu'au départ, c'était un type assez sympathique...

Gladys, qui avait viré à l'écarlate, intervint soudain d'un ton tranchant :

— Oui, mais avec une femme comme la sienne, on comprend qu'il ait fini par perdre la tête ! La charmante et très convenable Violette Gardner ? Une Marie-couche-toi-là, oui, voilà ce qu'elle était !

15

Sur ces mots, Mrs Averill quitta le salon, laissant derrière elle ses invités médusés et son mari qui accusait le coup. Il demeura un moment sans bouger, comme sous l'effet d'une profonde indignation, puis il se mit ensuite à parler à bâtons rompus durant quelque temps, tout en se servant régulièrement en porto. Il avait un peu perdu de sa superbe et son regard évitait ceux de ses hôtes. Puis soudain, au milieu d'une explication sur le bouturage des roses, il lâcha :

— Je comprends que Gladys ait eu ces mots durs, tout à l'heure. Elle est jalouse de nature et cette histoire n'a rien arrangé.

Sentant qu'il fallait battre le fer tant qu'il était chaud, Peter demanda :

— Vous avez eu une liaison avec Violette Gardner, n'est-ce pas ?

Averill acquiesça avec un profond soupir :

— Oui... Avec le recul, je me crois autorisé à pouvoir en parler. Violette venait régulièrement, comme je vous l'ai dit, me demander conseil dans ses choix. Toujours très élégante, très correcte, très intéressée par mes travaux. Gladys, avec sa jalousie maladive, jusqu'alors injustifiée, m'avait bien dit de me méfier, mais elle me répétait cela avec n'importe quelle cliente un tant soit peu attirante. Violette, elle, resplendissait. Belle, très belle, et même trop belle pour un modeste jardinier de province tel que moi, me disais-je en mon for intérieur. J'ai cultivé cette pensée pendant quelque temps, quelques années même, enfin, depuis qu'elle s'était installée à Madford avec Ian Gardner. Je me contentais donc de l'admirer secrètement, lorsqu'un beau jour elle me demanda de but en blanc ce que je pensais d'elle, et si je la trouvais aussi belle que mes fleurs.

Averill fit une pause, regardant fixement le verre qu'il tournait entre ses doigts, puis reprit :

— Je pensais qu'elle plaisantait, mais j'avais remarqué quelque chose d'inhabituel dans son regard. Elle me dit alors qu'il ne tenait qu'à moi de la cueillir... (Il marqua un silence, durant lequel on entendit sa respiration bruyante.) J'avoue n'avoir guère lutté avant de céder. Notre liaison fut aussi brève que passionnée. Nous nous revîmes secrètement presque tous les jours, pendant une bonne semaine, puis la flamme s'éteignit soudain... du moins, chez elle.

» Elle redevint ma cliente comme par le passé. Je ne manquai pas de lui demander des explications, mais elle se montra plutôt évasive : notre relation était sans lendemain et nous devions chacun préserver notre vie de couple. Elle avait certes raison, mais cette réaction me paraissait étrange malgré tout.

— C'est étrange, oui, en effet, commenta l'aviateur, qui venait d'échanger un regard surpris avec Debra.

— L'affaire en est restée là, reprit le maître des lieux avec une note de regret dans la voix. Je me suis confié un jour à ma femme. Je crois qu'elle ne m'a jamais pardonné, mais elle semblait en vouloir davantage à mon ex-maîtresse, qui pourtant n'était plus de ce monde depuis des années ! Si je vous confie cela, c'est pour vous dire à quel point Gladys ignorait tout de cette infidélité avant le drame. Et je la connais suffisamment pour affirmer que, dans le cas contraire, elle n'aurait jamais été en mesure de cacher son ressentiment.

— À quand remonte votre liaison ? Était-ce la même année que le meurtre ?

— Oui. Quelques mois auparavant. En février, je crois... Vous comprenez que, dans ces conditions, cela constituait un sérieux mobile de meurtre pour son mari. C'est pour cette raison, entre autres, que j'ai préféré me taire.

— Quelqu'un était-il au courant de votre aventure ?

— Pas à ma connaissance. En toute honnêteté, je dois vous avouer que je reste un peu déçu et perplexe. Je n'ai pas compris... Je pense qu'elle éprouvait à mon endroit de l'attirance, peut-être liée à mon métier, car elle se passionnait vraiment pour les fleurs. Une attirance qu'elle a dû longuement contenir et qui s'est libérée d'un coup, brutalement, avant de s'évanouir de la même manière. Cependant, je me demande s'il n'existait pas une raison précise à ce brusque revirement.

— Quelque chose me dit que vous en avez une idée ? fit remarquer Debra, restée fort discrète jusqu'ici au cours de la conversation.

— Une vague idée, oui, bien que je n'aie pas la moindre preuve. Peut-être voyais-je alors le mal partout, frustré que j'étais par cette rupture brutale. Un jour, j'ai aperçu Violette en compagnie du colonel. Elle a bizarrement détourné les yeux en me voyant.

Vers une heure du matin, Peter se redressa en poussant un long soupir. Il referma le coffre d'une malle avec une exaspération non dissimulée.

— Je commence vraiment à me demander si ce fichu journal existe ! grogna-t-il Nous avons pratiquement terminé cette pièce, et toujours rien. Il ne reste plus que ces deux valises en cuir. Je n'y crois plus.

— Tu sembles très déçu, Peter, fit Debra en s'essuyant les mains sur son tablier. La journée n'a pas été si mauvaise que ça.

— Je sais bien.

— Est-ce la conduite de Violette qui te chagrine ainsi ?

— Enfin voyons, Debra, ne sois pas ridicule !

— Tu te l'imaginais plus sérieuse, n'est-ce pas ?

Peter ouvrit une des valises, remplie de lingerie, puis répondit :

— J'avoue avoir été un peu surpris par les confidences d'Averill. Je croyais que les allusions de Mrs Marshall n'étaient que des racontars. Elle, la belle Violette, aurait eu une liaison avec ce type !

— Et pourquoi pas ? Il a une certaine classe, et avec vingt ans en moins...

— D'accord, les goûts et le couleurs, ça ne se discute pas. Mais il est également question du colonel, voire du Professeur Simpson.

— Dans ce cas, je trouve que notre « sphinx » a été sacrément hypocrite de ne pas évoquer cette liaison !

— Ce n'est évidemment pas le genre de chose qu'on crie sur les toits !

— Non, mais c'est un peu déloyal de sa part de nous avoir caché cela, vu qu'il était censé nous présenter les faits en toute honnêteté. Il aurait au moins pu nous faire comprendre.

— Pour l'instant, nous n'avons aucune certitude. Il faudrait d'abord aller lui poser la question. Mais je me rends compte d'une chose, c'est que désormais le cercle des suspects s'élargit. Nous avons à présent deux pistes possibles. Ou il s'agit d'un crime passionnel, ou Violette a été supprimée en tant que témoin gênant après avoir percé à jour l'identité d'un maniaque.

— Et dans les deux cas, le mari figure toujours en tête de liste. Enfin tu comprends bien, Peter, si sa femme le trompait, Ian Gardner avait désormais un mobile de meurtre... Peter, tu m'entends ?

L'ancien aviateur demeurait figé dans sa pose. Il regardait avec curiosité une liasse de feuilles qu'il venait d'extraire d'une grosse enveloppe, elle-même retirée de la valise. Il s'agissait de pages mauves, arrachées d'un côté, et couvertes d'une écriture fine et serrée.

En un clin d'œil, Debra fut à ses côtés.

— Mon Dieu ! s'exclama-t-elle après quelques secondes d'examen. On dirait que tu as fini par mettre la main dessus. Mais ce n'est qu'une partie ? Ces pages semblent avoir été arrachées.

— Ce qui est fort heureux. Car sans cela, nous ne les aurions peut-être pas trouvées ici. Et maintenant, voyons un peu ce que nous raconte la belle Violette, car je sens que c'est elle, rien qu'à voir cette belle écriture.

16

23 mai

Quelle magnifique journée ! Jamais la « Tombe d'Adonis » n'a été aussi resplendissante et c'est un bonheur toujours renouvelé que de pouvoir respirer son haleine fraîche ! Quels délicieux parfums ! Ils sont si subtils, si pénétrants, que j'ai l'impression de les découvrir à chaque fois ! Ils sont pour moi la meilleure preuve de l'existence du Tout-Puissant, car on ne saurait concevoir autrement de telles merveilles. Hélas ! cette journée prometteuse ne saurait traduire l'atmosphère qui règne ces jours-ci au village. Le petit Arthur Lee vient de trouver une mort affreuse après s'être amusé avec une ruche d'abeilles. Cela fait le deuxième accident en deux mois.

27 mai

J'ai bien observé les gens lors de l'enterrement du jeune Arthur. Tous paraissaient accablés de douleur, même les amis lointains. J'ai cependant des raisons de douter de la sincérité de l'un d'entre eux. Son affliction devait être feinte. Je n'ai malheureusement pas réussi à l'identifier, il est bien trop bon comédien pour cela. Néanmoins, je commence à avoir ma petite idée. J'ai déjà réussi à rayer quelques noms de ma liste des suspects, et souligner ceux qui retiendront désormais toute mon attention.

Mais commençons par le commencement. J'ai trouvé curieuse la remarque de l'oncle du gamin, qui a affirmé qu'Arthur avait détruit la ruche avec un gourdin, à cause de sa manie à jouer à Don Quichotte, voyant des moulins à vents dans tout ce qui se trouvait à portée de sa main. Aucun gourdin ou autre bâton n'a été découvert sur les lieux. En revanche, il y avait une pierre, juste derrière la ruche, côté ouest. C'est cela qui semble avoir mis l'abri des abeilles en pièces. Or, c'est une pierre assez lourde, et plus précisément un de ces blocs de granit qui a été utilisé pour construire l'appentis de la ferme des Jones, située à plus de trois cents yards de l'endroit. Le petit Arthur aurait certes pu la porter, mais cela lui aurait demandé beaucoup d'efforts, ce qui n'était pas dans son tempérament.

En outre, si cette pierre était bien le projectile destructeur, comme l'a judicieusement fait remarquer ce cher colonel Hawke, elle aurait dû être projetée depuis un point ouest, c'est-à-dire le bosquet de pins qui borde la ruche de ce côté. Or, le turbulent Arthur venait du sud, puis repartait par là en courant. Le sol sablonneux de l'endroit a gardé ses traces de pas. La conclusion de tout ceci me semble à la fois évidente et sinistre : quelqu'un a délibérément provoqué la mort de l'enfant. Pour cela, il suffisait d'attendre qu'il s'approche de la ruche, après l'avoir attiré sous un prétexte quelconque, sans doute sous forme de jeu, puis de projeter la pierre au bon moment. C'est facile, n'importe qui peut avoir fait cela. Mais on doit quand même pouvoir en déduire quelque chose.

29 mai

Il y a plusieurs noms sur ma liste, et même celui de Ian ! C'est pour cela que je ne lui ai rien dit. J'ai décidé de lui en parler plus tard, lorsqu'il sera totalement blanchi par mon enquête. Mais ce n'est pas la seule surprise :

le Colonel lui-même est présent, ainsi que ce cher professeur Simpson et notre gentleman-farmer Fred Averill. J'ai également noté l'ineffable Doreen Marshall, qui me donne toujours froid dans le dos quand elle me sourit. Je sais qu'il n'y a rien d'amical dans ce sourire, car elle ne m'a toujours pas pardonné... Je suis sûre aussi qu'elle n'a pas épousé le meilleur ami de Ian par hasard ! Enfin je ne cite là que les personnes qui me sont proches. J'ai établi cette liste simplement en me basant sur leur absence d'alibi au moment des faits, et en les recoupant avec ceux du drame précédent : le jeune Harper tombé dans le puits. Pour moi, cette histoire de corde partiellement tranchée est révélatrice, bien que je n'aie pas réussi à en savoir davantage.

12 juin
La « Tombe d'Adonis » semble avoir atteint son apogée. Tous nos amis l'admirent et j'en suis vraiment très fière. Seul Ian ne s'en émeut pas. Il n'est visiblement pas au meilleur de sa forme. Il me dit que ce sont les affaires qui ne marchent pas fort, mais cela me semble être un prétexte. Il y a autre chose. Je ne lui ai toujours pas parlé de mon enquête.

26 juillet
Hier, on a enterré la petite Sarah Coles, une adorable enfant. Notre révérend a fait un sermon si pathétique que, j'en suis sûre, il a même dû émouvoir l'immonde créature qui lui a ôté la vie. Car il s'agit bien d'un assassinat, et non d'un accident malheureux, comme le coupable a voulu le faire croire. Cette manière de procéder si typique devient même révélatrice. On reconnaît la bête sauvage à son coup de griffe.

28 juillet

Lorsqu'une idée vous traverse la tête, elle n'est jamais neutre. La subjectivité de l'analyse, pour reprendre une expression du colonel, est le pire ennemi de la vérité. Je le crois volontiers, et j'en tiens donc compte, et je me dis que c'est pour cette raison, uniquement, que certaines déductions obnubilent vos pensées.

Aucun de ces « accidents » n'a eu lieu durant la trêve dominicale, et à chaque fois Ian était à Madford. Je ne dis pas « à la maison », sans quoi je pourrais témoigner de sa présence aux moments fatidiques. Évidemment, ce n'est sans doute qu'une simple coïncidence. Il est vrai qu'il lui arrive de partir à la pêche, de se promener seul dans les bois, de faire un tour en voiture dans la campagne, mais je ne sais plus que penser. Cette dernière affaire m'a paru si horrible que je formule désormais les pires soupçons. Ma liste de suspects s'est désormais considérablement réduite, mais mes bonnes connaissances sont toujours présentes ! J'ai juste pu écarter Doreen Marshall, partie à Londres le jour de la noyade de la petite Sarah. C'est heureux pour elle, car sans quoi, je pense qu'elle aurait gagné quelques places, vu que les Coles font partie de sa famille. C'est d'ailleurs sa nièce, Katya Marshall, qui était chargée de la garde de l'enfant. Cette fois-ci, et c'est la première fois, il y eut un témoignage directement accusateur.

Il est curieux qu'on n'ait pas pris au sérieux les déclarations de la malheureuse Katya. Son père lui-même a certifié qu'elle n'avait plus toute sa tête depuis qu'elle s'était mise à fréquenter les garçons. Une si brillante élève qui venait de voir ses notes baisser de moitié en l'espace d'un trimestre ! Pas étonnant qu'elle n'ait pas fait attention à la petite, plongée dans ses rêveries ou dans son roman de midinette ! Il pense par conséquent que son histoire de « présence mystérieuse » n'est que pure invention.

Sans les précédents, je n'aurais peut-être pas accordé foi au témoignage de Katya, mais ce qu'elle a dit correspondait parfaitement à cette présence malveillante qui hante Madford depuis plusieurs mois. Katya aurait simplement senti la présence de quelqu'un dans les bois au bord de l'étang. Si elle n'avait pas été plongée dans sa lecture, elle aurait même affirmé avoir entendu ses pas, ou des branches qui craquaient. Elle n'y a guère prêté attention, car elle ne voyait là nulle raison de s'inquiéter. Comme la petite Sarah faisait beaucoup de bruit dans l'eau et qu'elle avait l'habitude de parler seule, elle était incapable de dire si cette personne s'était adressée à l'enfant. À voix basse, en tout cas, c'était tout à fait possible sans qu'elle s'en soit rendu compte.

Lorsqu'elle se sera remise, je l'interrogerai personnellement, sans la brusquer. Je suis sûre qu'ainsi, elle sera en mesure de se montrer plus précise dans ses souvenirs. Je trouve ce crime encore plus horrible que les précédents. L'assassin s'est une fois encore servi de la naïveté des enfants. Ce fut pour lui chose aisée de s'approcher du bord de l'étang à pas de loup, de faire signe à sa victime, de lui chuchoter à l'oreille : « Et si tu mettais tes brassières autour des chevilles, ma petite Sarah ? Tu verrais comme c'est drôle ! Surtout quand tu as de la place pour t'ébattre, comme là-bas, au milieu de l'étang... »

Quelle personne pourrait avoir l'esprit suffisamment dérangé pour se livrer à d'aussi ignominieuses manœuvres ? Le regard que je jette sur ma liste me donne la chair de poule... surtout le nom qui se trouve en tête. Je me dis, je me persuade que Ian ne peut être responsable de cela. Même si, ces derniers temps, il est plus exécrable que jamais, je me refuse à croire à sa culpabilité, je chasse de toutes mes forces ces horribles pensées. Mais hélas ! je ne suis plus la seule au village à nourrir de tels soupçons...

17

Le « sphinx » nettoyait ses bibelots hindous lorsque Debra et Peter vinrent lui rendre visite quelques jours après la découverte du journal. Il les salua avec cordialité, acheva sans se presser son opération de dépoussiérage après les avoir introduits dans son salon, mais il lâcha aussitôt son chiffon lorsque Peter lui montra les pages du journal de Violette.

— C'est un témoignage capital, déclara-t-il d'une voix vibrante après avoir lu les quelques feuillets. Vraiment, c'est une riche idée que vous avez eue là de chercher ce journal ! C'est un détail que j'avais moi-même oublié, bien que Mrs Gardner m'en eût jadis parlé. Mais comment l'avez-vous su ?

— Un peu grâce à vous, car c'est sur vos conseils que nous sommes allés trouver Mrs Miller, qui nous a signalé son existence.

— Ah ! Bien sûr ! Mrs Miller ! J'ai toujours pensé que j'avais là à faire à une fine mouche. Mais qu'en dites-vous, Mr Sutcliffe ? Vous sembliez assez sceptique quant à la culpabilité de Gardner, l'autre jour ? Ce témoignage n'intercède pas en sa faveur, malgré l'évidente intention de son auteur de vouloir le défendre.

— Et si ce texte était un faux ? s'exclama Peter. Il ne s'agit d'ailleurs que de quelques pages arrachées !

— Ce document est ancien, de toute évidence !

— Je pensais à une falsification d'époque.

— Cela m'étonnerait. Je reconnais l'écriture de Mrs Gardner ! Il suffirait du reste de trouver une ancienne lettre... (Il se tut, fronçant le sourcil, puis reprit :) Attendez un instant ! Nous allons en avoir le cœur net. Elle m'avait un jour écrit une carte lors d'un de leurs séjours sur la côte d'Azur. Je dois l'avoir conservée.

Il revint peu de temps après avec ladite carte, et Peter ne prit guère de temps pour se convaincre qu'il s'agissait de la même écriture.

— En outre, renchérit le colonel, il y a là cette réflexion à propos de la pierre de granit projetée sur la ruche, connue de très peu de personnes. Je crois même que Mrs Gardner ne s'était confiée qu'à moi sur cette question... Ce qui balaye les derniers doutes.

— Mais qu'en pensez-vous, alors ? demanda Peter avec une nuance d'irritation dans la voix. Vous ne sembliez pas croire que Ian Gardner puisse être ce bourreau d'enfants ?

Le colonel vint placer sa haute silhouette à contre-jour devant la grande fenêtre de son salon.

— Non, en effet. Mais je dois avouer que la lecture de ce document donne à réfléchir.

— Vous êtes cité plusieurs fois, colonel, intervint Debra avec un sourire ironique.

— En tant que suspect, oui !

— Oh non ! pas seulement en tant que suspect ! Mrs Violette semble bien vous connaître et reprend même certaines de vos expressions ! Elle vous apprécie, c'est évident, et pas seulement pour vos qualités de logicien ! Je lis un « cher colonel » qui dénote de l'amitié, une bonne amitié complice...

Le colonel Hawke haussa les épaules.

— J'ai remarqué qu'elle a aussi écrit « ce cher professeur Simpson ».

— L'un n'exclut pas l'autre. Elle aurait même aussi pu dire « ce cher Fred Averill » ou, pourquoi pas « Fred, mon chéri »...

— Pardon ? fit le militaire en roulant les yeux.

— Oui, « Fred, mon chéri », intervint Peter en détachant bien les syllabes, car nous venons d'apprendre qu'ils ont été amants, selon ses propres confidences.

— Ça alors !

— Avouez que vous n'êtes qu'à demi surpris.

— Eh bien...

— Entre nous, colonel, la belle Violette ne vous aurait-elle pas également accordé ses faveurs ? Nous avons certaines raisons de le penser.

Le colonel déplaça plusieurs fois la statuette d'un éléphant, avant de l'immobiliser fermement sur un guéridon.

— Oui, trancha-t-il, les traits rembrunis. Ce ne fut pas une longue idylle, mais évidemment, je ne l'ai pas oubliée. Violette Gardner n'est pas de ces femmes qu'on oublie.

Il fit alors un récit qui, pour Debra et Peter, ressemblait fort à celui qu'ils avaient entendu de la bouche de l'horticulteur. Le militaire, qui avait contenu bien des assauts durant sa carrière, n'avait pas su résister à celui de la brûlante Violette. Il pensait que c'était son passé, sa vie aventureuse et son expérience qui avaient séduit la jeune femme. La façon assez expéditive avec laquelle elle avait mis un terme à leur aventure l'avait laissé un peu perplexe, mais en homme d'honneur, il ne l'avait pas relancée, ni cherché à lui extorquer des explications, se disant simplement que l'élan avait été brisé pour une de ces impénétrables raisons de l'âme féminine.

— Quoi qu'il en soit, aucun rapport avec l'affaire !

Je peux vous le garantir ! Sans quoi, je vous l'aurais signalé !

— Cela s'est passé peu de temps avant le drame, n'est-ce pas ?

— Oui, au début du printemps.

— Vraiment, colonel, je suis étonné, fit Peter en se caressant la joue. Un homme aussi avisé que vous ne saurait sous-estimer l'importance de cet événement dans une telle affaire. Vous vous rendez bien compte que votre aventure, pour brève qu'elle fût, peut avoir engendré un vif sentiment de jalousie !

— Et alors ! rétorqua l'ancien militaire avec humeur. Cela nous indique toujours un même et unique suspect : son mari !

— Mais dites-moi, ne serait-ce pas pour cette raison que vous avez tant cherché à faire la lumière sur cette affaire ? Parce que cette aventure vous avait laissé un goût d'amertume, et que vous regrettiez la belle Violette ?

— Il y a peut-être eu de ça, j'en conviens, mais le sens de la justice a toujours été un des piliers de mon existence !

— Je veux aussi croire que le souvenir de cette femme a quelque peu troublé votre esprit, et la rigueur de votre enquête, car désormais, vous devez bien vous rendre compte que ce n'était pas seulement le mari qui pouvait souffrir de jalousie, mais aussi un de ses amants... Un amant qui n'a pas supporté d'être évincé par un autre.

18

Roy Jordan avait invité le vieux policier d'Exeter à prendre une bière après son service. Ils s'étaient installés dans un pub de la vieille ville, tout près de l'endroit où le constable avait interrogé Debra, avant de faire la découverte macabre du bras arraché, ce qui, à n'en pas douter, le marquerait pour le restant de ses jours. Il s'appelait Johnson et, comme son visage ridé et las l'indiquait bien, il était sur le point de prendre sa retraite.

Le psychiatre prêtait une oreille attentive à son témoignage, mais il ne se berçait plus guère d'illusions. Un homme aussi insignifiant, à la voix aussi monotone, ne pouvait pas vous réserver de surprise. Il lui fit répéter une seconde fois son récit, en vain. Pas le moindre détail qui pût le mettre sur la piste de Debra.

Roy Jordan paya une seconde tournée, découragé, se disant que les chances de retrouver sa femme diminuaient de jour en jour. De toute manière, à la fin de la semaine, il cesserait ses recherches personnelles, étant dans l'obligation de réintégrer son établissement. Son associé Kindley avait prévu de partir en congé, et ne pouvait donc plus assurer l'intérim. Il le lui avait fait expressément savoir, sur un ton presque menaçant. Roy Jordan sentait sa gorge se serrer à l'idée de ce retour.

Près d'une quinzaine de jours s'était écoulée depuis

la disparition de Debra. Quinze jours sans la voir, quinze jours sans nouvelles d'elle. C'était cela le plus étrange... Au début, malgré une panique naissante, il pensait qu'elle ne tarderait pas à faire parler d'elle, d'une manière ou d'une autre, la plus probable étant que la police repère une fille errante et en pleurs au bord de la route. Mais rien. Pas le moindre signalement. Sa femme s'était retirée de sa vie, disparaissant soudainement, comme partie en fumée. Depuis, il n'était plus que l'ombre de lui-même ; un homme brisé, fini. Aurait-il le courage de se relever ? Il en doutait. Il devait impérativement la retrouver, sa situation, sa vie entière en dépendait.

Où était-elle ? Que faisait-elle ? Était-elle seule ? Sinon, avec qui ? Il ne cessait de se marteler ces questions douloureuses dans le crâne, si fort qu'il entendait parfois à peine ce que lui disaient ses interlocuteurs.

— Et voilà, Mr James, ce que m'avait déclaré votre femme ce jour-là, n'hésitant pas à recourir au mensonge, comme vous l'avez compris...

— Mr James ? Pourquoi m'appelez-vous ainsi ? Mon nom est Jordan, et vous le savez bien !

— Oui, bien sûr, excusez-moi ! répondit le policier en soupirant. C'est à force de répéter ce récit.

— Et alors ? Je ne vois toujours pas le rapport avec « James » ?

— Mais si, voyons ! Le nom que votre femme a décliné ! James, Debra James...

— Un demi-mensonge, comme c'est curieux !

— Et pourquoi cela, monsieur ? J'aurais peut-être fait pareil à sa place !

— Non, Johnson. Dans une telle situation, on ment ou on dit la vérité. On ne fait pas les choses à moitié, car sinon...

— Oui ?

— Cela aurait une signification précise vu que...

Roy Jordan se tut subitement, intrigué. James ? Ce nom-là lui disait quelque chose... Il était associé à Debra, mais il ne voyait pas en quoi. Debra James, même la sonorité de ces mots lui semblait familière. Non, Deborah James ! Voilà la prononciation correcte ! Deborah James, oui, il s'en souvenait bien à présent. Cette jeune femme qui ressemblait tant à Debra était venue le consulter. Elle avait sympathisé avec sa femme, puis subitement cessé de venir à ses rendez-vous. Elle était alors pourtant loin d'être guérie.

Pourquoi diable Debra s'était fait appeler ainsi ? Avait-elle lancé un nom au hasard pour tromper le policier ? Non, puisqu'elle avait gardé son prénom. Alors ?...

Sur le chemin du retour, Roy Jordan songea au dossier de la jeune femme, qui comportait bien évidemment son adresse. Il le consulterait sans tarder. Car il entendait bien rendre visite à cette Deborah James dès le lendemain.

19

On avait coutume d'appeler rocaille la « Tombe d'Adonis », bien qu'il ne s'agît que de quelques étagements du sol, retenus et embellis par des rangées de pierres, peut-être juste pour rappeler que l'homme avait pris part à la réalisation de ce superbe massif fleuri.

Un des plus grands plaisirs de Debra était de s'y rendre au crépuscule. La journée, les fleurs resplendissaient, offraient au regard une éclatante symphonie de couleurs. À la tombée du soir, elles semblaient toujours briller dans la pénombre, d'une lumière légèrement fluorescente, comme si elles avaient un peu conservé en elles la chaleur et l'éclat du soleil. Alors, les abords du verger s'allumaient d'étranges lueurs violettes, jaunes, mauves, blanches, roses. Mais tandis qu'elles s'éteignaient les unes après les autres, leur parfum semblait s'aviver, comme pour rappeler leur présence.

Debra aurait pu les retrouver les yeux fermés. Dès qu'elle sortait de la véranda, elle sentait déjà les effluves embaumés lui parvenir en vagues enivrantes. Les odeurs capiteuses des lys, celles plus douces du chèvrefeuille... C'était pour elle le meilleur moment de la journée. Parfois, elle n'hésitait pas à s'agenouiller pour respirer à pleins poumons ces merveilleuses senteurs. Peter, qui lui connaissait cette habitude, respectait l'intimité de ce bonheur. Mais il n'hésitait pas à accompagner Debra quand elle le lui demandait. Il semblait aussi que ces émanations florales eussent des vertus aphrodisiaques, car ils ne quittaient jamais les lieux sans avoir échangé un baiser passionné. Et ce soir-là ne fit pas exception. Après un moment de silence, tandis qu'ils se tenaient devant le massif fleuri, la voix de l'aviateur s'éleva :

— Je vous sens très romantique, ce soir, chère Deborah James !

— Peter, je t'en prie ! Je n'aime pas qu'on plaisante avec ces choses-là !

— Peut-être, mais à partir de maintenant, tu t'appelles ainsi, puisque nous avons pris toutes les dispositions dans ce sens. Aujourd'hui, tu as même eu une lettre de l'agence immobilière du meublé de Torquay, qui accusait réception de ta résiliation de bail !

— Tu lis mon courrier, à présent ?

— Bien sûr, puisque nous n'allons bientôt plus faire qu'un. Enfin si tu es toujours d'accord pour m'épouser ?

— Quelle question, Peter, tu le sais bien !

— De toute manière, les dés sont désormais jetés, dit son compagnon en souriant. Nous ne pouvons plus guère faire machine arrière, et nous serons bientôt unis pour le meilleur et pour le pire !

Un souffle de vent agita à ce moment les feuillages environnants. Debra réprima un frisson et serra la main de son compagnon.

— Je ne sais pas pourquoi, dit-elle, mais cette formule me paraît toujours un peu sinistre. Viens, rentrons. Il commence à faire frais.

Ils réintégrèrent leur logis et montèrent dans la « chambre de Violette », désormais entièrement nettoyée et débarrassée de son surplus d'affaires. Après la découverte des pages manuscrites de la défunte, ils avaient décidé de s'accorder une petite trêve dans leur enquête pour s'adonner, comme tout nouveau propriétaire, aux joies de l'aménagement et de la transformation. Mais pour cette pièce, il serait plus judicieux de parler de restitution du passé, puisqu'ils avaient réussi à lui redonner son allure originelle, grâce au témoignage de Mrs Miller qui avait jadis connu les lieux.

La psyché et la commode étaient restées à leur place. Le retrait des coffres et des cartons avait dévoilé un lit à baldaquin et encore d'autres supports pour plantes, de nombreux vases, allant du plus modeste au plus volumineux, telle cette vasque de marbre de style romain, décorée de grappes de raisin et de feuilles de vigne.

Avec les ornements excessifs des meubles, les teintes mauves des tissus et de la tapisserie, le style de la pièce correspondait à l'image de la maison elle-même, d'une élégance surannée et vaguement oppressante, peut-être propice aux rêveries. En tout cas, Violette trouvait son inspiration dans cet univers étrange. En somme, s'il ne manquait plus qu'elle, sa présence semblait toujours perceptible. D'ailleurs, elle revenait souvent dans les conversations du couple, qui venait de découvrir, au dos de la psyché, des dessins de tulipes peintes à la gouache, autour d'une curieuse inscription :

Quand le mal est ensemencé dans un endroit, il ne manque pas de fleurir.

— Il n'y a aucun doute sur l'auteur, commenta l'aviateur. On reconnaît son écriture. Mais pourquoi diable a-t-elle inscrit cela ici ?

— Ce devait être une habitude chez elle, car j'en ai découvert d'autres en faisant le ménage, en divers endroits plus ou moins cachés. Mais elles sont illisibles. Quelqu'un les a effacées. Peut-être son mari...

— En aurait-il eu le temps ? Et d'ailleurs, pourquoi l'aurait-il fait ? À moins que ce ne soit quelqu'un d'autre par la suite. Mais peu importe. Que voulait-elle dire par là, à ton avis ?

— Je ne voudrais pas te décevoir, Peter, mais pour moi, cela ressemble à une manière de vouloir trouver des circonstances atténuantes à Ian Gardner, en imputant la folie de ses crimes à la malédiction séculaire des lieux.

Une veine se gonfla aussitôt à la tempe de Peter.

— J'ai du mal à vous comprendre, dit-il d'un ton sec.

— Qui ça, *vous* ?

— Toi, le major et tous ceux qui continuent de croire à la culpabilité de Ian Gardner !

— Ah non, Peter, tu te trompes ! Je n'ai jamais eu d'opinion tranchée sur la question. Simplement, je réfléchis.

— Justement, réfléchissons. Souviens-toi de ta propre vision : l'esprit de Violette s'est manifesté à toi pour crier vengeance, pour dénoncer son assassin, pour t'indiquer l'endroit de cet indice révélateur. Aurait-elle agi ainsi s'il s'agissait de son mari, coupable aux yeux de tous ? Condamné à l'exil ! Il a pour ainsi dire déjà payé !

Tout en rectifiant la position des vases fleuris autour du portait, Debra réfléchit un instant avant de répondre :

— Elle souhaitait peut-être une vengeance plus accomplie ! Mais bon, admettons. C'est vrai, son intervention correspond mieux à un sentiment d'injustice plus flagrante, comme celui que peut susciter un coupable jamais inquiété...

— À la bonne heure, ma chérie ! Je suis heureux de t'entendre parler ainsi. Donc, oui, réfléchissons... Il est normal que Violette s'inquiète de la présence de son mari sur sa liste des suspects, mais ce qui l'effraye dans son ensemble, ne l'oublions pas, c'est la liste complète, où figurent essentiellement des proches, comme le colonel ou Fred Averill, que nous savons d'ailleurs *très proches* !

— Tu penses donc que le coupable est un de ses amants ?

— Oui ! Que ce soit par folie, par peur d'avoir été confondu en tant que maniaque, ou par passion, c'est l'un d'entre eux qui lui a ôté la vie, j'en suis certain !

— Alors, ce ne sera pas chose aisée de le démasquer. Nous avons déjà deux suspects, auquel il faut aussi ajouter le Pr Simpson, mais il peut y en avoir d'autres, tu en es conscient, n'est-ce pas ?

L'ancien pilote de la R.A.F. réfléchit un instant, puis haussa les épaules.

— Oui... Après tout, Gladys Averill disait peut-être vrai l'autre fois, même si elle s'est exprimée en termes assez crus. Si Violette Gardner avait une soif insatiable de nouvelles aventures, comme le confirment les témoignages que nous avons entendus, la liste des suspects s'allonge. Cela pourrait être n'importe quel homme entre 18 et disons 50 ans pour rester dans des limites raisonnables. Ce qui aujourd'hui, nous donne quelqu'un entre 35 ans et 67 ans.

— Autrement dit, n'importe quel homme d'âge mûr habitant à Madford... enfin s'il n'est pas parti entretemps.

Peter se frotta la nuque, songeur.

— J'avoue que le problème est assez ardu. Mais nous disposerons bientôt d'indices plus parlants.

— Lesquels ?

— Mais voyons, tout le reste du journal ! Nous n'en avons découvert qu'une partie ! Il nous reste encore à inspecter les autres pièces à l'étage. Sans parler des combles !

— Pas ce soir en tout cas ! fit Debra en étouffant un bâillement.

Peter ne dit mot, allant et venant, les mains dans le dos.

— Tu n'es pas fâché, Peter, n'est-ce pas ? Nous avons encore le temps...

— Non, je viens de penser au fait que ces pages avaient été arrachées. Cela ne me semble pas de bon augure. En général, lorsqu'on procède ainsi, c'est pour ne conserver que la partie intéressante d'un cahier avant de jeter le reste.

Debra s'approcha de son compagnon et le prit par la main.

— J'y ai déjà pensé, Peter. Mais j'ai préféré ne pas te le dire.

— Mais qui aurait pu faire cela, et pourquoi ? Violette elle-même, avant de brûler le reste ? À moins que ce ne soit le contraire : elle n'aurait pas jugé ces pages dignes de son ouvrage et les aurait arrachées pour les faire disparaître, avant de les oublier dans l'enveloppe que nous avons découverte.

— Oui, c'est possible. Mais on peut imaginer une autre raison à son geste. Elle pensait réellement que son mari était coupable et ne voulait pas laisser de trace de ses soupçons.

— Le raisonnement est bon, mais si tel est le cas, elle s'est trompée, car nous savons maintenant dans quelle direction il faut mener notre enquête, dans quelle direction il faut traquer le mal.

— Tiens ! Tu me fais penser au neveu des Averill !

— Richard West, le jeune sourcier qui est venu nous embêter l'autre fois, et qui se propose de débusquer les forces mauvaises tapies dans notre maison ?

— Oui, j'ai oublié de te dire qu'il viendra demain. Il compte faire un bilan complet de notre propriété. J'ai déjà entendu plusieurs personnes me parler de lui. Il est très doué, paraît-il !

Debra s'était arrêtée devant la psyché pour examiner son reflet d'un air critique. Elle eut un léger sourire avant d'ajouter :

— Je suis curieuse de savoir ce qu'il va trouver chez nous !

20

19 juillet

Le Dr Roy Jordan contenait mal son irritation. C'était sa troisième tentative. Il avait sonné à la porte de l'appartement de Deborah James une première fois vers 9 heures, puis à midi. À présent, il était 18 heures, et toujours personne. Mais que diable faisait cette jeune fille ? Était-elle partie en vacances ?

De guerre lasse, le psychiatre descendit l'escalier en colimaçon menant à une petite cour pavée, où il aperçut, derrière une grande fenêtre ouverte, un homme en train de peindre une toile. Il avait sensiblement son âge, mais paraissait plus jeune avec des cheveux assez longs et une allure décontractée, voire négligée. Il semblait très absorbé par son travail, quoique le temps ne dût guère compter pour lui. Il lâcha ses pinceaux sans la moindre contrariété lorsqu'on l'appela, présentant un visage souriant et paisible, et se dirigea vers la fenêtre sans la moindre hâte. Après qu'il lui eut demandé s'il connaissait la locataire du dernier étage, l'homme répondit, choisissant ses mots :

— Connaître est un bien grand mot, car je ne la vois que très rarement. D'une part, Miss James est une personne très discrète, et moi-même je suis souvent en mouvement. C'est d'ailleurs un peu l'apanage des gens de l'immeuble, oisifs, noctambules et souvent en vadrouille, si vous voyez ce que je veux dire...

— Parfaitement.

— Vous avez d'ailleurs beaucoup de chance de me trouver ici et de me poser cette question, car il se trouve que j'ai croisé Miss James en début de semaine.

— Ah, vraiment ? s'enquit le psychiatre. Était-elle seule ou accompagnée ?

— Accompagnée, fit l'artiste avec un clin d'œil.

Jordan sentit à ce moment-là que la chance était en train de tourner, et il s'attendait déjà, avec une once de jalousie, à ce que le peintre lui fasse la description flatteuse de Debra.

— Et comment était cette personne ?

— Un type plus âgé d'une quarantaine d'années, assez sympathique, qu'elle m'a présenté comme son fiancé, et me précisant même qu'ils étaient sur le point de se marier.

Déçu, Roy Jordan demanda si elle n'avait pas reçu la visite d'une amie ces derniers temps.

Le peintre secoua la tête d'un air désolé.

— Non, mais vous savez, comme je suis rarement ici, c'est difficile à dire.

— Savez-vous quand Miss James rentrera ?

— Non, mais cela m'étonnerait qu'elle revienne. À mon avis, elle doit déjà vivre avec son fiancé. Quant à son appartement, j'ai même vu quelqu'un de l'agence immobilière, cet après-midi, ce qui signifie vraisemblablement qu'il va bientôt être remis en location.

— Auriez-vous l'adresse de cette agence ?

— Oui, bien sûr, c'est la même que la mienne ! Vous la trouverez dans Torbey Road, juste avant les jardins de Torre Abbey.

Jordan prit bonne note, puis, à tout hasard, il sortit de sa poche une photo de Debra et la présenta à l'homme.

Le peintre l'examina, puis commenta en souriant :

— Oui, c'est une belle enfant !

— C'est ma femme, trancha le psychiatre.

L'artiste leva un sourcil surpris.

— Votre femme ? Mais... on dirait Miss James !

— Je sais, elles se ressemblent, et pas uniquement sur un plan physique. C'est pour cela qu'elles s'appréciaient.

L'homme se frotta la nuque, perplexe.

— Alors, il est bien possible que je l'aie croisée à l'occasion, en la prenant pour Miss James. Leur ressemblance est tellement frappante !

— N'exagérons rien ! Elles n'avaient quand même pas le même visage trait pour trait.

— Oui, pour vous peut-être, vu que vous êtes son mari ! Mais pour moi, la personne que je vois sur cette photo pourrait très bien être celle que j'ai rencontrée l'autre jour au bras de son fiancé.

Lorsque Roy Jordan se rendit à l'agence immobilière, il trouva les locaux fermés. Comble d'infortune, un panneau indiquait qu'ils seraient exceptionnellement fermés les deux jours suivants. Il revint sur ses pas, contrarié et absorbé dans de profondes réflexions.

21

Peter Sutcliffe était parti tôt en voiture, ce jour-là. Il comptait se rendre à Londres pour y acheter du matériel d'entretien qu'il n'avait pu trouver à la droguerie locale. Et ce n'était pas par manque de fréquentation, car il s'y rendait presque quotidiennement. Un jour, Debra était allée le rejoindre au magasin à cause d'un oubli. Elle avait eu alors le sentiment d'être une intruse en le trouvant en grande conversation avec la fille de la patronne, qui le regardait comme s'il était le messie en personne. Elle se souvint aussi que le sourire angélique de Kathleen Marshall s'était quelque peu figé lorsqu'elle l'eut remarquée. Une bouffée de jalousie l'avait saisie, une impression trouble qu'elle n'avait jamais ressentie par le passé. Roy Jordan, lui, ne lui avait jamais inspiré ce genre de sentiment. Au contraire, elle aurait même souhaité, après leur mariage si soudain, qu'il s'amourache de quelque jolie secrétaire.

Debra ressentait de nouveau une étrange sensation de nature complètement différente cette fois. Richard West avait sonné à sa porte en milieu de matinée. Après lui avoir ouvert, elle s'était retrouvée seule avec ce jeune homme au visage juvénile et à l'air grave. Elle avait l'impression que tous deux se ressemblaient un peu, et même beaucoup. Ils avaient la même allure, ce même air vaguement désenchanté, cette même propension à rester silencieux, à laisser les autres prendre l'initiative de la parole, et le même âge, puisqu'elle savait de son oncle l'horticulteur qu'il avait 24 ans comme elle.

Lui aussi paraissait troublé et c'est en très peu de mots qu'il lui avait exposé ses projets. Dans un premier temps, il comptait partir à la recherche des sources à l'extérieur, après quoi il s'occuperait des zones d'influence néfaste dans toute la propriété, notamment dans l'habitation même. Debra lui avait dit qu'il pouvait travailler comme il l'entendait, puis elle s'était installée dans la véranda pour le regarder opérer, tantôt avec une branche de coudrier, tantôt avec un pendule. Elle avait pris une revue pour ne pas paraître trop indiscrète, mais ses yeux restaient braqués sur le jeune homme, sur sa chevelure blonde et bouclée qui brillait au soleil, au fond du jardin. Puis son regard s'était figé, comme celui d'une aveugle. Les rayons du soleil qui effleuraient encore la toiture de la véranda jouaient sur les carreaux en allumant des reflets étincelants.

Il y avait longtemps que Debra n'avait plus revu de « cercles jaunes ». Pour elle, cette vision était devenue synonyme de menace, un véritable sixième sens l'avertissant du danger. Pour l'heure, ces cercles de lumière semblaient bien timides, juste quelques halos dorés qui naissaient çà et là sur la surface vitrée. Il ne s'agissait donc pas d'un danger imminent. Cependant, il ne fallait pas le négliger pour autant, car elle savait d'expérience que son éclosion annonçait fatalement un développement plus important. Le petit signal jaune avait tôt fait de se développer, de se multiplier, de se transformer en excroissances mouvantes et lumineuses... Volutes en maraude, forêt de lianes jaunes, prêtes à vous saisir, à s'enrouler autour de vous, à vous ficeler comme une mouche prise par une araignée dans sa toile, à resserrer son carcan de cercles jaunes autour de votre poitrine, si fort que vous en étouffiez.

Mais d'où venait le danger ? De cette maison, à la réputation sinistre ? D'une personne du village ? De la police qui devait toujours la rechercher ? De Roy Jordan ? Elle aurait été incapable de le dire. Elle sentait simplement ce danger latent et sournois, qui la guettait de ses deux yeux jaunes et cruels, tapi dans les profondeurs abyssales de ses craintes.

Plongée dans ses angoissantes réflexions, elle passa en revue les visages familiers, en les rajeunissant au gré de ses pensées. La question de l'âge semblait cruciale dans cette affaire. Elle tenta d'imaginer les amants de Violette à l'époque de leurs aventures. Le colonel, qui venait de prendre tôt sa retraite à cette époque, devait malgré tout avoir cinquante ans, ce qui correspondait à la « limite raisonnable » déterminée par Peter. Un homme de caractère, encore solide, que Debra voyait assez aisément dans le rôle d'amant. Fred Averill devait avoir une trentaine d'années, et le Pr Simpson un peu plus de quarante... Le temps avait sans doute opéré sur eux un plus grand changement, car elle les imaginait plus difficilement en train de tenir la belle et brûlante Violette dans leurs bras.

Les noms, les visages, les âges se mirent alors à danser une sarabande enjouée dans l'esprit de Debra.

Violette avait 25 ans l'année de sa mort. Ian Gardner devait avoir le même âge qu'elle, tout comme Doreen Marshall à peu de choses près, ainsi que Peter.

Debra sourit, jouant avec le temps, s'étant attribué mentalement les pouvoirs du grand horloger. Elle essaya de se représenter Peter à 25 ans, et envisagea qu'ils se soient rencontrés à ce moment-là. Non, cela ne donnait pas grand-chose, car elle avait alors 7 ans. Avec 10 ans de plus, cela faisait 17, l'âge de cette Kathleen Marshall. Cela devenait alors possible, mais la vision de la fille de la droguiste la dérangea, et elle chassa aussitôt cette pensée.

Elle revint à son idée de départ, essayant d'imaginer Peter à 25 ans. Elle était certaine qu'il n'avait pas beaucoup changé. Dès leur première rencontre, par une belle matinée d'été devant cette même véranda, elle avait eu le coup de foudre, l'impression de voir surgir dans ses rêves comme un prince charmant. Sans doute aurait-il eu un air plus juvénile, mais probablement sans irradier cette paisible et réconfortante assurance, sans offrir ce visage d'homme ayant vécu... Non, trancha-t-elle, elle n'aurait pas gagné au change.

À midi, elle proposa au sourcier de déjeuner avec elle. Le jeune homme parut embarrassé, mais accepta finalement. Il y eut de longs silences gênants au cours du repas. Debra le questionna sur l'évolution de ses travaux, il répondit qu'il n'avait pas détecté une nouvelle source. Quant à ses autres recherches, il venait à peine de les commencer. Il pensait néanmoins avoir terminé avant la fin de la journée.

Chaque fois que ses yeux rencontraient ceux de Richard West, Debra sentait le peu d'assurance qu'elle avait fondre comme neige au soleil, au point de se sentir soulagée quand ce repas en tête à tête prit fin. Elle passa de nouveau quelque temps dans la véranda, puis fit un peu de jardinage et cueillit quelques fleurs pour les nombreux vases de la chambre de la défunte. En montant et en descendant l'escalier plusieurs fois de suite, elle se demanda si elle reverrait un jour le fantôme de Violette. Elle sourit à cette idée, sans doute rassérénée à ce moment-là par la lumière du jour.

Elle fut heureuse de retrouver Peter sur les coups de 17 heures. Ils prirent le thé dans la véranda, et peu de temps après Richard West vint les rejoindre. Son visage sombre ne lui disait rien qui vaille, mais il offrait rarement une mine plus réjouie.

Dans d'excellentes dispositions ce jour-là, Peter lui proposa de prendre place, puis lui demanda son verdict.

Le jeune sourcier hésita longuement avant de commencer :

— J'ai fait mon travail très consciencieusement.

— Cela, nous n'en doutons pas un instant !

— J'ai essayé de ne pas tenir compte de la réputation des lieux.

— Vous savez, Richard, dit Peter d'un air très convivial, nous ne nous attendions pas à un miracle. Nous annoncer que cette propriété est une sorte d'Olympe entouré de nuages roses et peuplé de chérubins, c'eût été vous discréditer vous-même et peut-être le meilleur moyen de nuire à votre réputation, bien établie d'après ce qu'on dit ici.

— Je suis heureux que vous le preniez ainsi.

— Nous vous écoutons, Richard. Je vous préviens tout de même, je veux bien changer mon lit de place, voir de chambre à coucher, mais pas d'étage, car j'ai horreur de devoir descendre les escaliers en me levant la nuit !

Le visage du sourcier s'éclaira d'un de ses rares sourires.

— C'est bien plus grave que cela, Mr Sutcliffe. Sachez tout d'abord que le massif fleuri à l'arrière de la maison est à éviter à tout prix. Sa mauvaise réputation est amplement justifiée. Je peux même vous avouer que je n'ai jamais rencontré de zone aussi riche en ondes négatives.

— Dites donc, Richard, avez vous déjà « analysé » cette maison par le passé ?

— Non, je n'en ai jamais eu l'occasion.

— Avez-vous connu les Gardner ?

— Oui, mais c'est très loin... Je me souviens mieux

du couple qui a suivi. Ils étaient assez âgés. Elle était institutrice, et lui, géologue, Mr Glass. Je l'adorais parce qu'il me montrait souvent de belles pierres, qu'il finissait par me donner.

— Et ils n'ont pas eu de pépin ?

— Non. Ils sont même restés assez longtemps, enfin je veux dire pour un tel endroit, c'est-à-dire trois ou quatre ans. C'est ce même monsieur Glass, je crois, qui a plus ou moins suscité ma vocation. Mais je n'avais alors pas songé à étudier le terrain, étant encore trop jeune pour cela. Puis il y a eu un vieux célibataire, assez grincheux, qui ne souhaitait voir personne. Puis un ou deux ans plus tard, un veuf qui était rarement là. Il avait un garçon qui ne sortait guère de la maison... Non, c'était une fille ! C'est le couple suivant qui avait un garçon. Je commençai alors à fréquenter le lycée et je n'étais donc là que pour les vacances. Du début des années 60 jusqu'à maintenant, trois autres couples se sont succédé. Un jeune ménage qui est parti au bout d'un an, puis des retraités, peu communicatifs, qui ne se sont pas habitués au village...

— Et il n'est arrivé malheur à aucun d'entre eux ?

— Non, pas que je sache.

— Donc ma femme et moi pouvons envisager l'avenir avec une relative sérénité et nous dire, par exemple, qu'il ne nous tombera pas forcément une tuile sur la tête !

— Bien sûr ! s'exclama Richard West en soutenant le regard du maître des lieux. La radiesthésie n'est pas une science exacte. Simplement, elle est à même de détecter les lieux propices ou défavorables pour l'épanouissement des êtres humains.

— Comment mesurez-vous ces ondes négatives ?

Le sourcier baissa la tête et contempla ses mains.

— Par perception sensorielle, au moyen d'une

technique qui relève plus du phénomène mécanique que psychique. Mais l'étude des courants telluriques est une science trop complexe pour pouvoir être abordée de manière succincte. Néanmoins, je peux vous dire qu'il se produit souvent ce qu'on appelle la loi des séries. Cela ne répond à aucune logique, mais l'expérience l'a prouvé : les ondes semblent y être sujettes, et notamment les ondes négatives. Il ne se passe strictement rien durant une longue période...

— Vous voulez dire qu'il faut se méfier de l'eau qui dort, n'est-ce pas ?

— Exactement, Mr Sutcliffe ! (Après une courte pause, il reprit d'une voix changée :) Il paraît que vous, vous avez toujours eu de la chance, n'est-ce pas ?

Peter sourit, posa tranquillement la tasse de thé qu'il venait de porter à ses lèvres, puis demanda :

— Qui vous a parlé de ça, jeune homme ?

— Miss Marshall, la fille de la droguerie.

— Ah Kathleen, oui, je comprends !

— Elle m'a dit que vous avez frôlé la mort à maintes reprises durant la dernière guerre, mais que vous vous en êtes toujours sorti *in extremis*.

L'ancien aviateur posa son doigt sur sa cicatrice.

— *In extremis*, vous pouvez le dire ! Il s'en est fallu d'un cheveu pour que ma carcasse blanchisse quelque part dans le désert du Sahara !

La voix du sourcier baissa soudain d'un ton :

— Méfiez-vous, Mr Sutcliffe, car la chance peut tourner ! Et vous aussi, madame, soyez sur vos gardes. D'ordinaire, je préconise quelques modifications ménagères mineures, déplacements de lit, de canapé ou de lieu de séjour, souvent sans grande incidence, je dois le dire, vu la bénignité des cas. Le problème de cette demeure est tout différent. Le beau massif fleuri, comme je vous l'ai dit, doit être radicalement proscrit, mais la maison ne vaut guère mieux. Je vous conseille d'éviter les chambres du haut, et notamment celle remplie de fleurs. Enfin, mieux encore, et je m'excuse de le dire aussi crûment : à votre place, je ferais sans tarder mes valises pour ne plus jamais remettre les pieds dans cet endroit néfaste !

22

20 juillet

La véranda construite au dos de la maison se détachait nettement sur le fond de briques rouges du mur, mais sans déparer l'ensemble. C'était un bel ouvrage de ferronnerie, peint en blanc, exécuté avec une élégante simplicité, sans ces fioritures baroques que l'on retrouvait sur la façade et à l'intérieur du bâtiment. Un gai soleil, qui venait de surgir au-dessus de la maison de Mrs Miller, faisait étinceler ses vitres.

Debout sur la pelouse, les bras croisés dans le dos, Peter Sutcliffe considérait alors pensivement l'édifice, mais non pour des raisons esthétiques. Il semblait si absorbé dans son examen qu'il ne se détourna même pas lorsqu'une personne, venant d'apparaître au coin de la maison, vint à sa rencontre.

— Debra, ma chérie ! commença-t-il en se tournant vers elle, toujours songeur, avant de se rendre compte de sa méprise. Oh ! c'est vous, Kathleen ! Excusez-moi...

La fille de la droguiste, toute pimpante dans une robe de cotonnade légère, lui adressa un chaleureux sourire.

— Oh ! Il n'y a pas de mal, dit-elle en déposant le pesant panier qu'elle tenait à deux mains. Je suis contente de vous trouver là, car cela m'aurait ennuyée de retourner au magasin avec ça... Ce sont les litres de détergent que vous aviez commandés l'autre jour. Il y a six bouteilles, j'espère que cela vous suffira ! C'est maman qui m'a dit de vous les apporter.

— Mon Dieu, mais il ne fallait pas vous donner cette peine !

— J'avoue que cela commençait un peu à peser, répondit-elle sans se départir de son sourire. Mais j'espère que vous ne m'en voudrez pas d'avoir ainsi fait irruption dans votre propriété. J'ai sonné plusieurs fois, sans obtenir de réponse. Alors, voyant votre voiture, je me suis permis de faire le tour de la maison.

— Vous avez bien fait, Kathleen, déclara Peter avec un geste rassurant. Mais c'est curieux que personne ne vous ait ouvert. Debra est pourtant à l'intérieur ! Ah ! ça y est, j'y suis ! C'est ce maudit bouton de sonnette ! Il ne marche qu'une fois sur deux ! Il va falloir que je m'en occupe dès que j'aurai une minute...

Jetant un coup d'œil vers l'endroit qui retenait toute l'attention de Peter, Kathleen demanda :

— Vous envisagez de faire des travaux ?

— Non. En fait, j'étais en train de réfléchir à cette vieille histoire... Vous savez, ce crime curieux qui a eu lieu ici, jadis...

— Oui, je suis au courant, on m'en a parlé. Mais je n'en ai pas de souvenirs personnels...

— Vous êtes née la même année où cela s'est produit, n'est-ce pas ?

— En effet, une très mauvaise année. Il n'y a eu que des malheurs ! C'est ce que tout le monde dit, au point que je me demande si je ne suis pas moi-même une calamité !

Toujours souriante et avec une lueur de défi dans le regard, Kathleen ordonna son opulente chevelure d'un gracieux mouvement de tête. Sa robe aux motifs bleus moulait son corps svelte aux proportions parfaites, qui n'était plus celui d'une adolescente, ce dont elle semblait consciente. Il y avait quelque chose de sauvage dans son attitude, dans l'expression de ses grands yeux bleus qui demeuraient rivés à Peter. Il détourna le premier le regard en disant :

— Allons ! Je suis sûr que vous ne le pensez pas !

Elle répondit d'un air mystérieux :

— Moi, peut-être pas, mais les autres...

— Songeriez-vous à quelqu'un de précis ?

— Tenez, maman par exemple, réfléchit-elle. Aujourd'hui, nous nous adorons, nous sommes même inséparables. Mais une fois, elle m'a avoué qu'au début, lorsqu'elle m'attendait, elle se prenait à me détester.

— Elle venait de perdre son mari, n'est-ce pas ? Elle se trouvait donc dans une situation difficile.

— Oui, et elle se répétait que c'était une mauvaise année. En fait, cette affaire tragique l'avait bouleversée. Elle s'imaginait qu'après ce coup du sort, Ian Gardner allait rester au village et finir par lui demander sa main. Mais il est parti et n'est jamais revenu.

Kathleen haussa les épaules en ajoutant :

— Je crois même qu'elle l'attend toujours ! Si bien que nous sommes toujours restées seules, toutes les deux...

Quelque chose de pathétique transparaissait dans l'expression de la jeune fille. Peter était tenté de la réconforter en lui posant la main sur l'épaule, mais il fut bien avisé de retenir son geste, car Debra venait de sortir de la véranda. Elle souriait, mais sans réussir à dissimuler sa contrariété.

Peter s'empressa d'expliquer ce qui avait amené miss Marshall. Debra répondit avec une note de sécheresse inhabituelle dans la voix :

— C'est curieux, car je n'ai vraiment pas entendu votre coup de sonnette.

Peter réitéra ses explications à propos du bouton capricieux, puis Kathleen s'exclama en dégageant sa longue mèche qui lui barrait les yeux :

— Ah ! J'allais oublier ! Mrs Miller était dans le magasin lorsque je suis partie avec ces bouteilles. Elle venait pour inviter maman à prendre le thé cet après-midi. Je dois vous dire de sa part qu'elle serait très heureuse si vous pouviez passer chez elle pour vous joindre à elles.

— Cet après-midi ? réfléchit Peter. Oui, nous n'avons rien prévu de particulier, n'est-ce pas, Debra ?

Quand Kathleen Marshall se fut éloignée, la jeune femme déclara avec un sourire teinté d'ironie :

— Eh bien, en voilà une qui ne manque pas de toupet ! Non, n'essaye pas de la défendre, Peter ! Je l'ai vue faire son manège depuis la véranda. De quoi avez-vous parlé ? Toujours de ces terribles tirs de mitrailleuses des Messerschmitt, que tu parvenais à éviter au prix d'incroyables acrobaties ?

— Non, ma chérie, nous n'en avons pas eu le temps cette fois-ci. Mais à propos de manège, permets-moi de te dire que celui du jeune sourcier, hier, ne m'a pas échappé non plus !

— Quel manège ? s'étonna Debra. Tu veux dire par rapport à moi ou à son travail ?

— Les deux. D'abord, il te regardait comme s'il n'avait jamais vu de femme de sa vie !

— Vraiment, tu te fais des idées ! Il est même très timide, je peux te l'assurer !

— Timide, oui, mais il n'empêche... Mais parlons plutôt de son travail, cette très inquiétante synthèse de ses analyses. Timide peut-être, oui, mais assez doué pour le mélodrame. Si j'avais un peu moins d'expérience, j'aurais peut-être été impressionné par sa menaçante conclusion.

— Je suis sûr qu'il pensait sincèrement ce qu'il disait.

— Moi, j'ai eu la nette impression qu'il voulait nous chasser de cet endroit pour une raison personnelle.

— Je ne vois vraiment pas laquelle.

— Peut-être s'approprier cette maison ?

— N'en a-t-il pas eu tout le loisir avant que nous venions ici ?

— Il n'en a sans doute pas les moyens. Il souhaite peut-être simplement qu'elle demeure inhabitée.

— Je crois que tu te trompes, Peter. Ce garçon est honnête. S'il nous a parlé ainsi, c'est qu'il doit réellement percevoir une menace et s'inquiéter pour nous.

— Pour nous deux ? Cela m'étonnerait ! Mais pour toi, je n'en doute pas un instant. D'ailleurs, si tu crois tant à ses paroles, je me demande pourquoi tu ne prends pas immédiatement tes jambes à ton cou pour filer d'ici !

Une ombre de reproche passa sur le visage de Debra.

— Peter, c'est très méchant ce que tu viens de dire.

— Je sais, ma chérie, excuse-moi, répondit-il en prenant la jeune femme dans ses bras. Je n'aurais pas dû parler ainsi.

Avec des larmes dans la voix, elle répondit :

— Mais même si je savais où aller, je ne partirais pas d'ici. Je ne sais pas pourquoi, mais j'ai vraiment l'impression que toi et moi, nous n'avons rien à craindre ici. Cet endroit est dangereux pour les autres, le passé l'a prouvé, mais pas pour nous.

L'expression de Peter devint grave et tendre, ainsi que sa voix.

— Je le crois aussi, Debra. J'ai toujours pensé que

notre rencontre ici-même n'était pas le seul fait du hasard. C'est sans doute la même force qui nous a guidés l'un vers l'autre, en ces lieux... Nous devions venir ici, nous devions nous rencontrer.

Le frais gazouillis des oiseaux meubla le long silence qui suivit. Lorsque Debra se sentit pleinement rassérénée au contact de son compagnon, elle demanda :

— Au fait, qu'étais-tu en train de faire ?

— Je jouais au détective.

— Tu t'obstines toujours ?

— Oui, surtout depuis que je viens de me persuader d'une chose : l'énigme du meurtre de la véranda est capitale. J'en suis sûr, c'est sa résolution qui nous dévoilera l'identité du meurtrier.

— Aurais-tu trouvé une piste ?

— Pour ce qui est de l'astuce employée par le criminel, non. J'étais justement en train de me creuser les méninges à ce propos. Mais à présent, je suis persuadé d'une chose : Ian Gardner n'est pas le coupable.

— Et pourquoi cela ?

— À cause des circonstances du meurtre. J'ai bien réfléchi à la question, et j'ai découvert une incohérence dans les faits. Regarde le mur, et le crochet qui est toujours là. Imagine le sol tel qu'il était à l'époque, c'est-à-dire boueux, avec juste la bordure de l'allée autour de la véranda. Pour parvenir à l'endroit où nous sommes sans toucher le sol, en partant de la seule fenêtre de la véranda et en s'agrippant éventuellement par le crochet, il faut faire preuve d'une belle astuce acrobatique, si ingénieuse que personne n'en a trouvé l'explication jusqu'à ce jour.

— Mais toi, tu la trouveras ! persifla Debra.

— Oui, je finirai par la trouver, affirma-t-il après un hochement de tête songeur. Mais ce que je veux mettre en évidence pour l'instant, c'est l'ingéniosité et le sang-froid dont le criminel a fait preuve.

— En effet, cela me semble indubitable.

— Eh bien justement, c'est cela qui ne colle pas avec le reste, c'est-à-dire cette grossière tentative pour faire croire à un suicide. Les indices étaient trop transparents. Souviens-toi : l'absence d'empreintes digitales sur la poignée de la fenêtre, celles laissées maladroitement sur le manche du couteau, sans parler de la bosse sur le crâne de la victime. Une personne agissant sous l'effet de la panique aurait pu commettre de telles erreurs, mais l'ingénieux criminel qui a réussi cet exploit, non.

— Et alors ? Quelle est ta conclusion ?

— Tout était calculé : ces indices à retardement faisaient partie du plan du meurtrier. Il voulait que la police se rende finalement compte de la supercherie. Or, une fois celle-ci découverte, qui était alors le plus suspect ? Évidemment celui auquel on pensait tout naturellement après la découverte du cadavre, et qui aurait donc grand intérêt à faire disparaître les traces de son crime et à le maquiller en suicide.

— Le mari.

— Bien sûr. On a tenté de lui faire endosser ce meurtre. Mais cette manœuvre, une fois percée à jour, prouve son innocence !

Mrs Miller servit le thé à 17 heures sonnantes, mais les personnes présentes dans son salon n'avaient pas attendu le carillon de la pendule pour parler de Violette Gardner. Peter avait remercié Mrs Miller pour ses conseils, qui lui avait permis de découvrir les quelques notes manuscrites de la défunte. Puis il avait fait savoir à Mrs Doreen Marshall qu'il avait eu confirmation de ce qu'elle lui avait laissé entendre, à propos de la conduite libertine de la défunte.

La droguiste hocha la tête en rajustant ses lunettes.

— Il est évidemment délicat de parler de ces choses-là, mais après tout ce temps... Qu'en pensez-vous, Mrs Miller ?

Un sourire pétillant de malice éclaira le visage ridé de leur vieille hôtesse.

— Je me suis toujours dit qu'elle était très jolie, et même trop jolie pour ne pas être soumise à des tentations. Oui, bien sûr, j'ai eu quelques soupçons, et j'avais notamment remarqué qu'elle ne laissait pas indifférent le Pr Simpson...

— Dans ces conditions, reprit Mrs Marshall, on comprend que le malheureux Ian lui ait régulièrement fait des scènes de ménage et qu'il se soit laissé aller, parfois, à la bousculer un peu.

Mrs Miller répondit après s'être éclairci la voix :

— Je me demande s'il la battait comme on s'accordait à le dire. Il est vrai que Violette avait souvent triste mine les lendemains de querelle, avec ces lunettes à verres fumés qu'elle portait pour masquer ses yeux rouges, mais je ne me souviens pas l'avoir aperçue avec des bleus ou des bosses !

Doreen Marshall secoua la tête et dit d'une voix catégorique :

— Ian n'était pas quelqu'un de violent.

— En fait, reprit Mrs Miller, ce n'était pas véritablement lui qui haussait le ton. La voix de Violette dominait. Je ne me suis jamais mise derrière la haie pour écouter ce qu'ils se disaient, mais quelquefois, dans mon jardin, je saisissais alors quelques bribes, sans vraiment pouvoir suivre leur discussion, sans doute des choses banales. En tout cas, chaque fois que je reconnaissais une voix, c'était celle de Violette...

— C'est curieux, dit Peter, car ce n'est pas du tout l'impression générale.

— Je sais bien, mais les gens ont souvent des idées préconçues dans ce domaine. À moins que ce ne soient ses airs affligés, les lendemains de dispute, qui suscitaient ce sentiment.

— Se querellaient-ils depuis le début de leur mariage ?

— Non, essentiellement la dernière année. Et encore, je le répète, ce n'était pas aussi grave que les gens le prétendaient.

Mrs Miller retira ses lunettes, regarda pensivement vers la fenêtre, tandis que les rayons du couchant allumaient des reflets d'argent dans ses cheveux gris.

— En fait, reprit-elle, il s'est produit quelque chose de curieux avec Ian. Sans qu'on sache vraiment pourquoi, des rumeurs ont soudain circulé sur son compte. Et cela, avant même que cette série d'accidents ne devienne suspecte. Il faut dire aussi que son propre comportement confirmait un peu ces divers racontars. Comment dire ? Il faisait grise mine, comme s'il avait quelque chose sur la conscience...

— C'est vrai, approuva gravement Mrs Marshall.

— Il y a une chose que je ne comprends pas, dit Peter. Alors que nous venons d'apprendre qu'il avait de réelles raisons de faire des scènes à sa femme, vous nous dites, Mrs Miller, que c'était surtout Violette Gardner qui élevait la voix ? Ce n'est pas très logique !

— Oh non, ce n'est pas logique ! Mais vous savez, l'amour et la logique ne font pas toujours bon ménage !

— Sans doute, répondit l'aviateur. Mais dans le cas présent, j'ai comme l'impression que quelque chose nous échappe. Il y a aussi cette querelle, le soir du drame, avant que Ian ne parte avec son ami.

— Une querelle ? répéta Mrs Miller d'un ton dubitatif. Non, c'est exagéré ! Et là, je suis affirmative, car j'étais derrière ma haie à ce moment-là. Je m'en souviens bien, j'avais reçu une lettre de Paul le matin, et je n'avais cessé de la lire toute la journée. Je m'étais installée sur le banc de jardin, sur lequel il avait coutume de jouer quand il était petit et c'est un miracle que ce meuble ait résisté à ses assauts répétés qui étaient, je crois, une des seules choses que je pouvais lui reprocher à cette époque. Car par la suite, cet enfant modèle a rattrapé le temps perdu, et mon cœur a bien plus souffert que les planches de ce banc...

» Mais où en étais-je ? Ah oui ! j'avais donc entendu les Gardner ce soir-là... Ian a dit par la suite qu'il s'agissait d'une dispute d'ordre domestique, et je veux bien le croire, car il semble qu'ils discutaient en effet à propos de quelque chose qui s'était cassé... Je ne pourrais pas vous dire quoi. J'étais si bouleversée, alors, par la lettre de mon fils Paul !

— J'avoue avoir du mal à me faire une idée de lui, déclara Debra, songeuse.

— Oh ! Mon fils était le plus charmant garçon qui soit, avant qu'il ne se laisse ensorceler par cette Lorelei !

La jeune femme adressa un sourire amical à son hôtesse.

— Sans doute, Mrs Miller, mais je pensais à Ian Gardner.

— Ian Gardner aussi était un charmant garçon, fit Doreen Marshall avec un mouvement approbateur de la tête. Et il a également rencontré une sirène.

— J'ai vraiment du mal à me faire une idée, répéta Debra. Le plus curieux, c'est que nous n'avons même pas trouvé de photo de lui dans leurs affaires.

— C'est sans doute l'oncle de Violette qui a dû emporter les photos de famille, dit Mrs Miller.

— Ou c'est peut-être Ian qui a tout déchiré par la suite, proposa Mrs Marshall.

— De dépit ou de colère, alors qu'elle avait été assassinée ?

— Non, peut-être simplement pour oublier cet affreux souvenir.

— Pourquoi a-t-il alors gardé ce portrait d'elle dans sa chambre ?

La droguiste haussa les épaules pour avouer son ignorance, puis déclara à l'adresse de Debra :

— Si cela vous intéresse, il me reste une photo de Ian, bien qu'elle ait très mal traversé l'épreuve du temps. Je l'ai déchirée en plusieurs morceaux, le jour, je crois, où j'ai appris qu'il allait se marier. Je n'ai néanmoins pas pu me résoudre à la jeter, et il m'est arrivé une fois de la reconstituer, comme les pièces d'un puzzle.

Doreen Marshall tourna ses grands yeux au regard convergent vers Debra, qui ne vit alors que le double reflet du soleil dans ses lunettes.

— Je ne sais pas si le puzzle ainsi reconstitué est encore très ressemblant, car j'ai une très mauvaise vue, même avec mes verres. Mais si vous voulez y jeter vous-même un coup d'œil, passez à l'occasion à la droguerie !

— Ne vous donnez pas cette peine, Mrs Marshall, intervint l'aviateur. Ce qui intéresse surtout Debra, c'est sa personnalité.

— Et son visage aussi, Peter, protesta-t-elle. Car je trouve que c'est important ! C'est d'ailleurs la première chose qu'on regarde pour se faire une idée !

— Vous avez raison, mon enfant, intervint Mrs Miller de sa voix apaisante. Mais un visage peut changer avec le temps. Le caractère, lui, une fois qu'il est formé, ne se modifie que rarement...

— Pensez-vous que Ian ait changé après son mariage ? s'enquit la droguiste.

— Disons que les circonstances ont dû provoquer

en lui quelques réactions particulières. Je ne pense pas que sa véritable nature ait changé.

— Dans ce cas, il n'a pas tué sa femme !

La vieille dame ne sembla pas avoir entendu cette dernière remarque. Les yeux tournés vers la fenêtre, elle poursuivait :

— Il y a toujours quelques exceptions, comme notre cher colonel Hawke, qui garde la même allure malgré les années qui passent. Je trouve que Fred Averill, par exemple, ou surtout le Pr Simpson, sont bien différents de ce qu'ils étaient il y a une vingtaine d'années. Et les femmes, bien sûr, n'échappent pas non plus aux outrages du temps, et de manière peut-être plus cruelle. Mrs Averill était une assez séduisante personne à l'époque de ses noces. Savez-vous quelle est la seule chose qui ne change pas ?

La vieille dame avait posé cette question d'un ton légèrement professoral, tout en fixant ses yeux vifs sur chacun de ses hôtes. Lorsqu'elle ajouta « C'est le regard ! » tous se dirent que le sien paraissait bien étrange à ce moment-là. D'ailleurs, il ne changea plus guère durant le reste de l'après-midi. Méditative, Mrs Miller se montra même distraite et n'examina qu'avec un intérêt relatif les pages manuscrites de Violette lorsque Peter et Debra les montrèrent à leurs amies.

— Curieux, commenta Doreen Marshall après avoir lu non sans difficulté le texte entier. Je ne me doutais pas que Violette Gardner eut joué au détective à cette époque. Mais réflexion faite, c'est bien possible. Car je me souviens en effet qu'elle avait parlé par la suite à ma nièce, la malheureuse Katya, qui a toujours gardé sur sa conscience la mort de sa petite cousine. D'ailleurs les détails qu'elle donne sur la baisse de ses notes sont exacts. Pour savoir cela, elle devait forcément l'avoir interrogée à l'époque, elle ou ses parents. Elle dit sans détours qu'elle ne me porte pas dans son cœur, mais je remarque avec satisfaction qu'elle a eu l'honnêteté de m'écarter de sa liste des suspects. D'autres n'ont pas eu cette chance ! Et surtout pas le pauvre Ian ! Mais elle n'a pas été la seule à le soupçonner à propos des enfants.

— Mais elle semble avoir été la seule à avoir une opinion aussi tranchée, fit remarquer Peter. Pour elle, c'est clair, ces trois « accidents » sont bel et bien des meurtres.

— C'est ce que tout le monde redoutait, je crois.

— Et vous, Mrs Miller, qu'en pensez-vous ? demanda Peter.

Le regard toujours lointain, la maîtresse de maison répondit d'une voix très posée :

— Je me demande si c'est Violette qui a écrit cela. Ce n'est pas vraiment son style.

— Comment ? s'exclama l'aviateur. Mais c'est vous-même qui avez supposé qu'elle devait avoir consigné par écrit ses impressions sur ces accidents !

— Oh ça, oui ! Mais je parle de son style littéraire, sa manière d'écrire. Elle avait une plume plus incisive, plus profonde... Je me souviens que les rares fois où j'ai eu l'occasion de lire sa prose, j'ai toujours eu des frissons, tant elle faisait mouche avec ses mots.

— C'est curieux, car le colonel Hawke, lui, a bien reconnu son écriture. Et il me semble évident, au vu de leur état, que ces notes manuscrites ne datent pas d'hier !

— Sans aucun doute, car je crois tout de même reconnaître la couleur mauve des pages de son cahier.

— Alors, je ne comprends pas, déclara Peter, le front creusé de rides. Faudrait-il croire que quelqu'un, à l'époque de ces accidents, ou peu après, ait écrit dans le journal intime de Violette, en imitant son écriture, un texte qu'elle aurait elle-même pu écrire ? À quoi cela rimerait-il ?

— Je suis vraiment incapable de vous le dire. D'ailleurs ce n'est qu'une impression. Il est très possible que Violette Gardner n'ait pas cherché à soigner son style pour de simples notes de ce genre. Mais parlez-en quand même au Professeur Simpson. Les belles lettres sont sa passion et je crois qu'il s'y entend également en matière de graphologie.

La vieille Mrs Miller avait prononcé ces mots comme si la question lui était indifférente. Son regard indiquait clairement que ses pensées étaient ailleurs.

23

Peter ne se montra guère loquace lors du dîner. Son front brumeux témoignait d'un état de contrariété qui ne le quittait pas depuis qu'ils avaient pris congé de leur voisine. Bien que loin d'être un intarissable bavard, il avait toujours quelque chose à dire, une remarque aimable à faire, et bien souvent des compliments. En outre, son regard était fuyant, et ses gestes nerveux.

Depuis quelques jours, Debra observait qu'il devenait de plus en plus irritable. Peu de chose en vérité : juste une parole un peu vive ou une réflexion vaguement réprobatrice, mais cela tranchait avec son habituel calme olympien. L'observant du coin de l'œil, elle nota que la différence entre ses deux profils s'était accentuée. Elle avait l'impression de reconnaître les deux visages. Le premier, absorbé par le pudding qu'il était en train de déguster, le second plongé dans un tourment secret. Au vrai, Debra imaginait sans peine la nature de ce tourment.

Il se décida à rompre le silence lorsqu'elle lui eut servi le café.

— Notre voisine est une charmante vieille dame, mais elle dit n'importe quoi !

— Tu penses toujours à ces feuilles manuscrites ?

— Oui. Je ne vois vraiment pas pourquoi

quelqu'un se serait amusé à réécrire des notes de Violette, à arracher les feuilles, puis à les placer dans une enveloppe et... À moins que ?

Le visage de l'aviateur venait soudain de s'éclairer. Il se tourna vers sa compagne et la regarda droit dans les yeux pour la première fois de la soirée.

— À moins que... Oui, on l'a fait exprès, bien sûr ! C'est même un nouvel indice qui vient soutenir la thèse de la machination ! Ces notes sont anciennes, mais elles sont très vraisemblablement postérieures à la mort de Violette, qui n'aurait pas manqué de remarquer ces pages arrachées. Une personne a donc écrit ces notes après son assassinat. Des notes qui accusent en somme son mari d'être le maniaque tueur d'enfants et également, après coup, l'assassin de sa femme : il aurait été contraint de la réduire au silence après qu'elle eut percé à jour son horrible secret. Ces feuillets constituaient donc pour Ian Gardner un véritable piège à retardement, et c'est une chance, pour lui, qu'ils n'aient pas été découverts à l'époque. Qu'en penses-tu, ma chérie ? Maintenant, tout s'explique, n'est-ce pas ?

Debra eut un léger soupir.

— Oui, Peter, tu as l'art de trouver des arguments convaincants. Mais à mon avis, nous ne pouvons être sûrs de rien. Il ne s'agit que d'une impression de Mrs Miller, qui m'a semblé tout d'un coup très fatiguée.

— Oui, je l'ai remarqué aussi, répondit Peter en allumant une cigarette. Cette chère Mrs Miller est peut-être une fine mouche, mais elle a bien vieilli, et ses déboires avec son fils unique n'ont à l'évidence rien arrangé. Il nous faut attendre l'avis du Pr Simpson. Quoi qu'il en soit, ce qui est clair désormais, c'est que la découverte de ce journal devient de plus en plus impérieuse !

Debra approuva gravement de la tête, puis répondit :

— À mon avis, et en toute logique, son oncle doit l'avoir récupéré. Mrs Marshall m'a dit en partant qu'elle devait avoir son adresse dans ses registres, car elle se souvient qu'il lui avait commandé des produits de jardinage lors de son passage au village.

— Oui, bonne idée ! Nous essayerons de le voir dès que possible !

— Il ne faudra alors pas oublier de lui demander les éventuelles photos.

L'aviateur acquiesça d'un clignement de paupières :

— Bien sûr, ma chérie, bien sûr... Voyons, quelle heure est-il ? Vingt heures tout juste ? Cela nous laisse trois bonnes heures pour passer au peigne fin les affaires des Gardner !

Debra ouvrit de grands yeux surpris.

— Mais nous l'avons déjà fait ?

— Oui, mais dans la hâte, dans la fièvre de retrouver ce cahier coûte que coûte... Nous étions alors bien trop excités pour pouvoir faire les choses correctement. Maintenant que nous connaissons mieux le terrain, nous allons pouvoir organiser nos recherches. Ce cahier, qui n'est pas forcément aussi volumineux qu'on le pense, a pu nous échapper, peut-être masqué par une autre couverture. Je pense notamment à ces piles de romans dans les grands coffres d'osier. Il faut tout revoir dans le détail, prendre le temps de contrôler le contenu des livres, examiner les pages...

La jeune femme poussa un profond soupir.

— Plus ce soir, Peter... du moins en ce qui me concerne.

La voix de l'aviateur se fit réprobatrice :

— Mais pourquoi pas ?

— Parce que je suis fatiguée. Et j'ai envie de penser à autre chose. Avant qu'il ne fasse complètement nuit, j'aimerais encore me promener dans le jardin.

— Fais comme tu l'entends. Moi, je vais reprendre les recherches !

Peter quitta la cuisine sur ces mots. Son ton sec et réprobateur avait touché Debra, qui resta quelques instants à regarder fixement la porte qui venait de se refermer derrière lui. Elle sortit son mouchoir, essuya les larmes qui embuaient ses yeux, puis sortit par la véranda.

L'air était encore doux et délicieusement embaumé, ce soir-là. Elle remonta le sentier à pas lents, fermant parfois les yeux pour mieux sentir les douces fragrances qu'exhalaient la « Tombe d'Adonis ». Elle ne gagna pas directement la rocaille fleurie, mais s'arrêta à une dizaine de mètres devant le vieux banc. Elle s'y installa afin de mieux pouvoir admirer les fleurs, contempler leurs ultimes couleurs qui s'éteignaient dans l'ombre comme un foyer mourant. Une à une, les petites flammes bleues, vertes, jaunes, orange disparurent.

Au bout d'un moment, elle revit en pensée le fantôme de Violette, apparu le jour de son arrivée. Véritable revenant ou hallucination ? À ce moment-là, elle n'aurait su le dire. Tout lui semblait irréel dans la pénombre grandissante et dans le parfum envoûtant des fleurs.

Elle n'avait évidemment jamais rencontré Violette. Celle-ci était morte alors qu'elle, Debra, n'avait que sept ans. Mais ce fameux soir, après avoir contemplé son portrait dans sa chambre, elle avait vraiment cru la voir vivante, en chair et en os, en train de se mouvoir dans l'escalier, dans la véranda, puis dans le jardin, là, devant elle, penchée au-dessus des fleurs de la rocaille. Voulait-elle alors lui faire comprendre quelque chose ? Sans doute. Mais ce n'était pas ce à quoi songeait Peter...

Debra demeura un long moment à fixer la « Tombe d'Adonis », qui disparaissait peu à peu, engloutie par les ténèbres. Elle pensait alors si fortement à la défunte qu'elle crut la voir sous forme d'ombre, dont elle ne distinguait que les yeux... De grands yeux bleus qui luisaient dans l'obscurité...

En entendant un bruit de pas étouffé derrière elle, Debra eut la chair de poule. Elle dressa l'oreille, entendit les pas croître, se retourna lentement sur le côté et demeura paralysée de peur en distinguant alors une ombre se diriger lentement vers elle.

Violette ? Non, ce n'était pas possible... Elle ne voyait pas ses yeux, distinguant juste une silhouette noire qui se découpait sur la clarté jaune de la véranda illuminée. Qui était-ce alors ? Un nom traversa ses pensées et une terreur plus grande la saisit alors. Ce nom était indissociable des cercles de lumière qu'elle voyait à présent s'échapper de la véranda. Des volutes jaunes maléfiques, qui se répandaient dans la nuit avec l'intention évidente de fondre sur elle, de la saisir, de la sangler et de la ramener à Roy Jordan.

— *Roy, non* ! s'écria-t-elle en se levant soudainement du banc.

— Roy ? répéta une voix familière. Mais de qui parles-tu, ma chérie ?

— Peter, c'est toi ? Oh ! mon Dieu ! Comme tu m'as fait peur ! Mais que fais-tu ici ?

— Mais je viens te voir, ma chérie.

L'ancien pilote de chasse prit alors la jeune femme dans ses bras et s'employa à chasser les frissons qui la parcouraient. Puis il déclara :

— J'ai eu des remords. Je suis venu me faire pardonner pour le ton sur lequel je t'ai parlé tout à l'heure. Je ne sais pas ce que j'ai ces temps-ci... Je suis nerveux en diable.

— C'est cette vieille affaire qui t'obsède.

— Sans doute. Je sens que je brûle, pourtant à

chaque fois la solution me glisse entre les doigts... Mais dis-moi, Debra, qui est donc ce « Roy » ?

Blottie au creux de l'épaule de son compagnon, elle bredouilla :

— Quelqu'un que je m'efforce d'oublier.

Peter poussa un long soupir, puis demanda après un silence :

— A-t-il été violent avec toi ?

— Pas dans le sens où tu l'entends. Mais j'aurais mille fois préféré la proximité d'une brute qu'un homme comme lui, qui... Je ne veux plus en parler, Peter. Je veux l'oublier à jamais.

— Je comprends, ma chérie. Tu veux rentrer ?

— Non, je préfère encore rester dehors. Je me sens incapable de dormir à présent. J'ai eu l'impression de voir Violette juste avant que tu n'arrives.

— Ah bon ? s'étonna-t-il avec un regain d'intérêt. Et où ça ?

— Là, près de la « Tombe d'Adonis ».

— Tu as revu son fantôme ?

Debra eut un geste d'ignorance.

— Peut-être, mais pas forcément le sien...

— Lequel, alors ?

— Lequel ? Mais il y a plein de fantômes par ici, Peter ! Ne l'as-tu jamais compris ? Les âmes de toutes les personnes assassinées à cet endroit continuent de hanter Madford, et d'apporter le malheur à ses habitants ! D'ailleurs, si Ian Gardner est innocent, ne serait-ce donc pas une de ces ombres errantes qui a assassiné sa femme ?

Un souffle de vent agita le feuillage du vieux chêne qui se dressait derrière le banc. Peter ressentit un frisson à son tour, tout en jetant un regard circulaire dans l'obscurité. L'haleine embaumée de la « Tombe d'Adonis » lui parvint, aussi troublante que les paroles de Debra.

— L'enquête n'avait-elle pas prouvé que seule une créature surnaturelle pouvait avoir commis ce crime ?

— Je me refuse à y croire, affirma-t-il sans grande conviction. Du moins en tant qu'esprit malfaisant, se livrant à des actes aussi froidement calculés que cet assassinat.

Debra répondit dans un murmure :

— Moi aussi, Peter, mais je sens sa présence...

Mrs Miller tardait à trouver le sommeil. Minuit venait de sonner à sa pendule, tandis qu'elle demeurait installée dans un fauteuil du salon, en train de regarder par la fenêtre ouverte. Bien qu'habituellement frileuse, elle ne semblait pas sensible à la fraîcheur nocturne qui s'accentuait. Pensive, elle fixait la ligne sombre de la haie au-dessous d'un ciel clouté d'étoiles, qui laissait présager pour le lendemain une nouvelle journée souriante.

Une journée souriante ? songeait-elle amèrement. Depuis sa conversation avec ses hôtes durant l'après-midi, elle en doutait sérieusement. Elle ne pourrait pas rester longtemps sans réagir, sans rien dire. Dès le lendemain, elle devait prévenir les autorités. Tandis qu'elle avait évoqué les outrages du temps sur les personnes, une série de visages familiers avaient défilé devant elle, avec « ces yeux qui ne changent pas ». Et soudain, issu du plus profond de sa mémoire, un regard avait jailli, s'était imposé à elle pour ne plus la quitter.

Où qu'elle regardât, Mrs Miller les voyait, ces deux yeux à l'expression particulière. Un observateur superficiel les aurait trouvés un peu ternes, mais un examen plus approfondi révélait une étrange lueur, le reflet d'une âme peu équilibrée.

Mrs Miller aurait souhaité se tromper, mais son expérience de la nature humaine lui laissait peu d'espoir. Pourtant, cette nuit-là, elle s'obstina. Elle se persuada que son âge avancé troublait son entendement, lui faisait voir le mal partout, dès qu'elle se trouvait en présence d'une vague anomalie ou d'une quelconque ressemblance.

Au bout d'un moment, elle se leva, s'accouda à la fenêtre, espérant que la fraîcheur de la nuit tempérerait le combat qu'elle se livrait dans son for intérieur. Il lui sembla alors percevoir un bruit et elle scruta vivement l'obscurité.

La clarté du salon découpait un rectangle de lumière sur la pelouse, qui s'allongeait jusqu'à la haie et en dessinait vaguement le relief. Un étrange frisson la parcourut alors. Elle sentait comme une présence sur le côté, à l'endroit où la lumière était trop faible pour chasser les ténèbres. Il lui semblait même apercevoir une silhouette debout et immobile. Peut-être n'était-ce qu'une ombre engendrée par ses craintes. Mais elle voyait aussi ses yeux, qui brillaient faiblement comme deux globes taillés dans un minéral phosphorescent.

Ces « yeux qui ne changent pas »... les mêmes que ceux qui occupaient toutes ses pensées.

Décidément, cela tournait à l'obsession, se dit-elle. Elle se fit alors violence, ferma résolument sa fenêtre et monta se coucher. Avant cela, elle prit un léger sédatif, comme elle avait coutume de faire lorsqu'elle ne parvenait pas à chasser de ses pensées la vie agitée de son fils. Elle tarda malgré tout à trouver le sommeil, et s'endormit avec le souvenir persistant de cet étrange regard.

Elle n'entendit pas la pendule du salon sonner une heure, pas plus que le grincement de la fenêtre du couloir à côté de la porte de service, simplement bloquée dans son cadre depuis que le battant de guingois ne lui permettait plus une fermeture totale. Elle ne perçut pas davantage les pas étouffés qui foulèrent le tapis, ni même ceux plus bruyants qui firent ensuite grincer les marches de l'escalier. Mais le lent couinement de la porte de sa chambre la tira brusquement de son sommeil.

Elle se redressa dans son lit, hagarde et affolée, scrutant désespérément l'obscurité en balbutiant :

— Qui est là ? Il y a quelqu'un ?

Elle réitéra ses appels, mais personne ne répondit. Elle était pourtant persuadée que quelqu'un se dressait dans l'embrasure de la porte. Il lui semblait même percevoir le bruit d'une respiration. Au bout d'un moment, pourtant, comme lorsqu'elle avait scruté la pelouse, elle finit par distinguer une ombre et ses yeux luisants... Elle n'aurait pu dire si c'était son imagination ou la pâle clarté des étoiles qui faisait briller ces yeux, mais elle avait la certitude absolue de leur présence. Toujours les mêmes... Elle les aurait reconnus entre mille.

— Parlez, bredouilla-t-elle. Je sais que vous êtes là... Et je sais aussi *qui* vous êtes...

Un frisson glacial la parcourut lorsqu'elle vit la silhouette s'approcher lentement, mais elle fut littéralement paralysée de terreur lorsque la voix toute proche s'éleva :

— Oui, Mrs Miller, je suis là. Et vous savez pourquoi, n'est-ce pas ?

24

Après avoir lu les feuilles manuscrites de Violette Gardner, le professeur Keith Simpson retira ses lunettes et hocha la tête, à la fois ému et perplexe. Debra et Peter, installés sur le sofa qui faisait face à la grande baie vitrée de son salon, voyaient sa silhouette à contre-jour et distinguaient mal ses traits, mais l'ensemble de son attitude trahissait son embarras.

— Alors, qu'en pensez-vous, professeur ? demanda Peter au terme d'un long silence. Partagez-vous également l'avis de Mrs Miller, qui doute de l'authenticité de ce texte ?

Le professeur reprit les feuillets et les considéra comme une marchandise douteuse, avant de relire quelques lignes d'un air dubitatif.

— Oui, finit-il par lâcher. Il est clair que ce n'est pas Violette qui a écrit cela.

Devant le verdict catégorique de leur hôte, qui semblait d'un naturel plutôt hésitant, Peter échangea un regard surpris avec Debra, puis demanda :

— En êtes-vous bien certain, professeur ? Je m'excuse d'insister ainsi, car le colonel Hawke, lui, semble persuadé du contraire. Il était même allé jusqu'à comparer ces lignes avec celles d'une carte postale écrite par la défunte.

Le visage de Keith Simpson s'éclaira d'un léger sourire.

— Le colonel est un bon observateur, mais il manque parfois de finesse. Il est évident que l'auteur de ces lignes voulait imiter l'écriture et le style de Violette. Pour ce qui est de la calligraphie, il a fait preuve d'un talent indéniable, car c'est à s'y tromper. Mais il a quand même commis quelques petites erreurs. Tenez, prenez une de ces pages et regardez attentivement les lettres accentuées et pourvues de « i ». Vous observerez qu'il y a une légère coupure avec les lettres suivantes, ce qui est assez normal, puisqu'il faut lever la main pour mettre les points des « i ». C'est du moins ainsi que font la plupart des gens. Ceux qui sont appliqués, qui ont vraiment le souci de l'élégance, écrivent les mots en entier avant d'ajouter les accents. Or, Violette faisait partie de cette catégorie. Elle apportait un soin extrême à la présentation de ses textes et ses lettres se suivaient en un coulé parfait. Vous pourrez vérifier à l'occasion avec la carte postale du major.

Peter hocha la tête, puis tendit le feuillet à Debra qui, après un bref examen, acquiesça à son tour.

— Enfin, il y a le style ! reprit leur hôte qui s'était approché de la fenêtre. Violette s'exprimait avec une profondeur, une élégance et une simplicité confondantes. Elle possédait l'art de trouver les mots justes, de vous interpeller, de vous faire vibrer, même avec des banalités. Chacune de ses phrases sonnait à vos oreilles comme une musique enchanteresse, vous faisait voir des tableaux merveilleux, nuancés et subtils...

» En la lisant, vous aviez l'impression de vous promener dans une forêt enchantée, de voir des rayons de soleil jouer dans les arbres comme des faisceaux célestes, d'entendre le murmure cristallin d'une cascade et d'être bercé par de merveilleux gazouillis d'oiseau. Elle vous emportait loin, très loin, comme une plongée dans les abysses... Comment dire ? On ne sortait jamais indemne de ses lectures.

Il hocha longuement la tête avec un sourire teinté d'amertume, puis se tourna vers les feuillets, ajoutant :

— Le préambule de ces notes reflète assez l'enthousiasme et la joie de vivre de Violette, mais ce n'est qu'une pâle caricature de son art, croyez-moi.

Après un nouveau silence, Peter demanda :

— Qui aurait donc écrit cela, d'après vous ?

— Je n'en ai pas la moindre idée.

— D'après Mrs Miller, ces feuilles seraient pourtant bien des pages de son journal.

— Oui, c'est ce qu'il me semble aussi !

L'aviateur ne put cacher sa surprise.

— Comment ? Vous aviez eu l'occasion de le lire ?

— Non, mais elle m'en parlait souvent. En fait, je crois qu'elle me disait cela pour me railler, lorsque je m'extasiais à la lecture de ses poèmes. Elle affirmait qu'ils étaient bien inférieurs à la prose de son journal, où elle mettait le meilleur d'elle-même. Cela, vous le pensez bien, piquait ma curiosité ! Mais elle ne me l'a jamais montré, malgré mes insistances.

— Mais dans ce cas, comment pouvez-vous reconnaître ces feuilles ? s'étonna Debra.

— Grâce à un petit détail, que vous remarquerez sans doute si vous vous donnez la peine de les examiner attentivement. Je parle du papier et non du texte lui-même.

Fort de cette précision, le couple ne tarda guère à déceler une légère décoloration qui traçait une sorte de dessin sur chaque page.

— Oui, je vois là quelque chose, dit Debra. On dirait l'ombre d'une fleur !

— Exactement, acquiesça Simpson. Violette

m'avait plusieurs fois confié qu'elle mettait des fleurs de son jardin entre les pages.

Une fois de plus, le fantôme de la défunte traversa les pensées du couple. Durant son étrange vision, la nuit de son arrivée à Madford, Debra se souvenait de Violette tournant les pages de son journal encartées de fleurs séchées.

— Elle pensait ainsi que ses plus belles fleurs ne pouvaient qu'améliorer ses écrits, leur conférer une sorte de pouvoir magique, un parfum enivrant, une saveur particulière, comme le feraient des épices subtiles dans un bon plat. La conjugaison parfaite de ses talents. Hélas ! Je vous le répète, je n'ai jamais pu y goûter !

— Et que pensez-vous du texte en soi ? D'après ce que nous avons pu apprendre, il contient des informations confidentielles que peu de personnes partageaient !

— Oui, c'est également mon impression. Il me semble manifeste que seule une personne de son entourage a pu écrire cela.

— Dans quel but, à votre avis ? le pressa l'aviateur.

— Vraiment, je n'en ai aucune idée...

— Ne trouvez-vous pas que ces prétendues réflexions accablent son mari ?

— Oui, certes. Mais comme nous savons qu'il s'agit d'un faux, il y a tout lieu de se méfier. Pourtant, tout me semble exact, pour autant que je me souvienne. Je n'ai décelé aucune erreur. Mon Dieu, quelle triste histoire, quand j'y pense !

L'ancien professeur se tut un instant. Tourné vers la fenêtre, il regardait d'un air sombre la lisière des bois qui se dressait à moins d'une trentaine de yards.

— Au profond chagrin suscité par ces malheureux accidents, reprit-il, se sont ajoutés ces terribles soupçons...

— Accidents ? reprit Peter, dubitatif. Ne pensez-vous donc pas qu'il s'agissait d'assassinats, comme le suggère l'auteur de ces notes ?

Simpson eut un hochement de tête approbateur.

— Oui, on sentait bien qu'il subsistait quelque chose d'anormal dans cette singulière suite de drames. Mais en même temps, cela paraissait trop horrible pour être vrai.

— Violette Gardner ne vous avait-elle fait aucune confidence à ce propos ?

L'ancien professeur de philosophie parut embarrassé.

— Heu... non. Je veux dire pas à ce moment-là, car... elle ne venait plus guère après...

— Après votre liaison avec elle ?

L'homme blêmit, retira ses lunettes et bredouilla :

— Mon Dieu, comment le savez-vous ?

— Diverses allusions, çà et là. De toute manière, nous avons déjà reçu les confidences de ses deux autres amants.

Simpson offrit un visage surpris et écouta en silence les précisions de Peter. Il avait alors le regard sombre et lointain.

— Averill et le colonel ? s'étonna-t-il. Vraiment, je ne le savais pas. En vérité, notre liaison fut un peu plus longue. Sans doute parce que nous nous étions toujours bien entendu par le passé, à cause de nos goûts communs. Mais c'est elle aussi qui y a mis fin. Un beau jour, elle s'est mise à m'éviter. J'ai essayé de lui parler, en vain. Je suppose qu'elle avait dû prendre conscience du danger que représentait notre idylle, et qu'elle préférait y mettre un terme.

» Elle semblait avoir bien surmonté l'épreuve, mais moi, je n'ai jamais pu l'oublier. Elle était entrée dans ma vie comme un rayon de soleil, et depuis, je l'avoue, jamais la moindre lueur n'est venue chasser la grisaille de mon existence. Je n'oublierai jamais ce jour de mai, où elle a fait irruption dans mon atelier, en me déclarant qu'elle aimerait bien un petit canari... Mais je crois que nous sortons du sujet. Le drame qui nous intéresse s'est produit deux ou trois mois plus tard, alors que nous ne nous fréquentions plus. Je n'ai donc pas pu connaître son sentiment sur la question.

Indiquant les feuilles manuscrites, Peter déclara :

— Je suppose que « ce cher professeur Simpson » ne vous a pas échappé. Cela paraît amical, mais on perçoit quelque chose d'intime, comme une ancienne aventure. Ce qui laisse supposer que l'auteur de ces lignes connaissait la nature de vos relations avec la défunte.

— Oui, bien sûr. C'est pour cela que je vous disais que c'est troublant et que tout semble exact. Au fait, savez-vous que l'accident s'est produit tout près d'ici ? L'étang où la petite Sarah Coles s'est noyée se trouve juste derrière cette ligne d'arbres.

— Étiez-vous ici, le jour de la noyade ?

— Oui, comme la plupart du temps. Je suis un vieil ermite qui ne quitte que rarement son antre.

— Et vous vous trouviez dans cette même pièce ?

— Oui, j'y étais une bonne partie de l'après-midi.

— Vous auriez donc pu éventuellement apercevoir cette personne mystérieuse, cette ombre que Violette, ou plus exactement l'auteur de ces pages, soupçonnait d'être l'assassin ?

Le professeur s'approcha de la fenêtre et désigna les champs qui précédaient les bois.

— Les gens qui vont à l'étang ne passent jamais directement derrière chez moi. Ils remontent en général le sentier un peu plus à l'ouest que l'on voit juste là-bas. Il est bordé d'églantiers, le voyez-vous ?

— Oui, parfaitement, répondit Peter. Vous auriez donc très bien pu remarquer quelqu'un qui passait par là.

— En effet, et on m'a posé la question à l'époque, répondit gravement le professeur.

— Et qu'avez-vous répondu ?

— Que hormis les personnes censées être passées par là, je n'avais vu personne. Mais c'était inexact. Il y a bel et bien eu quelqu'un d'autre...

Les yeux de Debra s'agrandirent de surprise et rencontrèrent ceux de Peter, qui s'enquit, stupéfait :

— Et vous ne l'avez pas dit ? Alors que c'était vraisemblablement ce monstre dont la jeune Katya Marshall avait senti la présence ?

— Oui, je sais bien. Mais ce ne pouvait pas être l'assassin.

— Pourquoi ?

— Parce que je le sais, simplement. C'est pour cela que je n'ai rien dit.

— Qui était-ce ?

Simpson jeta un bref coup d'œil à ses invités, tous deux suspendus à ses lèvres, puis haussa les épaules.

— C'est une vieille histoire. Je crois qu'il vaut mieux l'oublier. Personne ne gagnerait à remuer ce passé douloureux. Les souvenirs, c'est comme les fruits qu'on cueille : il vaut mieux choisir les meilleurs et ignorer les autres.

— Vous pensez toujours à Violette, n'est-ce pas ? demanda Peter sur un ton d'aimable compassion.

Le professeur avait sorti un mouchoir de sa poche pour éponger son front moite.

— Oui, comme je vous l'ai dit.

— Elle voulait vous acheter un petit canari ce jour-là ?

Simpson eut un sourire qui le rajeunit de quelques années.

— M'en acheter un ? Non... Remarquez, c'est ce que j'avais cru comprendre moi aussi à l'époque, quand elle m'avait désigné un oisillon dans une cage avec une expression que je ne lui connaissais pas. Je l'entendrai toujours me dire, en réponse à ma question : « Non, c'est un canari de vous, que je souhaite. »

Un vif étonnement incrédule se peignit sur le visage de Debra et Peter, qui bredouilla :

— J'ai peur de ne pas comprendre.

— Une façon poétique de me faire des avances, saisissez-vous ?

— Des avances ? Alors des avances plutôt directes, en effet !

Le maître de maison déglutit péniblement avant de répondre :

— Ce fut aussi ma pensée ! Mais elle était si belle, si douce, qu'aucune parole ne pouvait paraître incongrue ou choquante dans sa bouche. En vérité, pourtant, elle parlait au premier degré, car c'est ce qu'elle souhaitait vraiment de moi !

— Un petit canari ?

— Oui, c'est-à-dire un enfant.

— En êtes-vous certain ?

— Bien sûr, elle me l'a dit plusieurs fois par la suite !

Debra et Peter prirent alors congé. Sur le chemin du retour, Peter répétait comme une litanie :

— Je ne comprends pas, je ne comprends pas... Ce faux journal intime d'époque, qui s'avère si « authentique » dans les détails... Et cette Violette Gardner, si vertueuse de prime abord, qui se révèle être une véritable nymphomane... Que cherchait-elle, au juste ?

Debra, qui fronçait les sourcils en avisant un rassemblement devant l'entrée de la propriété de Mrs Miller, répondit :

— Mais un enfant, voyons, comme le professeur Simpson vient de nous le dire.

— Un enfant ? N'avait-elle pas un mari pour cela ?

— Si, mais ils ont vécu ensemble durant trois ou quatre ans sans en avoir.

— Alors, Mrs Gardner est allée faire le tour du village, à la recherche de ce que son mari ne pouvait lui donner ! Oui, c'est tout à fait normal, ce sont les lois de la nature, cet instinct primaire issu du fond des âges qui resurgit chaque fois que l'espèce humaine est menacée.

— Peter, je t'en prie, on dirait que tu es jaloux de la défunte.

— Jaloux ? Non, simplement étonné, car... Mais dis donc, il y a du monde chez notre voisine aujourd'hui !

— Oui ! Et ces hommes en uniforme... On dirait des policiers !

— Exact. Et je viens même de reconnaître celui qui leur parle : notre ami le colonel Hawke.

La jeune femme glissa la main dans celle de son compagnon, bredouillant :

— Peter, j'ai l'impression qu'il est arrivé quelque chose de grave.

Debra ne se trompait pas. Quelques instants plus tard, l'ancien militaire informait le couple de la bien mauvaise nouvelle qu'il venait lui-même d'apprendre.

— Mrs Miller, morte ? s'étonna Peter. Je n'ose y croire ! Nous l'avons encore vue hier après-midi, en parfaite santé.

Le colonel passa la main sur ses cheveux qu'il portait coupés à ras, disant :

— Vous savez, les tuiles, quand ça vous tombe sur la tête, ça ne prévient pas, en général.

— Que lui est-il arrivé ?

— Ce que je vous dis : une tuile lui est tombée sur la tête, sans doute la nuit dernière, d'après ce que j'ai cru comprendre. Je ne sais pas si vous l'aviez remarqué, mais une série de tuiles étaient particulièrement fragiles sur l'avant de sa toiture. Quelques-unes sont tombées, alors qu'elle se trouvait sur le pas de la porte à ce moment-là. Une de ses amies l'a trouvée en début d'après-midi, au milieu des débris et avec une vilaine blessure à la tête.

25

22 juillet

Le directeur de l'agence immobilière de Torquay était un homme corpulent et débonnaire. Son visage détendu et son maintien assuré indiquaient que ses affaires étaient florissantes. Il reçut le docteur Roy Jordan avec affabilité, mais fit montre d'une certaine impatience après avoir entendu sa requête.

— Oui, bien sûr, Mr Jordan, je connais mes clients. Mais il se trouve que Miss James est une personne fort discrète, qui a l'habitude de régler ses affaires par courrier.

Le psychiatre posa la photo de Debra sur le bureau. Le directeur s'en empara de sa main replète, mais ne l'examina qu'un court instant avant de la reposer, disant, embarrassé :

— Oui, oui, ce pourrait être elle, mais enfin, comme cela fait des mois que je ne l'ai plus vue. Vous savez, nous traitons plus d'une centaine de dossiers, ici, il m'est difficile d'être affirmatif. Je me souviens cependant qu'elle était assez jeune et blonde.

— Mais ne m'avez-vous pas dit qu'elle vient de vous signifier sa résiliation de bail ?

— Si, mais cela s'est fait par lettre, comme c'est du

reste l'usage en pareil cas. Enfin si vous me disiez ce que vous recherchez exactement !

Le Dr Jordan s'éclaircit la voix.

– C'est une affaire strictement personnelle, concernant une amie chère, qui a disparu. J'ai des raisons de croire qu'elle est entrée en contact avec Miss James tout récemment.

– Est-ce la personne sur cette photo ?

– Oui.

– Mais je pensais qu'il s'agissait de Miss James !

– Je sais, je voulais simplement vérifier quelque chose. Mais comme vos souvenirs sont plutôt vagues...

Avec une note d'agacement dans la voix, l'agent immobilier conclut :

– En somme, ce que vous souhaitez, c'est simplement avoir sa nouvelle adresse ?

– Oui, cela me rendrait grand service.

Le psychiatre quitta l'agence, tenant d'une main tremblante son agenda, dans lequel il avait noté l'adresse indiquée par une secrétaire. Il s'était déjà fait une idée de l'endroit, mais il ne voulait pas réfléchir davantage avant d'avoir une carte routière sous les yeux. Les déductions hâtives, la négligence n'étaient pas son fait.

Installé dans sa voiture, il déplia son plan du sud de l'Angleterre et parvint à localiser le village de Madford. Cela faisait une belle trotte, mais ne devait pas prendre plus d'une demi-journée. Depuis son entretien avec le peintre, il envisageait les hypothèses les plus folles, le cœur gonflé d'espoir, tout en redoutant de suivre une fausse piste. Mais à présent, voyant le plan sous ses yeux, il savait qu'il tenait le bon bout. Madford s'inscrivait dans la continuation logique de la fuite de Debra. Partant de Plymouth, elle avait remonté le Devon, avant de se diriger résolument vers l'est. Madford se trouvait dans cette direction, une centaine de miles après Bondleigh.

Une forte envie de partir sur-le-champ le tenaillait, mais il ne voulait pas agir à la hâte, voulait se donner le temps de la réflexion, et il était un peu tard pour faire le trajet. Il décida de prendre une chambre d'hôtel à Torquay. En outre, il lui restait encore une question délicate à régler : reporter de quelques jours le départ en congés du docteur Kindley, prévu pour le lendemain. Il savait que sa requête allait sérieusement contrarier son confrère, mais qu'il finirait cependant par accepter.

Il ne réussit à le joindre qu'en fin de soirée à partir d'une cabine téléphonique sur le port. La conversation fut plus houleuse que prévue.

— Vous me devez beaucoup, Kindley, ne l'oubliez pas !

— Vous aussi, Jordan...

— C'est aimable à vous de me le rappeler, alors que je traverse une passe difficile...

— À chacun ses problèmes.

— Oui, mais il se trouve que c'est également un peu le vôtre.

— À qui la faute ? Si vous n'arrivez pas à tenir votre femme...

— Kindley, je vous interdis de me parler sur ce ton !

— Eh bien si : je me le permets ! Non seulement vous venez de me gâcher la soirée, mais aussi mes vacances !

— Merci, Kindley, répondit sèchement Roy Jordan avant de raccrocher.

En quittant la cabine, furieux, il avisa un couple qui, bras-dessus bras-dessous, remontait paisiblement l'allée aménagée qui bordait le littoral. Le femme, jeune et bien faite, avait les mêmes cheveux que Debra. Il retourna à son hôtel en nourrissant un fort sentiment de frustration et de jalousie, plus décidé que jamais à retrouver sa femme.

26

Peter était parti tôt ce jour-là, afin de rendre visite à l'oncle de Violette Gardner, qui habitait dans un coin reculé du Norfolk. Ne connaissant guère la région, il ne pensait pas être de retour avant la fin de la journée. Debra n'avait pas jugé nécessaire de l'accompagner, et en vérité, elle n'était pas mécontente de disposer d'une journée entière, seule, avec une totale liberté de pensée et de mouvement. En présence de Peter, ce n'était guère possible. Le mystère de la mort de Violette le rongeait au point qu'il parvenait à lui communiquer sa nervosité. Le décès inopiné de Mrs Miller n'avait rien arrangé, ni la visite du colonel après le dîner, venu faire le point de la situation. Les deux hommes avaient discuté jusque tard dans la nuit. Debra, très fatiguée, s'était forcée à les écouter.

— Une chute de tuiles ! Il n'y avait pas de vent ! s'était étonné Peter. Ne trouvez-vous pas cela curieux, colonel ?

— Le vent se lève vite, dans la région, et disparaît tout aussi rapidement, avait objecté l'ancien militaire d'une manière purement formelle, comme si on l'avait désigné d'office pour défendre une thèse qui n'était pas la sienne.

— Peut-être, mais il n'a pas soufflé la nuit dernière,

je peux vous l'affirmer. Debra et moi sommes restés très tard dans le jardin.

— Ces tuiles sont donc tombées toutes seules.

— Pourriez-vous m'expliquer, alors, ce que faisait Mrs Miller à cette heure, en chemise de nuit, sur le pas de la porte ?

— Les policiers ont pensé que c'est la chute d'une première série de tuiles qui a dû la réveiller. Elle est sortie pour constater les dégâts, et à ce moment-là a eu lieu la chute d'une seconde série. Cela paraît imprudent, mais vous savez, les gens sans expérience se comportent souvent de la sorte en présence du danger, comme s'ils étaient poussés par le diable en personne.

— Curieux, tout de même.

— Les policiers n'ont pourtant rien trouvé de suspect après avoir passé les lieux au peigne fin. Il n'y avait rien d'anormal non plus à propos de la blessure mortelle. Une tuile l'a provoquée. Ils sont même parvenus à déterminer précisément laquelle, grâce à de minuscules fragments demeurés dans le cuir chevelu de la malheureuse...

— D'accord pour la tuile, mais elle n'est peut-être pas tombée toute seule !

— Vous voyez toujours le mal partout, n'est-ce pas, Peter ? avait ricané le colonel.

— Oui, depuis que je m'intéresse à cette affaire...

— Croyez-vous qu'il puisse y avoir un rapport entre l'assassinat de Violette Gardner et ce qui vient d'arriver à Mrs Miller ?

— C'est bien possible... Car cela fait un accident étrange qui s'ajoute à une liste déjà assez longue par elle-même.

— Souvenez-vous, il s'agissait uniquement des accidents d'enfants ou d'adolescents.

— Vous connaissez le dicton : une fois qu'on a pris goût à quelque chose, on ne peut plus s'en passer.

— En l'occurrence, le goût du meurtre ! Eh bien vraiment, mon cher Sutcliffe, vous me surprenez ! Je dirais même que vous inversez un peu les rôles, car voyez-vous, ici, à Madford, c'est d'habitude moi qui me montre terriblement méfiant à propos de tout !

Sombre et pensif, Peter n'avait pas semblé avoir entendu cette dernière remarque.

— Mrs Miller ne semblait pas dans son assiette, hier après-midi. T'en souviens-tu, ma chérie ?

— Oui, avait répondu Debra en réprimant un bâillement.

— Nous avions mis cela sur le compte de la fatigue, mais je me demande... Elle m'a soudain paru comme perturbée par un souvenir, alors que nous parlions du journal de la défunte...

— Plus exactement, de visage, de regard...

— Peu importe, nous parlions de l'affaire en général. Et comme nous en parlons beaucoup ces temps-ci, je me demande si ce n'est pas cela, justement, qui a fini par inquiéter le coupable.

— Alors, vous en portez l'entière responsabilité, mon cher Sutcliffe, avait répliqué le colonel avec verve. Car c'est bien vous qui avez déterré cette vieille histoire pour mener l'enquête tambour battant !

— Je ne le nie pas. Et c'est à force d'en parler que certains mots, certaines remarques ont dû parvenir aux oreilles de l'assassin, au point de troubler sa quiétude, de le mettre en état d'alerte.

La voix du colonel avait soudain baissé d'un ton :

— Et d'éliminer Mrs Miller qui aurait commis l'imprudence de se souvenir d'un détail pouvant le confondre ?

— Oui, par exemple, mais il y a encore une autre hypothèse.

— Laquelle ?

— Celle d'un esprit vengeur.

— Autrement dit, d'un fantôme ?

— Oui.

Le colonel n'avait pu contenir un rictus moqueur.

— Je pensais que les anciens de le R.A.F. étaient des gars à la tête froide et à l'esprit cartésien.

— En temps ordinaire, oui, mais il se passe vraiment des choses curieuses par ici.

En milieu de matinée, Debra se rendit à la droguerie des Marshall. Elle sourit du bout des lèvres lorsque Kathleen l'accueillit, pourtant fort aimablement. Elle se dit une fois de plus que cette jeune fille devait être soit terriblement hypocrite, soit totalement inconsciente, pour faire montre d'une telle affabilité après avoir si ouvertement minaudé auprès de Peter. Elle dut convenir en son for intérieur qu'elle ne manquait pas d'atouts pour cela. Debra se savait pourtant séduisante. La manière insistante dont la plupart des hommes la regardaient en était à elle seule une démonstration éloquente. Mais à côté de cette jeune créature, pleine de vie, resplendissante avec son opulente chevelure châtain, elle se sentait bien terne. Elle dut se faire violence pour contenir son sentiment croissant de jalousie et demander d'une voix posée si elle pouvait parler à sa mère. La jeune fille lui répondit en souriant qu'elle pouvait la rejoindre directement au salon en lui indiquant une porte de service.

Elle trouva Doreen Marshall installée à un petit secrétaire, penchée au-dessus d'un cahier de comptes qu'elle semblait avoir du mal à déchiffrer. Elle eut un mouvement de surprise, puis Debra la salua. L'ayant alors reconnue, la maîtresse de maison lui dit qu'elle était heureuse de la voir, surtout après cet incroyable accident survenu à Mrs Miller. Après avoir commenté la tragique nouvelle, Doreen Marshall lui proposa de lui remettre la photo déchirée. Debra lui en sut gré, car sa démarche semblait terriblement incongrue au vu des circonstances.

— Moi, j'ai pris un temps fou, dit-elle en lui donnant une boîte de carton entourée d'un élastique. Mais avec ma mauvaise vue, cela n'a rien d'étonnant. S'il vous plaît, ayez la bonté de coller ce puzzle lorsque vous l'aurez terminé ! Cela m'évitera une lourde charge, ajouta-t-elle en riant, le jour où j'aurais envie de revoir ce vieux Ian !

Debra se mit à l'ouvrage dès son retour, vers onze heures du matin. Elle s'installa dans la petite salle de séjour pourvue de persiennes, sur l'avant de la maison. Le travail qui l'occupait nécessitait de la lumière, mais la jeune femme redoutait les éclairages violents comme ce soleil de midi qui pénétrait à flots dans la pièce. Une lumière parcimonieuse lui convenait davantage.

Alors, petit à petit, le visage de Ian Gardner se reconstitua sous ses doigts agiles. Un portrait assez grand, jadis déchiré par la main rageuse de Doreen Marshall en une centaine de morceaux irréguliers. Il lui fallut beaucoup de patience, mais à 14 heures, le puzzle était reconstitué. Prise par son ouvrage, Debra avait complètement oublié de déjeuner, contente d'elle, satisfaite d'être seule à ce moment-là et de pouvoir jouir d'un silence presque absolu. Elle prit ensuite une bonne demi-heure à coller le tout sur une feuille cartonnée, et ce n'est qu'alors qu'elle considéra le fruit de ses efforts, avec un certain recul. Car de près, avec les nombreuses déchirures qui balafraient le visage du jeune homme, il était malaisé de s'en faire une idée précise.

Elle posa la feuille verticalement contre un vase sur la table, puis recula jusqu'à la porte d'entrée. Ensuite, comme on ajuste l'objectif d'un appareil photo, elle joua avec ses yeux pour essayer de compenser le flou de la photo, dû à son quadrillage de déchirures. Il lui sembla alors voir un visage incertain, tantôt trouble et tantôt net. Une image mouvante, qui lui parut impossible à figer sur ses rétines. Celle d'un jeune homme avenant, aux traits plutôt agréables, mais ne présentant guère de particularité marquante.

Au bout d'un moment, elle eut l'idée de le monter dans la chambre de Violette, pour le placer à côté du portrait de la défunte.

De nouveau, elle prit du recul pour mieux considérer le couple qu'elle venait de reconstituer en image. Elle demeura un long moment à considérer son arrangement avec une expression de ravissement. Elle était heureuse, car cela faisait longtemps qu'elle avait envie de réunir les deux époux, de les voir l'un à côté de l'autre.

Elle décida alors de renouveler toutes les fleurs des nombreux vases qui garnissaient la pièce. Elle fit plusieurs allers et retours, de la chambre à la « Tombe d'Adonis » où elle s'appliqua à cueillir les fleurs les plus belles et les plus odorantes.

Deux heures plus tard, elle avait terminé. Des couleurs éclatantes resplendissaient aux quatre coins de la pièce, répandant des senteurs si capiteuses qu'elles semblaient épaissir l'air. Debra demeura quelque temps à contempler son travail, avant d'être prise d'un léger mal de tête. Elle prit alors conscience de la chaleur étouffante qui régnait dans la pièce. Le temps était à l'orage. En gagnant la fenêtre et avisant le ciel qui s'assombrissait singulièrement à l'horizon, elle se dit qu'il n'allait pas tarder à éclater.

De la pluie, pensa-t-elle, *après ces longues journées de chaleur, ce n'est pas une mauvaise chose, pour la nature comme pour les esprits échauffés.*

À 17 heures, le ciel s'assombrit singulièrement,

comme si un nuage de cendres volcaniques s'était abattu sur Madford. Peter, en homme de sens pratique, lui avait expliqué que dans ces cas-là, il valait mieux couper le courant. Ce qu'elle fit.

Elle regagna la chambre de Violette, se carra dans un fauteuil et attendit que les éléments se déchaînent. La clarté avait encore baissé, si bien qu'elle alluma une bougie sur la commode. Dans une pièce ainsi plongée dans la pénombre, elle savait pertinemment qu'elle ne devait pas regarder fixement l'unique source de lumière, mais comment faire autrement ? Un élément céleste s'incarnait dans cette flamme ondulante, dans son halo doré qui adoucissait, purifiait tout ce qu'il touchait.

Un halo magique qui s'agrandissait étrangement en un cercle jaune... Celui-ci montait, s'élargissait, avant de perdre en intensité... Mais un autre naissait, et encore un autre...

Debra frissonna dans son fauteuil. L'image de Roy Jordan venait de resurgir dans ses pensées. Elle eut la détestable impression de sentir sa présence. Elle l'imagina en chasseur, en train de donner des ordres à ses rabatteurs et de lancer une meute furieuse à sa poursuite. Elle vit alors des molosses aux yeux luisants la traquer la nuit, la chasser impitoyablement. Ces chiens haineux se transformèrent ensuite en cercles jaunes, qui se mirent à tournoyer au dessus de Madford, avant de converger vers la « Tombe d'Adonis ».

C'est à ce moment que l'orage éclata. Une violente lumière zébra le ciel, puis un fracassant coup de tonnerre retentit. Les éclairs et les grondements du ciel se multiplièrent, puis il se mit à pleuvoir. Debra ne bougeait plus dans son fauteuil, terrorisée et les yeux rivés sur la bougie qui continuait d'exhaler des volutes jaunes, lorsqu'on frappa à la porte d'entrée.

Peter ! pensa-t-elle avec soulagement.

Enfin il était de retour ! Il n'aurait pu choisir un meilleur moment ! Elle était vraiment heureuse de le revoir.

Elle descendit l'escalier en trombe, sans réfléchir plus avant, sans se demander pourquoi Peter ne passait pas par la véranda comme il avait coutume de le faire.

Sur le seuil, après avoir ouvert la porte, elle demeura un moment à considérer la silhouette qui se détachait sur un rideau de pluie. Après avoir reconnu le jeune sourcier, les cheveux mouillés et le visage ruisselant, elle balbutia :

— Richard, mais... qu'y a-t-il ?

— Rien, je voulais voir si tout allait bien.

— Si tout va bien ? Oui, bien sûr, affirma-t-elle d'une voix qui démentait ses paroles. Mais c'est pour cela que vous êtes venu par ce temps ? Mon dieu, vous êtes trempé ! Venez, entrez donc !

— J'ai été surpris en chemin par l'orage, haleta le jeune homme en avançant. Mais cela n'a vraiment aucune importance, car il fallait que je vous parle.

Debra roula de grands yeux surpris.

— Pourquoi, que se passe-t-il ?

Le jeune sourcier prit une profonde inspiration, ramena en arrière ses cheveux luisants de pluie, puis prit la jeune femme par les épaules en la regardant droit dans les yeux.

— Vous ne devez pas rester ici. Vous êtes en danger.

27

Par la suite, Debra ne comprit jamais ce qui s'était exactement passé à ce moment-là. Une étrange fièvre l'avait saisie et elle s'était mise à trembler. Une fièvre communicative, qui se dégageait du jeune homme. Elle sentait son odeur, celle de ses cheveux mouillés, en même temps qu'un curieux parfum. Un parfum semblable à celui des fleurs de la chambre de Violette, mais plus précis, plus pénétrant, plus envoûtant, gagnait progressivement son esprit troublé. Dans sa tête, elle entendait une voix lui murmurer des choses étranges, une voix douce comme le miel, lui suggérant d'audacieuses initiatives jusqu'alors refoulées au plus profond de son être. Un ordre impérieux rompit momentanément le charme, l'enjoignant de se conduire en maîtresse de maison respectable, mais la voix feutrée et insidieuse reprit le dessus.

Tu es jeune et belle, Debra... Tu dois aller avec les gens de ton âge, comme ce jeune homme devant toi... Il est loin d'être vilain garçon et il semble également épris de toi... Il est timide, manque un peu d'expérience, mais il suffirait d'un signe de ta part pour le décider...

Deux forces résolument antagonistes se disputèrent ainsi son cœur. Elle se sentit mollir comme de la cire, au point de perdre conscience quelques instants. Lorsqu'elle eut repris connaissance, elle se retrouva tremblante dans les bras du jeune homme, qui lui murmurait d'une voix rassurante :

— N'ayez crainte, il n'est pas encore trop tard... Mais pourquoi ne m'avez-vous pas écouté l'autre jour ?

— Que dites-vous ?

La main du sourcier se posa fermement sur la sienne et l'entraîna vers la porte de sortie.

— Venez, il faut partir sans tarder !

— Partir ? répéta Debra, comme hébétée. Et pourquoi diable devrais-je partir ?

— Mais... Mais parce que ces lieux sont maudits ! Enfin, je croyais que vous l'aviez compris et que... Venez avec moi, Debra, vous ne risquerez plus rien !

— Avec vous ? s'étonna-t-elle. Et pourquoi cela ? Et qu'est-ce qui vous permet de m'appeler Debra ?

Richard West parut singulièrement déconfit. Il relâcha sa main et bredouilla :

— Excusez-moi, je croyais avoir compris que...

— Que quoi ?

La voix de la jeune femme avait claqué comme un coup de fouet.

— Rien, madame, rien, répondit-il, l'air à la fois inquiet et contrit. Je pense qu'il vaut mieux que je parte, à présent...

— Oui, je le crois aussi. Et à l'avenir, je vous serais reconnaissante de ne revenir qu'en présence de mon mari.

— Excusez-moi, madame, excusez-moi encore... Je croyais que... Enfin, je me suis trompé...

Un long silence régna dans l'entrée lorsque le visiteur eut refermé la porte derrière lui. La pluie chantait dans les gouttières et l'on percevait encore de lointains roulements de tonnerre. Debra se mit soudain à pleurer comme une madeleine. Elle avait totalement perdu le contrôle d'elle-même l'espace de quelques minutes. Ce qu'elle avait alors considéré comme un vague sentiment d'attirance pour le sourcier s'était soudain libéré en elle de manière totalement incontrôlable.

Elle gagna la salle à manger, se servit coup sur coup deux verres de porto, puis tenta de s'expliquer son comportement. Elle se dit que la solitude et l'absence de Peter ne lui réussissaient pas. Elle avait besoin de lui. Ce n'était qu'avec lui qu'elle était en sécurité. Dès qu'il s'éloignait, elle voyait aussitôt surgir ces terrifiants cercles jaunes. L'orage, la peur de revoir Roy et la brusque apparition du sourcier, tout cela conjugué avait eu raison d'elle quelques instants. À présent, elle s'était reprise. Elle veillerait à ce que ce genre de faux pas ne se reproduise plus.

Elle se demanda si elle devait confier l'incident à son compagnon, mais jugea qu'il valait mieux se taire, pour ne pas embrouiller une situation déjà complexe. La pluie avait cessé lorsqu'elle entendit au dehors le ronflement familier du moteur de leur voiture. Peu de temps après, la porte de la véranda s'ouvrit. Peter apparut, souriant mais fatigué.

Elle se précipita dans ses bras et resta un long moment la tête blottie contre sa poitrine.

En se dégageant doucement, l'ancien pilote de chasse dit de sa voix chaleureuse :

— Eh bien, Debra, que t'arrive-t-il ? On dirait que tu ne m'as pas revu depuis des mois !

— Rien, mon chéri, rien. Je suis simplement heureuse d'être avec toi. Tu sais que je n'aime pas rester seule. Mais dis-moi, comment s'est passée ta journée. Tu as retrouvé le journal ?

Peter poussa un soupir de découragement.

— Non, tu penses bien... C'eût été trop beau ! Cet

oncle est un vieux grippe-sou ! Il n'était venu ici jadis que pour récupérer les objets de valeurs, bijoux et bibelots précieux. Autrement, rien ! J'ai juste pu dénicher un carnet médical avec l'adresse d'un spécialiste à Londres. Si ça se trouve, ce vieux pingre l'avait simplement pris par hasard, peut-être pour caler un objet dans un carton...

— Un carnet médical ? De qui ?

— Mais de sa nièce, bien sûr !

— Et que veux-tu que nous fassions de ça ?

Peter haussa les épaules.

— Je l'ai pris à cause de l'adresse de ce spécialiste. C'est un gynécologue. Comme le couple n'avait pas d'enfant et que Violette semblait tant en désirer, je me suis dit qu'ils pouvaient avoir des problèmes de ce côté-là. Je sais, cela ne nous mènera pas à grand-chose, mais comme il n'y avait rien d'autre.

— Rien d'autre ? Pas de photos ou d'album ?

— Non, rien.

— Lui as-tu seulement posé la question ?

Peter prit la jeune femme par les mains en lui souriant.

— Bien sûr, ma chérie. Tu penses bien ! C'est même une des premières choses que je lui ai demandées. Je sais, c'est désespérant, mais je crois que nous avons fait une erreur de fonder tous nos espoirs sur cet oncle. Car en bonne logique, c'est Ian Gardner qui a dû emporter ces objets personnels en partant.

Avec un brusque mouvement d'humeur, Debra déclara :

— Alors, il ne nous reste plus qu'à le retrouver !

Peter hocha la tête, amusé, puis alluma tranquillement une cigarette.

— Judicieuse remarque sur le plan de la logique. Mais tu en conviendras, c'est plus vite dit que fait ! Si ce type-là a quitté le sol anglais depuis une vingtaine d'années, ça ne va pas être du gâteau pour retrouver sa trace. Il a même pu quitter le Canada entre-temps pour aller à l'autre bout du globe.

— Je sais, mais nous disposons d'une photo à présent.

Peter fronça les sourcils.

— Laquelle ?

— Viens, je vais te la montrer.

Quelques instants plus tard, le couple se retrouvait dans la chambre de Violette devant les deux portraits. Un sourire ironique flottait sur les lèvres de l'aviateur.

— Le moins qu'on puisse dire, c'est que cette photo a pris quelques rides. Ce qu'elle nous indique surtout, à mon avis, c'est la vive jalousie qu'a éprouvée jadis Doreen Marshall. La diablesse, elle n'y est pas allée de main morte !

— Sans doute. Mais moi, je suis sûre que je reconnaîtrais cet homme si je le rencontrais.

— Grâce à ça ? s'étonna Peter en désignant la photographie mutilée. Tu plaisantes !

Le regard rivé sur le cliché, la jeune femme déclara d'une voix sans timbre :

— Tu n'es pas très observateur, Peter. C'est vrai, cette photo est en mauvais état, et on dirait qu'ainsi, ce jeune homme a un visage bizarrement difforme, comme s'il avait été rafistolé par un chirurgien malhabile. Mais par miracle, les yeux sont intacts et l'expression demeure.

— Tu parles comme la pauvre Mrs Miller, ma chérie !

— Oui, et elle n'avait sans doute pas tort.

28

Debra et Peter partirent pour Londres dès le lendemain. Le praticien indiqué dans le carnet médical de la défunte avait pris sa retraite depuis plusieurs années, mais son remplaçant put leur indiquer son adresse actuelle, dans la banlieue sud. Ils rencontrèrent chez lui l'ancien gynécologue peu avant midi. L'homme n'avait pas oublié son ancienne patiente à cause de sa triste fin, qu'il avait lue dans les journaux et qui l'avait beaucoup peiné. Son dossier médical, probablement détruit depuis lors, n'était pas nécessaire, puisqu'il se souvenait globalement de son cas.

Debra et Peter ne furent guère loquaces sur le chemin du retour. Ce que leur avait appris l'ancien médecin ne constituait pas une surprise en soi, mais les avait néanmoins laissés perplexes. Inquiet de ne pas avoir d'enfant, le ménage Gardner était venu le consulter une année après son mariage. Les analyses avaient démontré que Ian Gardner jouissait d'une santé parfaite et que les difficultés provenaient uniquement de la jeune épouse. Le gynécologue avait diagnostiqué un cas de stérilité, quasi irrémédiable. Il le leur avait dit sans détour, et s'il avait précisé que la nature demeurait toujours imprévisible et qu'un miracle restait possible, c'était surtout pour ne pas décevoir le couple qui paraissait bien abattu.

Ainsi, le comportement de la belle Violette s'expliquait difficilement. Si elle savait à quoi s'en tenir sur son compte, que son mari était tout à fait normal sur un plan biologique, qu'était-elle allée chercher chez ses amants éphémères ? Une grande passion ? La brièveté des liaisons n'autorisait pas une telle hypothèse. Quelques instants de plaisir purement charnel ? Satisfaire des penchants bestiaux ? Cela ne semblait guère cadrer avec ses goûts raffinés et sa nature délicate.

Debra et Peter furent de retour chez eux vers 14 heures. Ils déjeunèrent rapidement, sans appétit.

L'ancien aviateur semblait très abattu. Il finit par rompre le silence :

— Il nous faut retrouver son journal coûte que coûte. C'est notre seule chance d'y voir plus clair.

— Oui, ou alors son mari. Lui aussi pourrait nous éclairer, et il est même le mieux placé, à mon avis. Crois-tu que nous devrions essayer ?

Peter eut un geste de lassitude.

— Non, c'est inutile. Cela nous prendrait beaucoup trop de temps. Moi, je veux démêler le mystère de cet assassinat sans tarder, car je passe des nuits blanches à cause de cela ! Cette énigme me taraude l'esprit, me laisse sur un sentiment de frustration qui m'empêche de m'intéresser à quoi que ce soit d'autre.

— Je l'ai remarqué, repartit malicieusement Debra. Surtout ces jours-ci... Mais dis-moi, Peter, je pense à une chose.

— Je t'écoute, ma chérie.

— Et si Ian était là ? S'il était revenu au village entre-temps ?

L'aviateur posa un regard étonné sur sa compagne, comme s'il doutait de son état mental.

— Mais voyons, ça n'a pas de sens ! Tout le monde l'aurait reconnu, à commencer par ses proches !

— Il peut avoir beaucoup changé, s'être laissé pousser la barbe et des moustaches, par exemple.

— Peut-être, mais il ne pourrait pas ainsi abuser ses proches.

— Ses proches ? Qui sont-ils, en fait ? La pauvre Mrs Miller, Doreen Marshall ou encore le professeur Simpson ? Eh bien justement, ce sont eux qui m'ont donné cette idée.

L'étonnement peint sur le visage de l'aviateur s'accentua.

— Là, je ne te suis plus, ma chérie.

— N'as-tu pas remarqué que ces gens-là avaient tous une très mauvaise vue ? La personne vivante qui l'a le mieux connu, et de loin, est évidemment Mrs Marshall, son ancien béguin. Eh bien je peux te dire qu'elle ne voit pas grand-chose, et doit probablement davantage reconnaître les gens à leur voix qu'à leur visage. Je m'en suis encore rendu compte ce matin, alors qu'elle avait le nez collé à ses cahiers de compte. Sur le coup, je me suis dit qu'elle aurait de la peine à identifier son ancien fiancé, car je pensais aussi à lui, étant venu récupérer sa photo.

— Où tu veux en venir exactement, Debra ?

La jeune femme haussa les épaules et répondit avec un air de déception :

— À rien. Je pensais que cela constituait une bonne piste. Je voulais simplement t'aider.

Après avoir débarrassé la table, Debra annonça qu'elle était fatiguée et qu'elle allait se reposer dans sa chambre. Peter passa dans la véranda et lut une revue sans pouvoir se concentrer. Il régnait dans la pièce une atmosphère moite et confinée, due aux nombreuses plantes bien entretenues. Comme pour la chambre de

Violette, les fleurs en pots dégageaient un arôme si parfumé qu'il en devenait gênant après un certain temps.

Il demeura un moment profondément enfoncé dans son siège en osier, passant et repassant en tête les données du problème qui l'obsédait, mais en vain. Il sentait que la solution était toute proche, mais chaque fois qu'il tentait de la saisir, elle lui glissait entre les mains comme une anguille. Il se leva soudain, se disant qu'une petite promenade lui ferait le plus grand bien, apaiserait la fièvre de ses pensées.

Dehors, la chaleur avait encore grimpé de quelques degrés, mais il se sentit mieux. Il suivit le sentier qui contournait le village, jusqu'à la ceinture boisée à l'arrière du bungalow du professeur Simpson. Il s'enfonça dans les bois et ne tarda pas à apercevoir l'étang. Il ne put alors s'empêcher de songer à la noyade de la petite Sarah Coles. Le feuillage des arbres se mirait dans l'eau étale, offrant à l'observateur un tableau serein, qui cadrait peu avec le souvenir de ce drame ancien. Les images de la noyade passèrent devant ses yeux. Il imagina la petite fille sur la rive, s'élancer vers l'eau, se hâter vers son destin en se dirigeant vers le centre de l'étang. Peter fut alors surpris d'apercevoir, sur la rive opposée qui était exposée au soleil, une silhouette féminine allongée. Celle-ci se redressa, lui fit un signe de la main et il reconnut Kathleen Marshall.

— Quelle bonne surprise, Peter ! s'exclama-t-elle lorsqu'il l'eut rejointe. Vous me cherchiez ?

— Non, j'ignorais que vous étiez ici. Je me promenais simplement dans le coin.

L'ancien aviateur avait parlé d'une voix posée et maîtrisée, mais il dominait à grand-peine son émoi, devant le ravissant spectacle qui s'offrait à ses yeux. Le léger maillot de bain deux-pièces que portait la jeune fille ne cachait pas grand-chose de son anatomie parfaite. La rondeur de ses formes, sa peau satinée, probablement après plusieurs séances d'exposition au soleil depuis le début de l'été, attiraient irrésistiblement le regard. Peter se fit violence pour détourner les yeux vers le centre de l'étang, après lui avoir accordé un bref sourire. Mal à l'aise debout, il finit pas s'asseoir à côté de Kathleen et demanda, comme quelqu'un d'embarrassé cherchant à meubler la conversation à tout prix :

— Belle journée, aujourd'hui, n'est-ce pas ?

— Oui, merveilleuse.

— Vous avez laissé votre mère seule au magasin ?

— Oh, vous savez, il n'y a pas grand-monde l'après-midi. Et puis quand il fait si beau, je n'hésite pas, car j'adore les bains de soleil.

— Oui, c'est vraiment une superbe journée. Cela me rappelle l'été quarante, il faisait si beau qu'on avait du mal à croire à la réalité de la guerre. Mais je vous ennuie avec ces vieux souvenirs.

— Oh non, Peter, vous le savez bien ! Vous permettez que je vous appelle Peter, n'est-ce pas ?

— Bien sûr, répondit l'aviateur après s'être éclairci la voix.

— Malgré tous les drames que cette guerre a engendrés, je trouve que cela devait être une époque drôlement prenante, excitante à souhait. Les gens ne devaient pas se poser des questions comme aujourd'hui. Chacun avait son rôle, et il fallait vivre, vivre, et c'est cela qui compte, ne trouvez-vous pas ?

Peter risqua un coup d'œil de côté et il se dit que Debra n'aurait sans doute guère apprécié le sourire engageant que lui adressait Kathleen. Elle n'aurait du reste même pas apprécié le simple fait qu'il se trouve en sa compagnie.

— Oui, bien sûr, il faut vivre, mordre la vie à pleines dents ! répondit-il en ayant toujours la gracieuse silhouette de la jeune fille devant ses yeux alors qu'il concentrait son attention sur le centre du lac. Mais voyez-vous, à cette époque, on ne s'en rendait pas vraiment compte, et l'on aurait donné cher pour goûter aux douceurs d'une paix comme celle d'aujourd'hui. Je me souviens notamment d'une journée d'enfer, où nous nous battions à cinq contre un. Le ciel était rempli de Messerschmitt et nous avions déjà les nerfs bien éprouvés par les alertes répétées des sirènes.

Peter évoqua ces pénibles souvenirs avec réalisme, mais curieusement, ce jour-là, son récit ne passionna guère Kathleen, qui semblait endormie, allongée sur sa couverture pour bien exposer son corps au soleil.

— Peter, le coupa-t-elle soudain, seriez-vous assez aimable pour me mettre un peu de crème protectrice sur le dos ? Je sens que je commence à rôtir.

— Oui, bien sûr.

L'ancien pilote prit une profonde inspiration, s'empara du flacon, répandit un peu de liquide gras sur la peau cuivrée de la jeune fille, et se mit à le répartir uniformément. La fièvre qui l'avait gagné lorsqu'il se trouvait dans la véranda le reprit. Il sentait que ses mains tremblaient, se disait qu'il fallait les retirer au plus tôt de cette peau soyeuse, qui les attirait irrésistiblement, en leur transmettant un étrange et voluptueux frisson. Il ferma les yeux pour essayer de s'abstraire, de faire le vide dans son esprit et de penser à autre chose, mais ce fut pire encore. Ses doigts avaient tendance à dépasser les frontières autorisées par la décence, et il dut faire appel à tout son sang-froid de pilote pour terminer cette périlleuse opération.

— Voilà, dit-il en se relevant, la gorge nouée. Vous êtes maintenant parée pour une heure supplémentaire ! Je vais malheureusement devoir vous laisser.

— Comment, vous partez déjà ? s'exclama-t-elle.

— Oui, car j'attends une visite, répondit-il, tête baissée, en se traitant de bien piètre menteur.

— C'est vraiment dommage, Peter. C'est agréable de ne pas être seule. Mais j'espère que vous reviendrez un autre jour quand il fera beau, n'est-ce pas ?

— Euh... oui, bien sûr. Au revoir, Kathleen, passez un bon après-midi.

Son départ fut presque une fuite. Il traversa les bois au pas de course pour ne pas faire brusquement demi-tour. Il sentait encore la douceur de la peau de Kathleen au bout de ses doigts, si vivement qu'il finit par les frotter vigoureusement contre l'écorce d'un arbre, sans pouvoir chasser cette tenace sensation de volupté. Rentré chez lui, il prit une douche froide, se servit une verre de whisky qu'il but d'un trait, puis rejoignit Debra dans le jardin, affairée devant la « Tombe d'Adonis ».

— Tout va bien, ma chérie ?

— Oui, à part ces mauvaises herbes qui envahissent la rocaille.

— Tu veux que je te donne un coup de main ?

— Non, ce n'est pas la peine. Je rouspète toujours, mais en fait, j'adore faire ça.

— Bien, alors je vais poursuivre mes recherches. Et quelque chose me dit que je vais retrouver ce journal aujourd'hui même !

Peter réintégra la maison, monta dans la chambre où étaient entassées les affaires du couple, commença ses investigations, qui durèrent jusqu'à la tombée du jour, mais sans résultat. Il avait travaillé avec ardeur, afin d'oublier les événements troubles de l'après-midi. À présent, il se sentait gagné par un vif découragement. Cela faisait la deuxième fois qu'il avait passé tout ce bazar au peigne fin, en pure perte. Reprendre l'inspection des combles et des autres pièces lui paraissait inutile.

Lorsqu'il descendit à la cuisine, le dîner était prêt. Debra le servit, mais toucha à peine à son assiette. Durant tout le repas, elle ne dit mot.

— Tu ne te sens pas bien, ma chérie ? s'inquiéta-t-il.

— Non, j'ai l'impression d'étouffer, et je revois sans cesse ces lumières. Je vais aller au jardin.

Peter ne dit mot, la regarda sortir, puis gagna le salon. Il prit la bouteille de whisky et un verre, puis s'installa dans la véranda. Il alluma une cigarette, vida la moitié de son verre, puis se mit à réfléchir. Où pouvait bien être ce maudit journal ?

Sur le dessus de la petite étagère en face de lui, il y avait une série de livres, comme à l'époque du meurtre. Ce n'étaient évidemment pas les mêmes ouvrages. Pas plus que la série de revues de jardinage dans la niche du bas. Tout en entendant un bruit de moteur, Peter se dit que c'était sans doute un des seuls endroits de la maison qu'il n'avait pas jugé nécessaire de fouiller de fond en comble. D'abord, parce qu'il était trop en évidence, parce que les propriétaires successifs avaient relégué là des revues banales, mais aussi, parce qu'il y avait jeté un coup d'œil sommaire en arrivant sans évidemment rien y trouver.

Il fronça soudain le sourcil. Le ronronnement du moteur venait de s'éteindre. Il dressa l'oreille durant un moment, mais sans entendre le carillon de la sonnette. Il haussa les épaules et vida son verre, puis s'en servit un second, se disant que cette journée avait été une véritable épreuve pour les nerfs. D'ailleurs, il percevait toujours quelque chose de bizarre dans cet air moite et trop parfumé. Mais qu'est-ce qui le tourmentait à ce point ? Cette pile de revues qu'il n'avait pas encore passée au crible ?

Autant en avoir le cœur net sans plus attendre. Il poussa un long soupir, se leva, et s'empara de la pile de magazines. Il les feuilleta, les secoua... rien. Il s'apprêtait à les remettre à sa place lorsqu'il vit deux autres revues, rangées verticalement dans le fond de la cavité. La première était identique aux autres. La seconde aussi, mais elle contenait un cahier.

Un cahier de couleur mauve et orné de petits dessins de fleurs...

Il sentit son front s'emperler de sueur. Il l'ouvrit délicatement et reconnut aussitôt l'écriture soignée de Violette. Il remarqua même l'endroit où les pages avaient été arrachées. Il tremblait alors de tous ses membres, se disait qu'il rêvait éveillé, qu'il avait trop souhaité cet instant pour qu'il puisse se produire ainsi, aussi soudainement. Il sentait le sang battre à ses tempes et son émotion était si forte qu'il retourna dans son fauteuil, vida son verre d'un trait pour tenter de juguler l'inquiétante tension qu'il sentait monter en lui. Il entendit alors des coups résonner dans le couloir.

Quelqu'un frappait contre la porte d'entrée.

Qui cela pouvait-il bien être à cette heure-ci ? se demanda-t-il en rangeant rapidement les revues et le fameux cahier mauve. Puis il alla ouvrir.

L'homme bien vêtu se tenait sur le seuil, il aurait pu être un représentant de commerce, mais il semblait trop sérieux pour cela.

— Excusez-moi, monsieur, dit-il d'un ton courtois, j'ai sonné plusieurs fois, mais sans obtenir de réponse. Il me semble que votre sonnette ne fonctionne plus correctement.

D'ordinaire, Peter Sutcliffe se montrait fort accueillant, mais ce soir-là, il fit exception à la règle. Il répondit d'une voix sifflante :

— Qui êtes-vous, je ne vous connais pas ?

— Oui, bien sûr, excusez-moi... Je suis Roy Jordan. Je ne pense pas que ce nom vous dise grand-chose, mais...

29

Peter sortit dans le jardin et appela sa compagne, mais sans obtenir de réponse. Il n'avait pas élevé la voix, de peur d'alerter ses voisins. Hagard, le souffle court et le visage trempé, car il venait de s'asperger la tête sous le lavabo de la salle de bain, il remonta le sentier en direction de la « Tombe d'Adonis » tout en continuant d'appeler Debra. Lorsqu'il entendit un cri strident en provenance de la maison, il revint prestement sur ses pas. Faisant irruption dans le couloir, il vit, comme il le redoutait, Debra, debout près de l'entrée, livide et la bouche ouverte d'effroi devant un homme couché sur le sol, immobile.

Il se précipita vers elle et la prit dans ses bras, haletant :

— Ce n'est rien, ma chérie, il n'est qu'évanoui... Je voulais justement te prévenir pour t'éviter ce spectacle.

La jeune femme semblait en proie à une vive émotion et ses yeux demeuraient braqués sur le corps de l'homme, allongé devant le portemanteau.

— Tu m'as appelée... je suis venue... mais tu n'étais pas là !

— Je sais, je te cherchais dehors.

— Je l'ai alors vu... là..., bredouilla-t-elle en désignant le visiteur inerte d'un doigt tremblant. C'est horrible ! On dirait que c'est Roy... Roy, mon mari...

— Oui, c'est lui.

— Que s'est-il passé ?

— Nous nous sommes battus. Enfin plus ou moins. Je lui ai envoyé mon poing dans la figure pour le faire taire.

— Mais pourquoi ?

Une expression de colère envahit le visage de Peter.

— Parce qu'il venait te rechercher, parce qu'il disait des horreurs sur ton compte, parce que j'avais envie de le foutre dehors et que...

— Il a toujours été prêt à tout pour ne pas me perdre, dit Debra d'une voix blanche. Tu comprends maintenant pourquoi je ne voulais plus le revoir ?

Peter serra les poings, à la fois dépité et hargneux.

— Je ne sais pas ce qui m'a pris soudain. J'ai eu les nerfs à vif toute la journée et il m'a paru d'emblée antipathique. J'ai compris qu'il était ton mari avant même qu'il ne me le dise expressément et je n'ai pas supporté longtemps ses odieuses explications. Je l'ai frappé, frappé... jusqu'à ce qu'il se taise. Mais maintenant, Debra, il faut que tu me dises tout, et vite, avant qu'il reprenne connaissance.

La jeune femme eut une moue de dégoût.

— Il n'y a pas grand-chose à dire. Nous sommes mariés depuis deux ans. Il est psychiatre, dirige un important établissement près de Plymouth et jouit d'une excellente réputation professionnelle. Mais moi, je ne le supporte plus. Il est d'une jalousie maladive et me traite comme une de ses patientes. Son seul nom me révulse et je préférerais mourir plutôt que de retourner avec lui.

Peter soupira :

— Ça, je crois l'avoir compris.

— Comment a-t-il trouvé notre adresse ?

— Je l'ignore, mais je crois qu'il a dû flairer quelque chose de louche à propos de Deborah James.

— Mon dieu ! Nous sommes perdus !

— N'exagérons rien. La situation n'est pas aussi dramatique. Nous n'avons tué personne, et je ne suis pas sûr qu'il sache que cette Miss James soit morte. Il semblait croire à une simple complicité entre vous.

La jeune femme agrippa si fort la main de son compagnon qu'elle lui enfonça ses ongles dans la chair, gémissant :

— Peter, je ne veux pas partir avec lui. Promets-moi de ne pas le laisser faire !

— Bien sûr, ma chérie. C'est pour cela que j'essaye de bien analyser la situation. En fait, nous ne sommes passibles que de quelques infractions. Il te faudra cependant demander le divorce.

— Mais il n'acceptera jamais !

— Il le faudra bien, car il ne pourra pas te retenir de force, j'y veillerai. Évidemment, il est très probable que tous les torts soient de notre côté, mais ce n'est pas un problème, rassure-toi, j'ai les reins solides !

La jeune femme acquiesça, tout en déglutissant péniblement. Ses yeux s'embuèrent de larmes, tandis qu'une expression de haine grandissante brillait au fond de ses prunelles. Tout en attachant sur son mari un regard fixe, elle bredouillait, assez paradoxalement :

— Je ne veux plus le voir... plus jamais... Je... je...

Soudain, elle se tut, avec une expression de profond étonnement. Peter la regarda un instant, sourcils froncés, puis observa à son tour le psychiatre.

Roy Jordan était allongé sur le ventre, les bras le long du corps, et la tête penchée de côté, près de la base en marbre de l'imposant portemanteau. Un filet de sang apparaissait sur le sol, juste sous son visage à la hauteur de la tempe.

L'ancien aviateur s'agenouilla, examina le visiteur, puis se releva en secouant la tête. Il dit laconiquement :

— Il est mort...

30

Un silence glacial se répandit dans le couloir de l'entrée. La lumière des appliques murales multipliait les ombres d'un mobilier baroque, dans une ambiance lourde et étrange. La statue du chérubin qui défendait l'accès de l'escalier, non loin de l'endroit où se tenait le couple, avait des allures de monument funéraire, que soulignaient les nombreux pots de fleurs disposés çà et là. Une sorte de malaise semblait flotter dans les lieux, qu'un rien d'imagination aurait pu transformer en caveau funéraire. L'expression figée du couple, et surtout le cadavre de Roy Jordan renforçaient nettement ce sentiment.

Peter fut le premier à rompre le silence :

— C'est peut-être mieux ainsi.

— Tu veux dire... qu'il soit mort ?

— Oui.

Debra se réfugia dans les bras de l'aviateur et se mit à pleurer à chaudes larmes.

— J'aurais préféré qu'il ne vienne pas mourir ici, bredouilla-t-elle.

— Moi aussi...

— Mon dieu, je n'arrive pas à y croire ! Nous vivons un véritable cauchemar... Je commence à me demander si ces lieux ne sont pas réellement maudits !

Que vont dire les gens à Madford lorsqu'ils sauront ? Et la police ? Va-t-elle seulement nous croire ? C'est un accident, Peter, n'est-ce pas ?

— Oui, bien sûr. Il a dû se cogner la tête sur le rebord de marbre en tombant.

— Alors que tu l'avais juste un peu poussé ?

— Non, je lui ai bel et bien expédié mon poing en pleine figure, et d'ailleurs on voit encore bien la marque de mon coup sur la pommette. Mais peu importe. Tu as raison de redouter les déductions de la police. Il est très probable qu'on doute de mon témoignage qui, j'en conviens, ressemble fort à une mauvaise excuse de coupable, comme dans les romans policiers.

— Que faire, alors ?

— Réfléchir. Et inutile de céder à la panique. Nous avons toute la nuit pour cela.

Tandis que l'aviateur demeurait aussi immobile que le chérubin armé de son arc, la jeune femme, secouée de sanglots, lui demanda :

— Comment fais-tu pour rester aussi calme, Peter ? Vraiment, je t'admire !

— Ce n'est pas la première fois que je suis en présence d'un cadavre, Debra. J'en ai vu d'autres, et même des camarades, que j'appréciais bien plus que ce type-là. Mais ne t'y trompe pas, je mesure toute la gravité de la situation. D'ailleurs je te serais très reconnaissant d'aller dans la cuisine pour préparer du café...

Un quart d'heure plus tard, installé dans la cuisine devant une cafetière fumante, Peter faisait le point de la situation, avec une rigueur toute militaire :

— Il n'y a pas d'autre alternative : ou nous signalons les faits à la police, ou nous nous taisons, et il faudra alors faire disparaître le cadavre. Dans le premier cas, nous nous fourrerions dans un sacré pétrin, surtout à cause de Deborah James. Cette histoire de substitution nous rendrait extrêmement suspects, et du coup, cet accident puerait la préméditation à plein nez...

— Tu voudrais faire disparaître le cadavre ? Et si Roy avait confié à quelqu'un son intention de nous rendre visite ?

— Évidemment, le problème est là. Mais comme je te l'ai dit, il devait croire que c'est Deborah James qui habitait ici et qu'elle t'avait simplement recueillie ou aidée à te cacher autre part...

— Je ne vois toujours pas exactement comment il a pu avoir notre adresse !

— Par l'agence immobilière. Il a dû tomber, je ne sais comment, sur la piste de Deborah, puis ne la trouvant pas à son appartement, il se sera renseigné auprès du bureau de location, à Torquay. Donc, si quelqu'un est au courant de sa manœuvre, ce qui est loin d'être certain, il doit tout au plus savoir que Roy Jordan est venu ici pour se renseigner auprès d'une certaine Deborah James, fiancée avec le dénommé Peter Sutcliffe, lequel a rendu bien des services à la nation.

Debra parut vaguement soulagée.

— Oui, je comprends.

— Il y a peu de chance qu'on puisse te reconnaître, mais il vaudrait quand même mieux que tu changes un peu d'apparence. J'ai vu sur une photo que cette Deborah James avait les cheveux assez courts, n'est-ce pas ? Alors tu sais ce qu'il te reste à faire : passer chez le coiffeur dès demain matin.

— Je pourrais même m'épiler les sourcils, comme elle, car elle n'en avait presque pas.

— Oui, il faut faire tout ce qui est possible pour lui ressembler. Ce n'est qu'une simple précaution, mais nous ne pouvons pas courir le moindre risque.

Debra acquiesça en exhalant un filet de fumée. Tout comme son compagnon, elle fumait alors cigarette sur cigarette. Elle avait également avalé comme lui plusieurs tasses de café et se sentait peu à peu gagnée par l'assurance et le sang-froid de Peter.

— D'accord, mais cela ne nous dit toujours pas ce que nous allons faire du cadavre.

— Il faut le faire disparaître, l'enterrer quelque part.

— Où ?

— J'ai pensé à la « Tombe d'Adonis », car cela ne se verrait pas trop avec les étages de la rocaille, mais je ne crois pas que ce soit prudent.

— Oh non ! Et je ne pourrais jamais supporter l'idée qu'il soit ici, tout près de nous. Je veux l'oublier à jamais, même maintenant qu'il est mort, et j'espère bien ne plus jamais revoir ces maudits cercles jaunes !

— Réflexion faite, ils t'ont quand même bien indiqué la menace qu'il représentait.

— C'est vrai, je les ai vus régulièrement.

— Alors qu'il devait te rechercher assidûment, remonter patiemment ta piste.

— Au fait, comment est-il venu ?

Peter ouvrit soudain de grands yeux affolés.

— Bon sang, sa voiture ! Je l'avais complètement oubliée ! Il faut s'en occuper en priorité ! Mais cela vient de me donner une idée...

31

30 juillet

Une semaine s'était écoulée depuis la mort de Roy Jordan. Debra et Peter avaient presque retrouvé toute leur confiance depuis la nuit tragique. Après s'être fait couper les cheveux, Debra semblait plus jeune encore, et le colonel qui la croisa au village avoua ne pas l'avoir reconnue immédiatement. Elle-même se sentait différente, plus libre, plus légère, soulagée. Debra Jordan avait cessé d'exister, définitivement remplacée par Deborah James, alias Mrs Sutcliffe.

Ils reportèrent la date de leur mariage, jugeant plus sage d'attendre un mois ou deux, avant d'avoir la certitude de ne plus être inquiétés. Ils avaient modifié leur plan initial, qui consistait à faire disparaître le corps du psychiatre, en faisant passer sa mort pour la conséquence d'un simple accident de voiture, survenu au pied d'une carrière abandonnée, dans un coin isolé du Dorset, dont Peter connaissait l'existence.

L'endroit était situé à un point plus ou moins équidistant de Madford et Torquay, mais assez excentré vers le sud, en quelque sorte une zone neutre qui ne fournirait aucune véritable indication. Roy Jordan pouvait avoir pris la direction de Madford, comme il pouvait être allé ailleurs. Peter avait envisagé de déposer la voiture près de l'asile psychiatrique, puis s'était ravisé, songeant qu'il valait mieux retarder le plus possible la découverte du sinistre.

La nuit même du drame, il avait donc pris les commandes du véhicule du psychiatre, avec son cadavre dans le coffre, tandis que Debra l'avait suivi avec leur voiture. Ce n'est que vers l'aube qu'il avait réussi à retrouver la carrière.

Ils choisirent l'endroit le plus près de la route, et Peter simula une sorte de dérapage jusqu'au bord de la falaise, puis plaça le cadavre sur le siège du conducteur, avant de pousser le véhicule dans le vide. Un bruit de ferraille froissée avait ponctué cette délicate et pénible opération, pour laquelle il avait pris toutes les précautions qui s'imposaient en pareille circonstance, veillant soigneusement à ne laisser aucun indice compromettant et en portant naturellement des gants.

Au fil des jours, le souvenir de ce drame s'estompa, mais le couple guetta néanmoins attentivement la rubrique des faits divers dans la presse. Aucun des quotidiens ne signala « l'accident » de Roy Jordan, peut-être jugé trop commun pour avoir une diffusion nationale.

L'incertitude planant autour de cette découverte ne les inquiétait guère. Plus la police tardait à retrouver le cadavre de Jordan, plus l'enquête pour retracer ses derniers mouvements serait difficile. Ils souhaitaient cependant qu'on finisse par constater cet « accident », de sorte que l'on n'envisage pas d'autre hypothèse plus sinistre. Tôt ou tard, se disaient-ils, quelqu'un finirait par repérer l'épave au fond de la carrière abandonnée.

Peter était sûr de son affaire, et comme de coutume, Debra partagea peu à peu son assurance. Elle déclara pourtant, le soir du sixième jour, non sans embarras, qu'elle ne souhaitait plus terminer ses jours à Madford.

Peter, qui était confortablement installé dans la véranda, demanda :

— Tu ne te plais plus, ici ?

— Si, je suis même très attachée à cette maison, mais j'ai envie de changer d'air, de tourner la page, de...

Elle s'interrompit soudain, jetant un regard surpris autour d'elle.

— Peter... Où sont passées mes fleurs ? Il y a encore les pots, mais ils sont vides !

— Ah oui, c'est vrai, je voulais t'en parler. C'est moi qui ai fait le ménage. Elles commençaient à se faner et...

— Se faner ? Tu en es sûr ?

— Oui, d'ailleurs tu remarques que je n'ai pas touché aux plantes vertes. En fait, il y a aussi une autre raison. Mais dis-moi, n'aurais-tu pas un peu peur de cette demeure ? Je suppose que tu as dû revoir ton ami le sourcier.

Debra pâlit.

— Non... Mais pourquoi dis-tu qu'il est mon ami ?

— Comme ça, parce qu'il t'aime bien. Je t'ai déjà expliqué de quelle façon il te regardait, n'est-ce pas ?

La réplique fusa comme un trait :

— Oui, exactement comme Kathleen te regarde !

Peter parut décontenancé l'espace de quelques secondes, puis se mit à rire.

— Très bien, je n'ai rien dit. Donc si je t'ai bien compris, tu ne verrais aucun inconvénient à ce qu'on déménage ?

— Honnêtement, non. Je m'étais habituée à cette maison, à son jardin, mais depuis ce qui est arrivé la semaine dernière, je l'associe à ce drame, ce n'est plus vraiment pareil. Comment dire ? Elle représente une partie de ma vie, que je veux maintenant oublier.

— Je vois. Mais où voudrais-tu aller ?

— N'importe où, pourvu que ce soit avec toi.

L'aviateur affecta un air réprobateur.

— J'entends bien, ma chérie. Mais n'as-tu vraiment aucune idée ? Serais-tu prête à t'expatrier, par exemple ?

— Très sincèrement, je n'y verrais aucun inconvénient. Sache seulement que j'ai horreur des moustiques, des araignées et des serpents.

Peter eut un sourire paternel.

— Je n'ai pas l'intention de t'emmener chez les sauvages, rassure-toi !

Un pli se creusa soudain entre les sourcils de la jeune femme.

— Mais dis donc, j'ai l'impression que tu as une idée derrière la tête ?

L'ancien aviateur écrasa sa cigarette dans le cendrier.

— Eh bien oui ! J'avais peur de t'en parler, ne sachant pas comment tu réagirais, puisque je te savais très attachée à cette demeure. Enfin je suis sûr que tu ne devineras jamais. C'est quelque part où nous aurons peut-être la chance de retrouver ce vieux Ian !

— Tu veux dire... le Canada ?

— Oui. Nous n'aurons pas de problème de langue et j'ai même là-bas plusieurs amis. C'est un grand pays tout neuf, il y a de l'espace, il paraît qu'on s'y sent libre, et je suis sûr que nous n'aurons aucune difficulté pour nous adapter. Nos papiers sont en règle, nous pourrions même partir rapidement si nous le souhaitions.

Debra offrit un visage dubitatif.

— Tu plaisantes ?

— Non, pas du tout. Je ne suis pas particulièrement pressé, mais...

L'aviateur promena autour de lui un regard méfiant, puis reprit en baissant le ton :

— Cela me coûte de te l'avouer, mais je pense que

le sourcier n'a pas tort, finalement. Ces lieux ne sont pas très sains. Personnellement, je me sens de moins en moins bien, ici.

Debra réprima un frisson.

— Moi non plus ! Tu te souviens de ton étrange impression en arrivant ?

Peter Sutcliffe eut un sourire embarrassé.

— Mon étrange attirance pour la maison ?

— Oui.

— En vérité, je crois que je peux bien te l'avouer maintenant, je t'ai un peu menti. Il est vrai que je cherchais une maison dans le secteur, mais j'avais déjà entendu parler de son passé mystérieux. J'étais alors surtout intéressé par son prix très modéré. J'ai eu le coup de foudre pour toi, ma chérie, alors que tu avais encore les yeux fermés, endormie comme tu l'étais sur les marches de la véranda. J'ai un peu improvisé sur cette étrange attirance uniquement pour donner à notre rencontre des allures mystiques, la placer sous le signe d'un destin inéluctable. J'espère que tu me pardonneras cet innocent petit mensonge dont mon amour pour toi est le seul coupable...

Debra haussa les épaules.

— En tout cas, bravo pour tes dons de comédien ! Donc si je comprends bien, ton engouement pour le mystère était également feint ?

— Au début, oui. Mais peu à peu, je me suis piqué au jeu, voulant à tout prix résoudre cette énigme, comme s'il s'agissait d'un défi personnel.

— Et tu serais donc prêt à partir sans l'avoir éclairci ?

— Non, je ne crois pas, répondit l'aviateur après un silence. Mais la question ne se pose plus...

— Je ne comprends pas.

— Eh bien ! je crois avoir trouvé le mot de la fin.

Debra le fixa en battant des paupières.

— Tu sais comment on a tué Violette Gardner ?

— Oui.

— Et pour les accidents d'enfants ?

— Oui, je connais également le nom de leur assassin. Je voulais justement te parler de tout ça ce soir. J'avoue par ailleurs que cela a pesé sur ma décision de partir d'ici, car l'influence néfaste de ces lieux ne fait plus l'ombre d'un doute.

— Alors raconte-moi tout, et vite ! Je brûle d'impatience !

— D'accord, mais d'abord j'aimerais bien que tu me serves un verre de porto...

— C'est du chantage !

— Si tu veux, répondit Peter avec un sourire joyeux, qui se figea soudain, alors qu'il venait d'entendre résonner le carillon de la sonnette d'entrée.

— C'est malin, fit Debra en se levant. Nous déranger à un tel moment ! J'aurais mieux fait de ne pas te demander de réparer cette sonnette...

Peter l'accompagna jusqu'à la porte d'entrée. Ni l'un ni l'autre n'avait jamais rencontré l'homme roux et assez jeune qui se tenait sur le pas de la porte. Le nom qu'il déclina leur était parfaitement inconnu. Mais lorsqu'il précisa le motif de sa visite, ils ressentirent un frisson glacial leur remonter l'échine.

— Inspecteur Davis Norton, annonça-t-il d'un ton poli. J'enquête sur la disparition du docteur Roy Jordan et j'aimerais bien vous parler à ce sujet. Auriez-vous quelques instants à m'accorder ?

32

Le policier fut introduit dans le salon et ne refusa pas le verre de porto que lui proposa Peter, précisant qu'à cette heure-ci, il n'était plus vraiment en service.

— C'est une belle maison que vous avez là, dit-il en jetant un coup d'œil sur le mobilier ancien de la pièce. J'imagine, madame, que cela doit vous prendre un temps fou pour faire le ménage, avec tous ces meubles.

— Oui, il suffit d'être bien organisée.

— Cela me fait penser à la maison de mes grands-parents qui me terrifiait quand j'étais petit. Il y faisait si sombre, avec ces grands meubles compliqués, que j'avais l'impression de me retrouver emprisonné dans une cathédrale. Ma grand-mère passait son temps à les astiquer, mais malgré la cire, il persistait une odeur étrange, que je n'ai jamais oubliée.

La digression du policier fut brève. Le couple commençait juste à retrouver un semblant de confiance, lorsque Davis Norton changea à la fois de sujet et de ton.

— Mais ce n'est pas l'objet de ma visite. Connaissez-vous le Dr Roy Jordan ?

Debra jeta un coup d'œil à Peter avant de répondre d'une voix hésitante :

— Euh... oui. Pas personnellement, mais en tant que cliente.

— Vous êtes donc bien Miss Deborah James ?

La jeune femme eut un sourire crispé.

— Oui, mais plus pour très longtemps, car Peter et moi allons bientôt nous marier...

L'inspecteur Davis Norton sourit d'air avenant.

— Dans ce cas, permettez-moi de vous féliciter tous deux par avance. C'est fort heureux, car mon enquête porte non pas sur la naissance d'un couple, mais sur une double disparition. Mrs Debra Jordan a mystérieusement disparu au début du mois. Devant notre impuissance à retrouver sa femme, le Dr Jordan a voulu faire cavalier seul et mener sa propre enquête. Mais il a disparu à son tour, car personne ne l'a revu depuis une semaine.

— C'est vraiment fâcheux, intervint Peter. Mais qu'avons-nous à voir dans cette affaire ?

Le policier prit son temps pour allumer une cigarette, puis demanda :

— Vous n'avez donc pas vu cet homme récemment ?

— Difficile à dire, puisque je ne le connais même pas !

— Et vous, mademoiselle ?

Debra secoua la tête, puis fronça les sourcils comme pour faire un effort mental.

— Non... Notre dernière rencontre remonte à pas mal de temps, au moins six ou sept mois.

— Et vous n'avez pas revu sa femme ces temps-ci ?

Peter haussa les épaules.

— Je ne la connais pas davantage.

— Non, fit Debra après un temps de réflexion. Pas récemment en tout cas.

— Je vais vous montrer une photo, Mr Sutcliffe, on ne sais jamais.

Ressentant un afflux de sang au visage, l'aviateur ne put contenir ses mots :

— Une photo, une photo de Mrs Jordan ?

— Non, de son mari. Car c'est probablement lui qui a dû chercher à vous contacter...

Peter feignit d'observer pensivement le cliché que le policier avait déposé sur la table, bien qu'il eût reconnu d'emblée le visage qu'il avait frappé la semaine précédente. Il déclara avec une tranquille certitude :

— Non, je n'ai jamais rencontré cet homme.

Davis Norton rangea sa photo tout en poussant un léger soupir.

— Eh bien tant pis ! C'était notre dernière piste...

La déception du policier provoqua, comme par un système de levier, un profond soulagement chez ses hôtes.

Après un silence, Peter demanda :

— Ce que j'ai toujours du mal à comprendre, c'est ce qui vous a amené ici...

Le policier s'éclaircit la voix avant de répondre :

— Le Dr Jordan a disparu depuis une semaine, mais je ne l'ai appris qu'avant-hier. C'est le Dr Richard Kindley, le sous-directeur de l'établissement que dirige Jordan, qui m'a téléphoné pour me signaler son étrange absence. Jordan l'avait appelé quelques jours plus tôt, le 22 de ce mois très exactement, pour lui dire qu'il était sur la piste de sa femme, et qu'il ne serait sans doute pas de retour avant quarante-huit heures. Il ne lui a pas donné d'autre précision que l'endroit d'où partait sa nouvelle piste et le nom d'une certaine personne : le vôtre, mademoiselle James.

» Le Dr Kindley se souvenait de vous en temps qu'ancienne patiente, et il n'a pas eu de mal à retrouver votre adresse à Torquay. Il m'a aussi précisé que vous vous étiez vaguement liée d'amitié avec Mrs Jordan lorsque vous veniez consulter son mari. Kindley en a déduit que Mrs Jordan était venue se réfugier chez vous, ou du moins que c'était ce qu'avait conclu le Dr Jordan. Je suis donc allé faire un tour à Torquay, pour constater que l'appartement en question était à louer. J'ai ensuite rencontré le patron de l'agence immobilière, qui s'est montré fort surpris car une autre personne venait de lui poser les mêmes questions, la semaine précédente. Or, il s'agissait bien de Roy Jordan. Il lui avait donné votre nouvelle adresse, et voilà ce qui m'a amené ici.

Peter hocha la tête d'un air entendu.

— Vous comprenez, reprit le policier, cet homme avait toutes les raisons de vouloir se rendre chez vous, dans l'espoir d'obtenir de précieuses informations de la bouche de Miss James, mais curieusement, il n'est pas arrivé jusqu'ici et n'a plus donné signe de vie depuis lors.

— Curieux, en effet.

— Oui, surtout de la part d'une personne comme lui, qui a de nombreuses responsabilités.

— Il a peut-être eu un accident ? suggéra Debra.

— Un accident ? Mais dans ce cas, depuis le temps, nous en aurions été informés !

— Oui, certes, fit Peter. Mais on ne sait jamais. On a si vite fait de perdre le contrôle de son véhicule.

— De son véhicule, ou de soi-même, repartit l'inspecteur. Car tout cela ne me dit rien qui vaille. À commencer par la disparition de Mrs Jordan.

Il retraça alors brièvement la folle poursuite de la disparue, puis conclut :

— Le Dr Jordan refuse catégoriquement d'envisager que sa femme soit partie pour rejoindre un autre homme. Il a tort, car c'est souvent le cas dans ce genre d'affaires. Je crois qu'il est aveuglé par sa confiance professionnelle et aussi par le fait qu'il soit son mari, le dernier informé dans ce genre d'infortune, comme le dit si bien le dicton. Vous voyez où je veux en venir ? Cela se termine souvent très mal lorsque le mari retrouve l'épouse volage en compagnie de son remplaçant. On ne maîtrise plus guère ses réactions, ni d'un côté ni de l'autre, et il y a souvent un drame à la clé.

Un léger frisson saisit le couple.

— Oui, approuva Peter. Mais tout cela me paraît bien compliqué. Je crois du reste qu'il est un peu tôt pour bâtir de telles hypothèses avant d'avoir des nouvelles du Dr Jordan.

— À quel titre le consultiez-vous, Miss James ? s'enquit soudain le policier.

La question prit Debra au dépourvu. Elle resta quelques instants sans réaction avant de répondre :

— Je faisais souvent des dépressions. J'avais peur de tout, de tout le monde.

— D'après le Dr Kindley, vous avez subitement cessé vos consultations.

Debra se tourna avec un sourire tendre vers son compagnon.

— Oui, après avoir rencontré Peter, je me suis sentie bien mieux. Je sais, j'aurais dû prévenir le docteur, mais je n'avais plus envie de retourner là-bas. J'y étais toujours mal à l'aise, avec tous ces malades qui vous fixent étrangement.

Peter félicita *in petto* sa bien-aimée, qui n'avait rien à lui envier pour ses dons d'acteur. Le regard plein de tendresse qu'elle venait de lui adresser était un modèle du genre.

L'inspecteur se caressa silencieusement le menton, puis demanda :

— À la même époque vous avez fait la connaissance de Mrs Jordan ?

— Oui. Elle était un jour venue me retrouver dans la salle d'attente. Une personne simple, discrète, aimable et très attachante.

Peter évita le regard de sa compagne, de peur d'éclater de rire. Qu'aurait pensé l'inspecteur s'il avait su que Debra ne faisait alors que se complimenter elle-même ? Elle poussait même l'audace assez loin, et avec quel aplomb !

— En fait, si je me suis bien entendue avec elle, c'est parce qu'elle me ressemblait un peu. Nous avions les mêmes goûts, la même façon de voir les problèmes, la vie d'une manière générale, c'est-à-dire avec un certain détachement, propre aux femmes qui se sentent parfois seules et...

— D'accord, d'accord, coupa le policier avec une note d'agacement dans la voix. Ce qui serait surtout intéressant, c'est de savoir si Mrs Jordan avait une liaison à cette époque. Ou du moins si quelque chose vous donnait à le penser ?

Debra réfléchit un long moment avant de répondre :

— Rien ne me permet de l'affirmer. Toutefois, si je peux me permettre un avis personnel, je crois qu'elle n'était plus très éprise de son mari.

Les doigts du policier tambourinaient sur la table.

— Elle peut donc très bien avoir rencontré quelqu'un par la suite. C'est vraiment dommage qu'elle ne se soit pas davantage confiée à vous sur cette question. Non, vraiment, nous tournons en rond... Je suppose que vous ignorez également pourquoi le Dr Jordan pensait avoir retrouvé la piste de sa femme après s'être rendu à votre ancienne adresse ?

Debra secoua tranquillement la tête.

— Oui, je l'ignore. Mais j'imagine que son chagrin a dû un peu lui troubler l'esprit. Lorsqu'il s'est souvenu de moi, qui suis peut-être une des rares confidentes de sa femme, il a sans doute dû être saisi d'un enthousiasme démesuré et téléphoner à son confrère pour lui faire part de sa joie et de ses espoirs.

Mentalement, Peter félicita une nouvelle fois sa compagne. Elle s'en tirait mieux que lui. Il sentait désormais que la partie était presque gagnée.

— Oui, c'est bien possible, approuva Davis Norton. Lorsque j'ai rencontré le Dr Jordan, je l'ai trouvé bizarrement tourmenté et secret. Réflexion faite, cette obstination à réfuter la thèse d'une fugue, ou d'un écart de conduite de sa femme, me semble très curieuse, surtout chez un homme comme lui, réputé pour la qualité de ses jugements. Bien, je ne pense plus avoir d'autres questions à vous poser et je ne vais pas abuser plus longtemps de votre temps.

— Vous allez retourner dans le Devon ce soir-même ? s'enquit Peter en se levant.

— Non, j'ai pris une chambre à l'hôtel dans un village voisin, tout juste à côté du commissariat de Basingstoke, où je suis allé saluer des collègues. J'étais déjà venu chez vous en début d'après-midi, mais il n'y avait personne.

— C'est vrai, nous étions allés nous promener ! s'exclama gaiement Debra.

— Mais j'y pense, fit l'inspecteur en se retournant alors qu'il se dirigeait vers la porte. J'ai appris une chose bien étrange à propos de votre voisine.

— La vieille Mrs Miller qui s'est pris une tuile sur la tête ?

Le regard du policier se durcit.

— Oui, mais elle n'est pas tombée toute seule. Elle n'est d'ailleurs même pas tombée du toit...

— Ah bon ? Mais que s'est-il passé, alors ?

— Elle a été assassinée.

— *Assassinée ? Mrs Miller* ? Mais qui diable aurait bien pu lui en vouloir à ce point ?

— Toute la question est là. Mes collègues passeront sans doute demain vous poser quelques questions de routine. Vous êtes ses plus proches voisins.

— Je n'en reviens pas, déclara Peter. Nous croyions tous qu'il s'agissait d'un accident. Mais comment...

— Comment a-t-on découvert le pot aux roses ? Grâce au travail méticuleux d'un enquêteur qui avait décidé de tout repasser au peigne fin après des recherches sommaires se limitant essentiellement à la scène du drame. Il a fini par trouver dans la chambre de la défunte, sur les draps du lit, des grains de poussière rouge, comme l'argile des tuiles, puis sur le tapis, au pied du lit, quelques débris plus édifiants. Il fut saisi d'un soupçon, qui se révéla fondé après examen : ces minuscules fragments faisaient partie de la tuile fatale. Vous voyez comment se pose le problème ? Que faisaient ces débris à cet endroit, alors que la tuile était censée être tombée du toit ? L'intervention criminelle me semble évidente : quelqu'un a frappé la vieille dame dans son sommeil à l'aide d'une tuile, épousseté les draps tant bien que mal, avant de déplacer le cadavre sur le pas de la porte et de faire tomber quelques tuiles pour parachever la mise en scène...

— Incroyable, fit Peter. Je n'en reviens pas ! Mais devant les faits, il faut en effet se rendre à l'évidence.

Une lueur d'ironie brilla dans les yeux clairs du policier, qui dit avant de prendre congé :

— Quelle coïncidence, n'est-ce pas ? Ce meurtre s'est juste produit deux ou trois jours avant la disparition du Dr Jordan. Mais il est évident que ces deux affaires ne peuvent être liées.

33

— Je veux partir, Peter, je ne veux plus rester ici !

Vers 3 heures, le couple n'avait toujours pas trouvé le sommeil. Ils demeuraient allongés dans leur chambre, la fenêtre grande ouverte, sans que la fraîcheur nocturne ne parvienne à tempérer leurs fiévreuses inquiétudes.

— Tu connais mon avis sur la question, ma chérie. Mais nous ne pouvons quand même pas tout laisser en plan du jour au lendemain, surtout maintenant. Il faut attendre que cette affaire se tasse.

— Enfin nous sommes quand même libres de nos mouvements !

— Pour l'instant, oui...

— Crois-tu que ce policier se doute de quelque chose ?

— Non, mais je n'ai pas aimé sa dernière remarque.

— Il ne m'a pas reconnue, n'est-ce pas ?

— Non, tu as été parfaite sur ce plan-là. Heureusement que nous avions pris les devants ! Ces cheveux courts te donnent vraiment une tout autre allure !

— Oui, mais combien de temps pourrons-nous donner le change ? J'étouffe, Peter. J'aimerais partir d'ici le plus tôt possible !

— Laisse-moi le temps de réfléchir, et attendons au moins que l'enquête sur Mrs Miller soit terminée.

Quand je pense que je soutenais la thèse de son assassinat devant le colonel ! Mais qui peut bien l'avoir tuée, à ton avis ?

— Un fantôme.

— Tu le crois vraiment ?

— N'est-ce pas ce que tu avais toi-même laissé entendre au colonel ?

— Je pense, maintenant, que c'est une seconde tuile ! Cette histoire n'a aucun rapport avec la mort de ton mari, mais elle risque indirectement de la mettre en lumière. Nous devons désormais être très prudents !

Il se fit un silence, puis Debra demanda à brûle-pourpoint :

— Peter, est-ce que tu sens le parfum des fleurs à l'extérieur ?

Son compagnon aspira à pleins poumons l'air nocturne.

— Oui, maintenant que tu me le dis...

— Eh bien je ne supporte plus ces odeurs ! Je les trouve irrespirables...

— Alors, tu as compris ?

— Compris quoi ? demanda la jeune femme en se redressant dans le lit.

— Hmm... Je te l'expliquerai une autre fois. Je n'ai pas la tête à ça pour le moment.

— C'est en rapport avec l'assassinat de Violette Gardner, n'est-ce pas ?

— Oui, et c'est aussi pour cela que j'ai enlevé toutes les fleurs de la maison.

— Mais dis-moi au moins le nom de l'assassin !

— Non, impossible de t'en parler sans entrer dans les détails.

— Mais pourquoi ?

Peter ne répondit qu'après un silence :

— Parce que tu ne me croirais pas...

La nouvelle de l'assassinat de Mrs Miller se répandit à Madford comme une traînée de poudre. Les policiers interrogèrent de nombreuses personnes, dont Peter et Debra qui ne leur firent part d'aucun de leurs soupçons. Le colonel, préalablement passé chez eux pour leur demander d'être discrets sur la question, semblait redouter les éventuelles conséquences que pourrait avoir un réexamen du cas de Violette Gardner, à propos duquel il avait soigneusement tenu secret son rôle dans la vie intime de la défunte. Il ne tenait donc nullement à ce qu'une relation soit établie entre ces deux meurtres. Peter et Debra, qui ne souhaitaient à ce moment-là aucune complication, ne se firent pas prier.

Durant l'enterrement de Mrs Miller, la semaine précédente, ils eurent l'occasion de rencontrer le fils de la défunte, le fameux Paul, venu tout droit d'Allemagne. Tous deux furent un peu déçus en faisant la connaissance d'un homme un peu mou, au visage las, qui ne semblait guère avoir de personnalité. Il repartit quelques jours plus tard pour sa Bavière d'adoption, plus triste que le jour de son arrivée, après avoir pris connaissance du maigre héritage que lui laissait sa mère.

L'inspecteur Davis Norton s'apprêtait à quitter la région de Madford, après un séjour plus long que prévu. Le meurtre de la vieille dame l'intriguait. Il avait accompagné ses collègues durant leurs divers interrogatoires, retournant ainsi chez Sutcliffe et sa fiancée.

Entre-temps, il avait eu connaissance des rumeurs et des sombres drames liés à la « Tombe d'Adonis ». Il s'étonnait qu'un couple aussi sympathique que celui-ci eût décidé de s'établir en un endroit nanti d'une aussi sinistre réputation. Par ailleurs, il leur trouvait une attitude singulière. Ils semblaient très coopératifs, mais en même temps sur leurs gardes. Ce n'était qu'une simple intuition de policier, il en convenait, mais elle le tracassait, d'autant plus qu'il était incapable d'en définir la raison exacte.

Il avait donc préparé ses valises à l'hôtel, ce matin-là, et décidé de s'accorder une dernière pinte de bière dans l'auberge voisine lorsque le patron lui annonça qu'il était demandé au téléphone.

Il prit l'écouteur et reconnut la voix d'un de ses collègues de Plymouth.

— Oui, Charley, dit-il, tout va bien. Je me suis un peu attardé dans le secteur, mais je rentre sur l'heure... Je t'expliquerai dès mon retour... Non, toujours pas la moindre trace du Dr Jordan... Comment ? Richard Kindley est venu vous voir ? Et alors, que voulait-il ? Oui, oui, bien sûr, il m'avait aussi fait une curieuse impression la première fois, comme s'il n'avait pas vraiment la conscience tranquille... Mais tu sais, Charley, c'est de la pure déformation professionnelle... On est devenus si soupçonneux qu'on finit par ne plus croire personne, même les gens charmants, comme ce couple qui habite ici et... Oui, c'est promis, je ne te coupe plus la parole... Je t'écoute...

L'inspecteur demeura alors silencieux, avec un sourire aux lèvres qui se figea progressivement à mesure qu'il écoutait son interlocuteur. Au bout de quelques instants, il avait considérablement pâli et une légère sueur perlait sur ses tempes précocement dégarnies.

— Comment ? gronda-t-il en tenant fermement le récepteur. Mais bien sûr que c'est important ! Pourquoi n'ont-ils rien dit, nom d'un chien ! C'est à peine croyable... Cela relève même de la faute professionnelle... D'accord, je comprends, mais quand même... Je serais au bureau ce soir sans faute et on reprendra tout dès le début !

Davis Norton raccrocha sèchement sur ces paroles, puis sortit de l'hôtel, traversa la rue et entra dans l'auberge. La salle était presque déserte. Il avisa le vieux sergent Toughill seul dans un coin et ne put faire autrement que le rejoindre. L'homme, comme il avait pu s'en rendre compte en quelques jours, avait la fâcheuse habitude d'égrener les souvenirs de son affectation londonienne au service des archives de Scotland Yard où il avait passé une grande partie de son existence.

Davis Norton commanda deux bières au bar puis prit place à ses côtés, en se disant qu'il s'accordait un quart d'heure au plus avant de prendre la route.

— En somme, dit-il après dix minutes de bavardage ininterrompu du vieil homme, vous êtes revenu dans votre région natale juste pour la fin de votre carrière ? Une préretraite, en quelque sorte ?

— Oui, approuva Toughill en levant son verre. Mais il s'en est fallu d'un cheveu, pour qu'une fois de plus mon retour soit retardé. Je vais vous expliquer cela en détail, car les circonstances sont assez étonnantes et...

— Je crains fort de ne plus en avoir le temps, mon brave Toughill !

— J'en ai pour deux minutes, même pas. Savez-vous d'abord qu'on m'avait surnommé le Renard futé, au Yard ? Oh ! je l'avoue, ce n'était que pure raillerie, car ils étaient tous persuadés que mon flair n'était dû qu'à une veine de pendu. En fait, je suis tout simplement très minutieux dans mon travail. Je ne laisse jamais rien au hasard, même les détails les plus insignifiants...

— Ça, je l'ai remarqué. Et encore bravo pour vos déductions à propos de la tuile !

— Bah, simple travail de routine ! J'ai aussi une très bonne mémoire, qui me permit souvent de faire des recoupements judicieux, à propos d'affaires qui ne présentaient apparemment aucun point commun. Vous ne me croirez peut-être pas, mais c'est grâce à moi que de nombreux malfaiteurs se sont fait épingler !

— Je n'en doute pas. D'ailleurs si nous devons un jour confondre l'assassin de la vieille Mrs Miller, ce sera grâce à vous !

— Nous finirons bien par l'attraper, vous verrez, grâce à un petit détail, comme ces fragments de tuile sur le tapis... Pour en revenir à mon départ de Scotland Yard, je dois dire que ce n'est que par pur hasard que je tombai sur une très curieuse coïncidence, pour ne pas dire extraordinaire !

— Toughill, je suis désolé, mais je vais devoir...

— Ce jour-là, j'étais si heureux de pouvoir retourner du côté de chez moi, que je brassais machinalement de vieux dossiers de la région, comme pour commencer à m'acclimater en douceur. Je fis tomber plusieurs classeurs par mégarde et m'empressai de remettre le tout en ordre. Mon travail terminé, j'ai rapidement contrôlé le tout, et c'est alors que je me suis rendu compte de mon erreur.

— Dépêchez-vous, Toughill, car il va falloir que je parte.

— J'avais sous les yeux un rapport qui était le frère jumeau d'un autre, établi dans ma région, et qui concernait un accident survenu à Madford en 1957. Celui que j'avais en main relatait une affaire qui s'était déroulée deux ans plus tard, dans le Somerset. Mon erreur venait du fait que les dossiers concernaient des accidents d'enfants, survenus dans des conditions quasi identiques. Dans les deux cas, des gamins étaient tombés d'une échelle, qu'une main criminelle avait tirée au moyen d'une corde attachée à sa base. Pour le cas de Madford, cela restait une hypothèse, mais pour l'autre, l'intervention criminelle était établie.

— Quelle sacrée coïncidence, en effet !

— Mais ce n'est pas tout ! ajouta le vieux policier en levant le doigt. Un autre crime avait été commis dans ce même village du Somerset, la même année ; un autre prétendu accident d'enfant qui s'était noyé après avoir enfilé des brassières à ses pieds...

Davis Norton posa son verre, songeur, disant :

— Attendez, cette histoire me dit quelque chose !

— Ah, vous voyez ? On a dû vous en parler durant votre séjour... En fait, un accident similaire a eu lieu, toujours à Madford, mais une dizaine d'années plus tôt, en 49.

— La même année où a été assassinée une ancienne voisine de Mrs Miller, une certaine Violette Gardner ?

— Oui, c'est cela. Moi, j'étais au courant de ces accidents suspects, parce que j'étais de la région. Mais cela m'a fait comme un choc, de me retrouver avec ces trois dossiers, bizarrement liés entre eux... Deux drames qui s'étaient produits à Madford, à dix ans d'intervalle, mais identiques à deux autres survenus dans le Somerset la même année !

— La coïncidence me semble trop grande pour en être une réellement...

— C'est ce que j'ai aussi pensé, figurez-vous ! Mais l'hypothèse d'un même criminel semblait très hasardeuse, vu l'intervalle de temps qui séparait les cas de Madford et d'autres raisons encore qui seraient trop longues à développer. En outre, le criminel du Somerset, lui, avait été arrêté après avoir commis un troisième meurtre, plus abominable encore que les précédents.

— Il avait peut-être lu dans la presse le récit des accidents de Madford et agi par simple mimétisme ?

— Bonne déduction, mon cher Davis, car c'est aussi ce que j'ai fini par me dire, bien que je n'aie jamais eu l'occasion de vérifier la chose. Sur le moment, j'ai eu peur de retarder une fois de plus mon départ, si bien que je n'ai guère ébruité autour de moi cette stupéfiante coïncidence, préférant me renseigner personnellement lors de mon retour dans la région. Je n'ai, hélas ! jamais pu approfondir l'affaire du Somerset, et les cas de Madford étaient trop vagues et trop lointains pour pouvoir en tirer quelque chose.

— Moi, je trouve qu'il y a beaucoup d'accidents singuliers dans ce village !

— Je ne vous le fais pas dire, Davis, et c'est bien pour cela que j'ai eu instinctivement des doutes sur celui de la vieille Miller. Vous reprenez une bière ?

— Oui, volontiers. Si vous n'y voyez pas d'inconvénient, Toughill, j'aimerais que vous me parliez de toutes les affaires étranges survenues à Madford.

— Mon dieu, il y en a pour un moment ! Et la plupart sont très anciennes !

— Ça ne fait rien, je ne suis plus pressé.

Le récit du vieux Toughill dura plus d'une heure. L'inspecteur Norton renouvela plusieurs fois les consommations, sans perdre une miette de ce que lui disait son compagnon. Lorsque celui-ci eut terminé, Davis Norton déclara d'un air songeur :

— C'est incroyable ! Comme tous les chemins qui mènent à Rome, on pourrait dire que tous ces malheurs convergent en un seul et même point : cette maison si judicieusement appelée la « Tombe d'Adonis »...

34

8 août

Après avoir répondu au coup de sonnette, Debra vit son compagnon s'engouffrer dans le couloir, les bras chargés d'emplettes.

— Pourquoi ne prends-tu jamais un panier ? le gourmanda-t-elle. Tu trouves peut-être que cela fait trop féminin ?

— Non, je me débrouille très bien sans.

Il ne tarda guère à démentir lui-même ses paroles. Il commença par rattraper *in extremis* la boîte de chaussures qu'il avait calée sous son menton, exécuta ensuite un curieux mouvement de danse pour rétablir son équilibre, mais finalement la pile de tous ses petits paquets s'effondra lorsqu'il arriva à la hauteur du portemanteau, et il s'affala lui-même devant le chérubin. Il se produisit alors un curieux incident. La statue, à peine ébranlée, oscilla plusieurs fois, puis toute la partie haute se détacha du socle, avant de tomber sur le sol. Elle ne se brisa pas, car l'épais tapis amortit le choc.

— Je l'ai à peine frôlée, s'étonna Peter. Je ne comprends pas...

Debra s'était approchée. Elle examina le socle brisé, puis dit :

— On dirait qu'il était déjà ébréché !

— Merci de t'inquiéter d'abord pour ce vulgaire bloc de plâtre, grogna Peter en se relevant. Je pourrais avoir les os brisés que cela ne t'inquiéterait pas davantage ! Bon, voyons un peu... C'est bizarre ! Je n'avais rien remarqué !

— Tu sais à quoi je pense ? s'enquit la jeune femme avec gravité.

— Oui, à la même chose que moi. Cet horrible chérubin a dû faire les frais de mon empoignade avec ton mari !

— Ne prononce plus jamais ce mot, s'il te plaît. Mais tu as raison. À moins qu'il ne l'ait heurté en tombant ?

L'ancien aviateur secoua la tête en désignant le portemanteau.

— Non, je crois bien qu'il était tombé là. Enfin peu importe ! Je vais recoller cette statue et mettre un peu de peinture sur la brèche. On se sait jamais. Ces policiers seraient capables de se poser des questions s'ils le remarquaient. En attendant, laisse-moi te montrer quelque chose...

Peter extirpa de sa poche une enveloppe pliée, qui portait le cachet d'une compagnie maritime.

— Qu'est-ce que c'est que ça ? demanda Debra en levant un sourcil méfiant.

— Deux billets pour le Canada.

— *Peter*..., bredouilla la jeune femme avec une expression de surprise ravie. Tout de même, tu aurais pu m'en parler... Quand partons-nous ?

— Demain matin. Il nous reste l'après-midi pour préparer nos affaires. Nous devons être à Portsmouth avant la tombée de la nuit. J'y ai réservé une chambre d'hôtel, car nous embarquons tôt demain matin.

— Mais Peter, nous ne pouvons pas partir comme ça !

— Si. Je me suis occupé de tout. Il reste juste nos bagages.

— As-tu prévenu les autorités ?

— De quoi ? Du fait que nous partons quelques semaines en vacances pour nous détendre ? Est-ce là la coutume ?

Un voile de déception recouvrit le visage de Debra.

— Ah ! Je croyais que nous partions définitivement...

— Je n'ai pas dis le contraire. Simplement, nous prendrons notre décision lorsque nous serons la-bas, comprends-tu ?

La jeune femme retrouva aussitôt sa mine réjouie.

— Oui, je vois ! Mais il reste cette enquête à propos de Mrs Miller et...

— Nous ne sommes pas soupçonnés, que je sache ! Ni du crime de notre voisine ni de la disparition du Dr Jordan. Ce n'est pas de notre faute si la police patauge aussi lamentablement. Cela fait plus de quinze jours que Mrs Miller est morte ! Mais où vas-tu, Debra ? Je te parle !

La jeune femme s'était engagée dans l'escalier. Elle se retourna, les yeux brillants.

— Préparer nos valises ! Il n'y a pas une seconde à perdre !

De sombres nuages couraient dans le ciel à l'heure du crépuscule. La mer, que le couple apercevait à intervalles réguliers en longeant la côte, se creusait de vagues. La brise marine qui soufflait sur le littoral semblait aviver l'air iodé. Peter et Debra sentaient croître en eux l'excitation du départ. L'appel du large se précisait à mesure que les minutes s'écoulaient. Ils étaient à l'aube d'une nouvelle vie, d'une nouvelle aventure, et en ressentaient un curieux picotement dans la gorge.

Contrairement à leur intention première, ils étaient finalement allés saluer quelques-uns de leur amis avant de quitter Madford, estimant qu'un départ sans la moindre explication pouvait paraître suspect. Ils passèrent ainsi chez le colonel et chez la droguiste, pour leur dire qu'ils partaient quelques jours, peut-être même quelques semaines chez des amis canadiens. Mrs Marshall leur avait souhaité de bonnes vacances avec chaleur, tandis que le colonel semblait quelque peu surpris. Mais à ce moment-là, tandis que Peter ralentissait l'allure à l'approche d'un lieu-dit, ni l'un ni l'autre ne songeaient à eux.

— Je crois que c'est là, déclara soudain l'aviateur en désignant du menton une grande bâtisse de briques, juchée sur un tertre rocheux dominant la mer.

— Mais nous ne sommes pas encore à Portsmouth !

— Non, c'est juste là-bas, de l'autre côté de la baie, là où brillent les lumières...

En sortant du véhicule, Debra réprima un frisson. Les mouettes tournoyaient au-dessus du vieil hôtel en émettant leurs curieux cris rauques, auxquels le vent donnait des effets d'écho. Elle perçut également une désagréable odeur d'algue.

— Tu connaissais cet établissement ?

— Non, je l'ai choisi au hasard dans l'annuaire. Je voulais simplement éviter le bruit et l'agitation de la ville. Bon, je m'occupe des valises ! Tu pourras pendant ce temps aller à la réception. Ah ! j'ai oublié de te dire que j'ai réservé au nom de Mr et Mrs Brown.

Debra tourna un regard surpris vers son compagnon qui avait ouvert le coffre de la voiture.

— Mr et Mrs Brown ? Mais pourquoi cela ?

— Bêtement, comme ça... Je me suis dit que cela paraîtrait plus mystérieux, plus romantique !

— Et si l'on me demande nos papiers ?

L'aviateur considéra la silhouette sombre de l'hôtel qui se découpait sur la mer.

— Alors, tu les donneras. Mais cela m'étonnerait qu'on insiste dans ce genre d'établissement !

Il faisait nuit lorsque le couple fut installé dans une chambre sise au dernier étage, avec vue plongeante sur la mer. L'hôtel plus confortable qu'il n'y paraissait de l'extérieur proposait, en outre, une cuisine excellente. Après un repas copieux, Debra et Peter montèrent dans leur chambre. Il se mit à pleuvoir, puis de lointains roulements de tonnerre se firent entendre, gagnant progressivement en intensité.

Ils demeurèrent tous deux accoudés à la fenêtre ouverte, fascinés par l'inquiétant spectacle qui s'offrait à leurs yeux. Des flèches lumineuses crevaient l'épais couvercle des nuages, pour frapper la surface de la mer, qui blanchissait à leur contact. Debra frémissait aux coups de tonnerre, tout en éprouvant le rassurant contact du bras de son compagnon passé autour de sa taille.

— C'est merveilleux, Peter, n'est-ce pas ? murmura-t-elle, fascinée.

— Oui, ma chérie, je dirais même magique.

— Si tu savais comme je suis heureuse de partir, d'être avec toi, de laisser toute cette vie insipide derrière moi ! Je voudrais pouvoir tout effacer d'un coup, tout oublier, maîtriser la puissance de la foudre pour pouvoir anéantir le passé.

— Il est derrière nous, fit Peter de sa voix grave et chaude. C'est une vie nouvelle qui s'offre à nous, une vie lumineuse. Regarde, ces éclairs aveuglants n'en sont-ils pas le présage ? Tu verras, ma chérie, très bientôt, c'est quelque chose d'exceptionnel qui t'attend. Oublie la

« Tombe d'Adonis » et son cortège de malheurs. Tu n'y retourneras jamais !

— Au fait, que vas-tu en faire ?

— La vendre. Mais pas dans l'immédiat. Je reverrai la question d'ici quelques mois, en réglant d'autres affaires.

— Comme celle de notre mariage ?

— Oui, ma chérie...

— Je crois vraiment vivre un rêve !

Peter Sutcliffe resserra son étreinte avec douceur, s'attendant à entendre d'autres mots tendres de sa compagne, mais celle-ci changea soudain de ton :

— Au fait, ne crois-tu pas que tu me doives certaines explications ?

— Ah oui... Je vois à quoi tu fais allusion. Ce n'est pas très gai, tu sais... Crois-tu vraiment que ce soit le moment ?

— Oui. Autant en finir une bonne fois pour toutes... Honnêtement, je doute que tu aies vraiment trouvé le mot de la fin !

— Non, Debra, je suis sûr de mon affaire.

— N'avait-on pas démontré que seul un fantôme pouvait avoir assassiné Violette ?

— Elle n'a pas été assassinée. Violette Gardner a mis fin à ses jours après avoir pris conscience de sa folie.

Illuminé par la lumière blanche et spasmodique d'un éclair, Peter ajouta :

— Car c'était elle, bien sûr, qui avait tué les trois enfants cette année-là...

35

Plusieurs roulements de tonnerre résonnèrent dans le lointain avant que Debra ne réagisse, hésitante.

— Ce... ce n'est pas possible... Elle ne peut pas avoir fait cela...

Peter se retourna, gagna le centre de la chambre pour allumer une cigarette, puis répondit :

— Je savais que tu n'allais pas me croire. Alors écoute-moi bien. Je vais t'exposer les faits par le menu, et tu verras que tous les éléments s'emboîtent si parfaitement les uns dans les autres qu'il ne peut y avoir d'autre explication. Mais il me faut d'abord te signaler que Ian Gardner, qui paraissait si coupable, n'était qu'une victime de plus.

» Il avait découvert depuis plusieurs mois le profond déséquilibre mental dont souffrait sa femme. Il ne devait rien ignorer des aventures extraconjugales, ni des raisons qui la poussaient dans les bras de ses amants. Violette n'acceptait pas le fait de ne pas pouvoir donner le jour à de charmantes petites têtes blondes et avait fini par se persuader, malgré les verdicts médicaux, que Ian était le principal responsable. Elle est donc allée voir ailleurs, a fréquenté des hommes mûrs... sans succès. Ces revers successifs, la conscience de ses crimes, car elle en était arrivée à ne plus supporter les enfants, y voyant là comme l'arrogant symbole de son échec, l'ont incitée à se donner la mort dans un moment que je qualifierais de lucidité.

» Ian Gardner, donc, souffrait en silence. Lorsque excédé, il lui arrivait de faire des reproches à sa femme, c'était elle qui l'accablait, le blâmait, poussait des cris offusqués, jouait les femmes battues, apparemment honteuse du comportement de son mari. La fine Mrs Miller s'était méfiée des apparences, soulignant qu'elles étaient souvent trompeuses, mais elle demeurait une des seules à penser ainsi. Tout le monde a marché à fond dans le jeu auquel se livrait Violette Gardner. En outre, elle avait aussi discrètement amplifié les rumeurs circulant sur le compte de son mari, à propos de crimes dont elle était l'auteur. Cela lui était facile, en procédant simplement par allusions.

» Le pauvre Ian n'en pouvait plus, mais il l'aimait encore, à cause de son charme envoûtant, ou par pitié, peut-être les deux à la fois. Lorsqu'il a constaté son suicide, il s'est livré à une manœuvre de fortune pour cacher la vérité, faire croire à un crime de rôdeur, de peur que son geste désespéré ne trahisse sa folie, et ne révèle au grand jour ses crimes monstrueux.

— Il voulait donc sauver sa réputation ?

— Oui, à tout prix, ce qui prouve bien qu'il l'aimait malgré tout. Mais voyons en détails le déroulement de cette soirée. Ian, en compagnie de son collègue Gillard, avait découvert le cadavre de sa femme à 7 heures, environ une heure après le drame. Pour lui, il ne fait alors aucun doute qu'elle s'est suicidée, mais comme il tenait à tout prix à le cacher, il fait part à son ami de son extrême scepticisme. C'est lorsque celui-ci lui propose de préparer un café qu'il profite de l'occasion pour maquiller le suicide en assassinat. Pour cela, il lui suffit d'envelopper sa main d'un mouchoir, de déverrouiller la fenêtre, d'essuyer le manche du couteau avant de l'appuyer contre deux doigts de la morte, de manière très invraisemblable, puis d'arracher un ou deux cheveux et de les placer sous un des serre-livres. La seule chose qu'il n'avait pas vraiment prévue ou mal étudiée, c'est la terre trempée retournée la veille par Averill. L'absence d'empreinte a transformé son crime de rôdeur en crime de fantôme... et a même failli lui coûter très cher. Il est vrai qu'il lui restait à tout moment la possibilité d'avouer sa manœuvre, certes punissable par la loi, mais bien moins grave qu'un meurtre prémédité.

Debra, dubitative, porta la main à sa tête et se frotta les cheveux.

— Mais Violette n'avait-elle pas un hématome à la tête ? S'il l'avait frappée lui-même avec le serre-livres, donc après sa mort, ne l'aurait-on pas remarqué ?

— Si, sans doute. Un examen médical l'aurait mis en évidence. Mais ce fut là pour lui un coup de chance... Te souviens-tu de cette légère querelle qu'ils avaient eue après le départ d'Averill et avant l'arrivée dudit Gillard ? D'après Mrs Miller, toujours elle, il s'agissait d'un incident domestique, dont elle n'arrivait plus à se souvenir. Gardner, lui, ne l'a pas précisé, et l'on comprend pourquoi.

» Rappelle-toi aussi la présence de ces traces de pas lavées par la pluie, qui allaient jusqu'à l'endroit où était suspendu le pot de fleurs, dont on ne retrouva que quelques débris au sol. Seul le crochet demeurait fixé au mur. Lorsque l'on sait que Violette prodiguait des soins constants à ses fleurs, que ces traces de pas délavées indiquaient clairement que quelqu'un avait marché jusque-là *avant* la tombée de la pluie, mais *après* que la terre fut retournée, et qu'il y eut en outre un incident d'ordre domestique à ce moment-là. La conclusion me semble presque évidente.

— Violette voulait décrocher le pot suspendu ? suggéra pensivement Debra.

— Oui, mais alors qu'elle s'escrimait pour l'atteindre, il s'est détaché, et s'est brisé sur sa tête en lui faisant une belle bosse. Elle a ramassé les débris, mais quelques-uns ont dû rester enfoncés dans la terre. La pluie les aura mis par la suite en évidence. J'imagine qu'après l'incident, elle est retournée furieuse auprès de son mari, lui reprochant de ne pas l'avoir aidée, à moins que ce soit le contraire. Il aurait déploré le fait qu'elle s'acquitte tout seule d'une telle tâche. On peut encore imaginer qu'elle l'ait fait exprès pour lui gâcher la soirée et qu'il l'ait compris... Peu importe. Ce qu'il faut retenir, c'est la chute du pot, qui explique ainsi tous les éléments curieux auxquels personne n'a pu apporter de réponse. La bosse était donc antérieure à la mort, ce qui a permis la supercherie de Ian. Reconnais qu'ainsi tout s'enchaîne à la perfection !

Debra eut un acquiescement contraint, puis demanda :

— Comment es-tu parvenu à débrouiller cet imbroglio ?

— À partir du suicide de Violette. Dès que j'ai eu cette certitude, j'ai songé à la manœuvre de son mari, et tout le reste a coulé de source...

— Mais comment, justement, as-tu pu savoir qu'elle s'était donné la mort ?

Peter se tut, tout en esquissant un sourire.

— Bon, j'avoue que sur ce point, j'ai eu quelques informations précises... Te souviens-tu de la personne que Simpson avait aperçue près des bois, le jour de la noyade de la petite Sarah Coles ?

— Violette elle-même, je suppose ?

— Oui. Je suis allé retrouver le Pr Simpson ces jours-ci. Il demeure persuadé de son innocence et je n'ai pas essayé de le convaincre du contraire. Il a cependant fini par me l'avouer. Mais ce n'était là que la confirmation de ce que je savais déjà depuis que j'ai découvert son journal.

Debra se raidit, jetant :

— Comment ? Et où l'as-tu trouvé ?

— Coincé dans une revue de jardinage, derrière les étagères de la véranda.

— Pourquoi ne m'as-tu rien dit ?

— Parce que c'est une lecture pénible, abominable, que j'ai préféré t'épargner. Les circonstances étaient déjà suffisamment éprouvantes par elles-mêmes. Ah ! elle ne manquait pas de talent, ça oui ! C'est même si bien écrit qu'on finit par la comprendre et...

Peter s'interrompit, se dirigea vers sa valise, l'ouvrit et en extirpa un flacon de whisky qu'il porta à ses lèvres.

— Tu ne te sens pas bien, Peter ? Tu es tout pâle !

— Rien que d'y penser, cela me donne la chair de poule ! Ses notes commencent peu de temps après son arrivée, si bien que l'on suit pas à pas sa lente descente vers les enfers. Au début, elle était bien telle qu'on nous l'a décrite d'abord : gaie, enjouée, pleine de vie. Le fait de ne pas avoir d'enfant l'a profondément perturbée, mais il n'y a pas que cela... Le venin qui s'est progressivement instillé dans ses pensées a une autre origine, si bien que j'hésite à la croire pleinement responsable de ses actes. On dirait que c'est la main de Satan qui s'est emparée de son âme... Ce sont les fleurs.

— Les fleurs de la rocaille ?

— Oui, les fleurs de la « Tombe d'Adonis », ou mieux encore, les fleurs de Satan, ces maudites fleurs que j'ai fini par faire disparaître de la maison et tu vas comprendre pourquoi. À aucun moment, Violette ne les tient pour responsables, mais on devine aisément le rôle malsain qu'elles tiennent dans sa vie quotidienne, l'étrange fascination qu'elles exercent sur elle... Fleurs vénéneuses, qui plongent leurs racines mortelles dans un terreau particulièrement impur, abreuvé d'un sang issu exclusivement de mauvais sujets, criminels de grands chemins, parents indignes, alcooliques ou coupables d'inceste, et j'en passe, ce n'étaient que des personnes qui avaient vendu leur âme au Diable. L'abîme appelant l'abîme, les malheurs vont se perpétrer au fil des générations, sous le regard souriant et hypocrite de ces fleurs maléfiques. Violette, qui les vénère, ira jusqu'à les encarter dans son journal, persuadée de leurs vertus.

» Jour après jour, elle va inhaler leur parfum nocif, sans se rendre compte de sa lente déchéance. Une fois, elle est prise d'une subite passion pour un ami de son mari, qu'elle regrette aussitôt. Mais elle va le retrouver par la suite, étonnée de découvrir les joies de la dissimulation. Elle récidive, puis se surprend à haïr les enfants... Non pas les petits garnements, mais ceux qui sont les plus adorables, ceux qu'elle aurait tant aimé avoir. Parallèlement à sa folie croissante, le style de son écriture s'améliore. Elle le peaufine comme elle soigne ses plantes, cultive le plaisir de nuire, et un jour, après avoir longuement humé les parfums montant de la rocaille, elle entend même une voix lui demandant de tuer, de faire un sacrifice pour ses petites protégées qui en ont tant besoin. Elle note scrupuleusement le cours de ses réflexions délétères. Cela dégénère en véritable démence. Ses poèmes deviennent des chants de mort... Elle prend plaisir à préparer minutieusement le plan de ses crimes, à séduire ceux qui semblent les plus sages des hommes.

» Quant à son mari, il devient la cause de ses tourments, le responsable de sa stérilité... Elle ne supporte plus son calme conciliant et apitoyé devant ses infidélités répétées et les brimades qu'elle lui inflige. Elle se plaît à semer des indices sournois pour qu'on l'accuse de ses crimes, en soulignant à quel point il avait changé ces temps-ci. Elle amplifie sa colère légitime, fait croire qu'il est violent. Puis, sur la fin, elle semble soudain lasse et s'interroge. Elle est même très déprimée le jour qui précède sa mort. Elle prend vaguement conscience de ses actes. Ce sont ses dernières notes. Elles préfigurent ce qui va suivre et me permettent de penser qu'elle s'est enfermée dans la véranda, cette nuit-là, avant de s'ouvrir les veines...

Un long silence suivit les explications de Peter, puis Debra demanda :

— Qu'as-tu fait de ce cahier ?

Sans un mot, il ouvrit derechef sa valise, en retira un sachet dissimulé au fond, puis fit apparaître le cahier mauve.

— Jettes-y un coup d'œil, si tu veux, mais à ta place, je m'en abstiendrais.

Debra avança une main tremblante, puis la retira en secouant la tête, disant qu'il valait mieux, en effet, tout oublier. Lorsqu'elle se fut retirée dans la salle de bain, Peter s'installa sur le fauteuil, dans un minuscule séjour attenant à la chambre à coucher. Il feuilleta le journal, puis s'arrêta aux pages qui avaient été arrachées et se mit à réfléchir.

Lorsque Debra fut de retour, enveloppée dans un fin peignoir, il attira son attention sur les pages arrachées.

— Il ne reste plus qu'un seul mystère, celui de l'auteur de ces pages. Ce n'est pas forcément un proche de la victime, puisqu'il était aisé de fournir des détails précis grâce au cahier lui-même. Mais regarde bien l'écriture...

— Mais nous savons que c'est une imitation, non ? demanda Debra en s'installant sur le bras du fauteuil.

— Certes. Mais observe attentivement l'encre. Le texte original est passablement terne, absorbé par le papier et le temps. Les nouveaux feuillets, eux, ont une écriture plus nette et plus soutenue...

— Ce qui veut dire ?

— Que nous nous sommes fourvoyés. Le papier est d'époque, mais pas l'écriture qui, elle, est récente.

— Alors qui aurait fait ça, selon toi ?

— Peut-être un des nombreux propriétaires qui ont défilé dans la maison.

— Pour quelle raison ?

— Je n'en vois que deux. Soit qu'on voulait accuser Ian Gardner, soit protéger sa femme qu'on savait coupable.

— Cela ne nous avance guère...

— Non, fit l'ancien aviateur en refermant soudain le cahier. Et si nous allions nous coucher ?

— Oui, je meurs de sommeil. J'ai mal à la tête à force de réfléchir à cette vieille affaire.

Quand Debra se fut glissée sous les couvertures, Peter lui demanda :

— Souhaiterais-tu prendre un somnifère, ma chérie ? J'ai peur que tu ne fasses des cauchemars après ce que je viens de t'apprendre. Veux-tu que je le prépare ?

— Non, ce n'est pas la peine... Je tombe de sommeil.

Peter approuva de la tête, puis s'approcha de la fenêtre toujours ouverte. L'orage s'était éloigné, mais il pleuvait désormais à torrent. Il s'accouda sur le rebord du châssis et s'absorba dans la contemplation de la vue nocturne. Les lumières de Portsmouth brillaient au loin, en une longue ligne estompée par la pluie. Il sourit en songeant au Canada, qui se trouvait bien au-delà de cette ligne, puis se mit à réfléchir.

36

Peter Sutcliffe se réveilla en sursaut. Un horrible bruit de sonnerie lui vrillait les tympans. Il demeura un moment immobile, les paupières clignotantes, à se demander ce qui lui arrivait et où il se trouvait. Il reconnut alors le décor familier du salon de la « Tombe d'Adonis ».

Il poussa un profond soupir, s'extirpa de son fauteuil, puis se dirigea vers le couloir. Un flot d'aveuglante lumière jaillit lorsqu'il ouvrit la porte. L'ombre qui se dressait devant lui était celle de Davis Norton, nimbé de lumière matinale, et accompagné du frais gazouillis des oiseaux dans les arbres environnants. En d'autres circonstances, il aurait eu l'impression d'avoir affaire à une créature céleste, mais la voix claire et concise du policier le ramena vite à la réalité.

— Monsieur Sutcliffe, dit le visiteur, je suis heureux de vous revoir, car on m'a dit que vous étiez parti pour l'étranger. J'osais à peine y croire, tant ce départ était soudain. Mais en voyant votre voiture, je suis allé tenter ma chance.

— Entrez, bredouilla l'aviateur, émergeant lentement de sa torpeur.

Dans le salon, le policier promena un regard intrigué sur l'oreiller qui garnissait le fauteuil, la bouteille vide sur la table basse, plusieurs paquets de cigarettes vides et un cendrier débordant de mégots.

— Nous venons de retrouver le Dr Jordan, déclara-t-il. Mort, dans un accident de voiture.

— Ah bon ? commenta Peter en se composant une mine étonnée. Et où ça ?

— Dans une carrière abandonnée, à cent miles d'ici. Il semble avoir perdu le contrôle de son véhicule dans un virage, non loin du bord de la carrière... C'est curieux, car personne n'est capable de dire ce qu'il faisait dans le secteur. C'est plus ou moins entre ici et Plymouth, mais pas en ligne directe.

Peter alluma machinalement une cigarette et suggéra :

— Peut-être allait-il rejoindre une maîtresse ?

— Oh non, cela m'étonnerait. Il était bel et bien parti à la recherche de sa femme, nous avons désormais toutes les raisons de le croire.

— Et cet accident remonte à combien de temps ?

— Environ deux semaines. Il s'est probablement produit la nuit qui a succédé à son dernier appel. Malgré l'état du véhicule, nous avons découvert que l'interrupteur des phares était poussé. Pour quitter la route comme il l'a fait, il devait sans doute ne pas bien voir son tracé ou s'être assoupi.

Le ton du policier se durcit ensuite.

— Mais en vérité, Mr Sutcliffe, ce n'est pas seulement de cela que je suis venu vous entretenir. Au fait, votre fiancée n'est pas là ?

— Non, articula péniblement le maître de maison.

— C'est peut-être mieux ainsi, car je crois que nous serons plus à l'aise pour parler...

— Elle est morte.

— Comment ? s'exclama l'inspecteur. Mais je ne le savais pas et...

— Elle s'est suicidée, il y a deux jours. La veille de notre départ pour le Canada...

— Pourquoi ne m'avez-vous pas prévenu ?

— Je viens de rentrer cette nuit-même de Portsmouth. Je n'ai pour ainsi dire pas dormi depuis. Les médecins pensaient pouvoir la sauver.

Peter déglutit plusieurs fois avant d'ajouter :

— Elle est partie quand même... Hier matin... Je suis encore en état de choc, inspecteur, comprenez-moi.

Un long silence s'établit, puis le policier demanda :

— Comment cela est-il arrivé ?

— Elle s'est tranché les veines, dans un moment de dépression... Vous savez qu'elle se faisait jadis soigner pour cela, n'est-ce pas ?

— Oui, bien sûr. Mais j'avais cru comprendre que ça allait bien mieux depuis qu'elle vous connaissait.

Peter se laissa tomber contre le dossier de son fauteuil en soupirant.

— C'est ce que je croyais aussi, mais à tort. J'avais bien remarqué qu'elle était un peu bizarre avant de se coucher, mais sans vraiment m'inquiéter. Nous étions alors dans notre chambre d'hôtel, et je dois dire que l'endroit est assez isolé et plutôt lugubre, mais tout de même... Après être sorti quelques minutes pour fumer une cigarette, je ne m'attendais vraiment pas à la voir ainsi, allongée sur le lit, le regard vague et les veines ouvertes. Je l'ai aussitôt amenée à l'hôpital, mais à quoi bon vous donner tous ces détails... Elle est morte, maintenant.

L'aviateur se tut. Le policier hocha plusieurs fois la tête, à la fois perplexe et compatissant.

— C'était justement d'elle que j'étais venu vous parler. D'elle et surtout de son ancienne amie, Mrs Debra Jordan, la femme du psychiatre qui a disparu depuis maintenant plus d'un mois.

Le policier qui avait pris place dans un fauteuil en face de son hôte, esquissa le geste de se lever.

— Mais nous pouvons en parler une autre fois, Mr Sutcliffe, si cela vous est encore trop pénible.

— Non, c'est pas la peine... Je me sens l'esprit si vide que je suis prêt à apprendre les pires nouvelles. Plus rien ne peut m'émouvoir désormais.

Le policier le dévisagea un long moment, puis demanda :

— Croyez-vous ? Alors soit... De toute manière, vous avez raison, il vaut mieux en finir. En fait, nous avons appris bien des choses entre-temps, par l'intermédiaire du Dr Kindley qui était, je vous le rappelle, l'employé du Dr Jordan, et bien plus que cela, son bras droit, et même son ami d'une certaine manière. Car il lui devait beaucoup, sur le plan professionnel, entre autres sa place de sous-directeur. En contrepartie, lui-même avait rendu un grand service au Dr Jordan, si l'on peut dire, et c'est de là que vient tout le problème. Car Kindley s'est tu, un long moment, avant de nous avouer un détail capital, une faute grave de sa part, qui est en fait le nœud de toute cette affaire. Mrs Debra Jordan, voyez-vous... Mais je crois que vous le savez déjà, n'est-ce pas ?

37

La pluie avait cessé de tomber. Après avoir détourné ses yeux de la côte de Portsmouth, scintillante dans la nuit comme une rivière de diamants sur un écrin de velours, Peter se tourna vers Debra endormie sur le lit, puis retourna dans le petit salon. Il s'installa dans le fauteuil et parcourut une fois de plus le journal de Violette. Cette différence d'encre ne cessait de l'intriguer. Celle des pages arrachées, surtout depuis qu'il avait pu la comparer avec l'autre, semblait vraiment très récente, au point qu'il se demandait comment il ne l'avait pas remarqué plus tôt.

Il demeura un long moment à l'examiner, à chercher une explication, mais en vain. Il finit par se coucher, en prenant soin de ne pas réveiller sa fiancée. Ne trouvant pas le sommeil, il finit par suivre le conseil qu'il avait lui-même donné à Debra. Il ne prit qu'un cachet de somnifère, car il lui fallait se lever de bonne heure et être en grande forme, si possible.

L'atmosphère semblait s'être curieusement modifiée. L'air paraissait plus lourd, plus dense, un peu comme celui qui régnait dans la véranda. Il s'endormit avec la vision d'une forêt de lianes mouvantes, qui tentaient frénétiquement de l'agripper, de s'enrouler autour de ses membres, de son corps, de pénétrer dans son esprit pour lui infuser leur venin...

Elles agissaient sans hâte, car lui-même se déplaçait mollement, lourd et terriblement maladroit ; elles se lovaient comme des serpents, se déployaient comme des tentacules, mais en guise de ventouses, elles étaient pourvues de fleurs... Les plus belles fleurs qu'on puisse imaginer. Elles présentaient des formes et des couleurs inconnues, exotiques et lascives, exhalaient un parfum si troublant qu'il vous paralysait l'esprit, la raison, ébranlait vos certitudes les mieux ancrées. Curieusement, certaines se mettaient à chanter, des chœurs de voix féminines, d'une harmonie parfaite. D'autres récitaient des poèmes, dont la profondeur des mots vous faisait vibrer l'âme, en véritables fleurs d'éloquence...

Comme une musique enchanteresse, plus puissante et plus insidieuse que le chant des sirènes... Leurs sonorités étaient douces comme la peau d'un enfant, soyeuses et souples comme celle d'une belle métisse, suaves comme le miel ou le parfum de la vanille. Elles réchauffaient le cœur, faisaient vibrer l'âme. Ces instants d'intense félicité furent soudain balayés par un souffle intense, une haleine brûlante comme le vent du désert. Peter eut une impression de chaleur si vive qu'il se réveilla, moite de sueur.

Immobile dans l'obscurité, il tentait de reprendre ses esprits, de chasser le souvenir de ce rêve étrange et pénible, mais la sensation de chaleur et d'étouffement persistait. Quelque chose le dérangeait, l'oppressait bizarrement...

Quelque chose qui se trouvait dans cette pièce...

Il prit conscience d'une présence toute proche. La nuit était si profonde qu'il ne distinguait pour ainsi dire rien dans la pièce, mais il était certain qu'il y avait quelqu'un debout devant lui... Il discerna vaguement une ombre, parfaitement immobile, découpée par la très faible clarté bleutée provenant de la fenêtre.

Elle le regardait fixement, il en était sûr, même s'il ne distinguait pas ses yeux. Une sueur glacée inondait son dos. Lorsqu'il songea au fantôme de Violette décrit par Debra, il crut voir ses yeux.

De grands yeux pâles luisant faiblement dans le noir...

Avec mille précautions, il tâtonna l'autre côté du lit, mais sans rencontrer le corps de Debra. Il se dit alors qu'il vivait la suite de son cauchemar, tout en étant persuadé du contraire.

Sentant son sang battre à ses tempes, il glissa sa main gauche du côté de la table de chevet, à la recherche de l'interrupteur. Tout son corps tremblait lorsqu'il le trouva, mais la peur qui le tenaillait alors n'était en rien comparable à celle qui l'agressa quand il eut fait la lumière.

Debra se tenait debout devant son lit, immobile et bizarrement souriante. Il y avait une expression réjouie dans ses yeux agrandis par la fixité de leur regard, et aussi par une indicible lueur, qui vous glaçait le sang.

Pétrifié, Peter aperçut alors le grand couteau de cuisine qu'elle tenait dans une main et qu'elle levait lentement...

38

Peter écrasa sa énième cigarette dans le cendrier en poussant un profond soupir, puis dit :

— Croyez-moi, monsieur l'inspecteur, j'étais alors si terrifié par cette vision, si paralysé, que je n'aurais même plus été en mesure de lever le petit doigt si elle s'était ruée sur moi à ce moment-là. Elle semblait pourtant sur le point de s'élancer. Mais elle ne l'a pas fait... Elle a laissé tomber le couteau qu'elle brandissait et s'est mise à pleurer, comme une hystérique...

» J'ai réussi à la calmer et nous avons pu parler, même un long moment. Je pensais que sa crise était passée et qu'elle avait repris suffisamment de forces pour pouvoir la laisser seule quelques instants, le temps d'alerter un médecin... Mais vous savez à présent le triste spectacle qui m'attendait lorsque je suis revenu. Le médecin qui s'est occupé d'elle, lorsqu'il a vu ses bras tailladés, espérait pouvoir la sauver. Mais il n'a rien pu faire. Elle n'a pas lutté. Elle ne nuira plus jamais à qui que ce soit.

— Vous savez donc tout ?

— Oui, tout. Nous avons eu le temps de discuter. Mais vous, inspecteur, comment avez-vous fait pour comprendre ? Entre autres qu'elle était Mrs Jordan ?

— D'abord, il y eut le témoignage tardif du docteur Kindley. L'absence prolongée de son patron l'avait tant inquiété qu'il avoua sans peine ce que le Dr Jordan lui-même m'avait soigneusement caché, à savoir que Debra Jordan avait été internée pendant cinq ans dans son propre établissement pour folie homicide. À l'âge de 17 ans, elle avait tué son père et deux petits enfants, à Bondleigh, ce village du Somerset où nous avions perdu sa trace. Jordan, tombé follement amoureux d'elle, avait soudoyé Kindley pour qu'il déclare officiellement avec lui, et avec une autre personne qualifiée qu'il avait également achetée, que Miss Debra Steel, de son nom de jeune fille, était désormais guérie du mal dont elle souffrait, ce mal qui l'a poussée à poignarder sauvagement son père dans son sommeil, au point qu'elle fut déclarée irresponsable de ses actes. Cela, dans le but de l'épouser, et c'est ce qu'il a fait la même année de sa prétendue guérison. Il y a donc deux ans.

L'inspecteur poursuivit avec un haussement d'épaules :

— Évidemment, il tenait à garder secret ce passé inquiétant, et à ce qu'elle ne rechute pas. Il redoutait cela lorsqu'elle s'est enfuie de chez elle, et l'on comprend qu'il se soit fait discret sur le sujet. Évoquer ce risque, c'était mettre sa compétence médicale en doute, ainsi que celle de son associé. Voilà donc pourquoi cet homme n'a eu de cesse de retrouver sa femme, au point de mener une enquête personnelle. Il l'aimait à la folie, pourrait-on dire, puisqu'il n'a pas hésité à l'épouser malgré sa maladie, mais il tenait aussi à éviter un nouveau drame. Je l'ai malheureusement appris assez tardivement.

» À peu près au même moment, un policier de la région m'a fait part d'une étrange coïncidence, à propos d'accidents survenus ici, à Madford, à des époques différentes, qui ressemblaient curieusement aux morts tragiques des deux enfants de Bondleigh. Je venais d'apprendre que ces dernières étaient le fait de la jeune

Debra Steel. Pouvant difficilement accepter cette coïncidence, nous avons approfondi nos recherches, et découvert qu'elle et son père avaient habité la « Tombe d'Adonis », deux ou trois ans, avant de quitter le village en 1957, donc la même année que ces deux autres accidents d'enfants. Elle n'avait alors que quinze ans, mais vu son déséquilibre profond, il est probable qu'elle fut responsable de la mort des enfants. Ne pouvant être à l'origine des trois drames survenus en 49, avant la fin tragique de Mrs Violette Gardner, elle en a vraisemblablement eu connaissance, puis agi par mimétisme. C'est assez courant, selon le Dr Kindley.

Un triste sourire arqua les lèvres de Peter.

— Je vous dirai quelques mots à ce sujet, inspecteur, mais continuez, je vous en prie.

— Oui, donc cela ne nous prouvait en somme qu'une chose, c'est que Mrs Jordan pouvait se révéler dangereuse à l'occasion. Le lien entre Deborah James et elle n'était toujours pas établi. Elles étaient simplement d'anciennes amies. Le fait que le Dr Jordan retrouve la piste de sa femme chez Miss James semble révélateur, mais il peut s'être trompé, étant donné que ladite Miss James, après entretien, affirme ne plus avoir entendu parler de son amie depuis des mois.

» En revanche, je ne pus accepter la coïncidence suivante : le fait que ladite Miss Deborah James ait déménagé ici, dans cette maison, une des anciennes adresses de Mrs Jordan. Cela, comprenez-vous, n'était pas acceptable. Il devait forcément y avoir anguille sous roche. Une simple enquête sur cette Miss James qui ne se montrait guère, et surtout un examen attentif de la photo de Mrs Jordan m'ont rapidement fait découvrir le pot aux roses. Mais peut-être ne saviez pas tout cela, Mr Sutcliffe ?

— Debra m'a tout dit l'autre soir, répondit prudemment Peter. Mais il serait bon que je revienne sur une autre personnalité marquante de cette affaire, qui est à l'origine de tout.

Durant près d'une heure, l'ancien aviateur évoqua le cas de Violette Gardner, en détail, ne cachant rien de ses crimes ni de ses trahisons conjugales, ni du talent diabolique de ses écrits.

— Debra, conclut-il, a eu le malheur de tomber sur ce journal intime et maudit, alors qu'elle n'était qu'une adolescente, une fille repliée sur elle-même, vivant seule avec son père, qui du reste était souvent en déplacement. Elle se complaisait dans cette solitude, et ne sortait guère de cette maison. C'était son univers et elle y était heureuse. Je pense qu'elle souffrait inconsciemment de l'absence de sa mère, mais des spécialistes tels que les docteurs Jordan ou Kindley sont certainement plus à même de nous éclairer sur cette question. La découverte du journal, dans les affaires du couple Gardner, qui étaient entassées dans deux pièces à l'étage, fut pour elle un grand événement, une sorte de phare qui a guidé ses pensées, un peu comme si l'esprit de Violette Gardner avait pallié l'absence de sa mère. Elle a fini par l'admirer, épouser ses goûts, sa passion pour les fleurs... mais aussi sa perversité.

» Ayant moi-même lu ce journal et frémi en parcourant ces lignes sataniques, je peux vous dire toute l'influence qu'il a pu avoir sur l'esprit fragile d'une adolescente livrée à elle-même sur le plan sentimental. Debra a évidemment fini par vouloir imiter son maître à penser, en commettant à son tour deux assassinats, deux petits bijoux, deux chefs-d'œuvre d'ingéniosité et de finesse, deux crimes d'enfant habilement maquillés en accident. La fine mouche qu'était Mrs Miller avait plus ou moins deviné ses actes, en la surprenant en train d'apprendre à sauter à la corde à une de ses futures victimes. Elle s'était tue, à l'époque, voulant sans doute lui laisser une chance pour ne pas gâcher irrémédiablement sa vie.

— Devons-nous également lui imputer l'assassinat de la vieille dame ?

— Oui... Debra m'a également avoué ce crime. Elle était certaine que Mrs Miller l'avait reconnue un jour où nous prenions le thé chez elle. Et si je me réfère à notre discussion et à certaines de ses réflexions, je crois bien que Debra ne s'était pas trompée. Elle l'a mortellement assommée au moyen d'une tuile, en la surprenant dans son sommeil, comme vous avez du reste fini par le déduire.

» Après avoir déménagé à Bondleigh, elle a récidivé comme vous le savez. Sûre d'elle, après deux essais victorieux, elle a même eu l'audace de reproduire un de ses anciens scénarios, ainsi que l'un de ceux mis en scène par Mrs Gardner.

— La chute « accidentelle » d'une échelle et la suggestion criminelle à un jeune baigneur de glisser ses brassières aux pieds.

— Oui. Mais pour son père, c'était différent. Elle l'aimait sincèrement et ne souhaitait pas sa mort. Il a cependant eu le tort de comprendre ce qu'il soupçonnait peut-être déjà par le passé. Debra ne voulait pas se faire soigner comme il le lui a suggéré.

— Et de colère, intervint le policier, elle l'a poignardé dans son sommeil de quarante-sept coups de couteau !

— Ce qui nous amène directement à l'asile psychiatrique du Dr Jordan. Elle avait accepté de l'épouser pour mettre un terme à son internement, et non par amour, évidemment. Ce fut alors pour elle comme une seconde prison, malgré l'extrême bienveillance de cet homme, qui l'avait également soignée lorsqu'elle eut provisoirement perdu la vue, alors qu'elle s'obstinait, depuis la fenêtre grillagée de sa chambre, à fixer la surface scintillante du petit étang au milieu du jardin de l'asile, à s'aveugler de ces reflets du soleil au point de finir par voir s'élever de grand cercles jaunes de la nappe d'eau... Des cercles jaunes comme les ceintures de cuir de la camisole de force qu'on lui passait lors de ses crises de démence... Même par la suite, elle voyait toujours en ces cercles comme des lassos lancés par son mari afin de la retenir prisonnière. Un beau jour, elle ne l'a plus supporté, elle est partie.

— Elle est également passée sur le cadavre de la vraie Miss James, pour cela ?

— Non. Elle avait simplement profité de l'occasion qui s'était offerte à elle.

Peter lui expliqua les circonstances du suicide de Deborah James.

— Je pense sincèrement qu'elle était en voie de guérison, poursuivit-il, la tête entre les mains. Tout ce serait bien passé, j'en suis sûr, si je ne m'étais pas obstiné à vouloir percer le mystère de Violette Gardner. Ayant lu et relu le journal, Debra savait à quoi s'en tenir sur sa fin, même si elle ne pouvait en connaître les circonstances exactes. Mais la découverte de son suicide mettait aussi en lumière sa folie, ses crimes, et partant, le risque de remonter jusqu'à ceux de Debra ! Il suffisait, par exemple, que je me renseigne précisément sur les anciens locataires de cette maison à l'époque de la deuxième vague d'accidents pour découvrir ce qu'elle s'était étrangement gardé de me signaler !

» Mon enquête représentait donc pour elle une menace constante, et c'est pour cela qu'elle a eu, très tôt, l'idée de recopier une partie des notes de la défunte, mais en les modifiant subtilement, en dissimulant la culpabilité de l'auteur afin de détourner les soupçons, de les rejeter sur le dos du mari, le principal suspect. J'ai eu le malheur de remarquer la qualité trop nette de l'encre de ces notes, et de lui en faire part. La peur que je ne découvre la vérité l'a comme électrisée, réveillant soudainement ses terribles instincts.

Un faible sourire éclaira le visage du policier.

— Vous avez eu beaucoup de chance de vous réveiller à temps ! Sinon, vous auriez terminé dans le même état que son pauvre père...

Peter Sutcliffe ne fit aucun commentaire, mais n'en pensait pas moins. La mort ? Il la connaissait bien. Ses ailes sombres l'avaient frôlé à maintes reprises. Elle finirait bien un jour par le rattraper. Il doutait que son cœur pût encore s'enflammer pour de nouvelles passions, quelles qu'elles fussent. L'essentiel de sa vie était derrière lui. La grande faucheuse lui aurait peut-être rendu service, l'autre nuit, en venant le surprendre en plein sommeil.

Un étau brûlant lui saisit la gorge. Les mots ne franchirent ses lèvres que difficilement, douloureusement :

— Debra aimait beaucoup cette maison, son seul et vrai foyer. Malgré sa mauvaise réputation, ses murs lui paraissaient réconfortants. C'était surtout la demeure de celle qu'elle admirait tant, et où elle avait sans doute passé le meilleur de son existence. C'est pour cela qu'elle était venue se réfugier ici, sans doute instinctivement, au terme de sa fuite éperdue... Je n'oublierai jamais le jour où je l'ai trouvée endormie sur les marches de la véranda. Elle était si belle, si fragile, jamais je n'aurais imaginé que...

— Vous n'avez vu que la belle face de cet ange noir...

— Debra n'était qu'une victime, croyez-moi. En arrivant ici, elle avait fait un rêve étrange, que j'avais interprété comme une apparition du fantôme de Violette. Je ne suis guère enclin à croire aux esprits, mais comme Debra était censée à mes yeux tout ignorer de cette maison et de la défunte, je ne pouvais interpréter d'une autre manière les détails si précis qu'elle put me fournir sur Mrs Gardner. Elle devait sans doute regretter par la suite l'aveu spontané de ce rêve, mais nous venions de nous rencontrer. La véritable coupable reste cette Violette Gardner, dont l'influence est encore sensible après sa mort. C'est elle qui a mis tout son talent à écrire ce texte diabolique, et à forger pour ainsi dire de toutes pièces l'âme criminelle de Debra.

— Mais ce journal, où était-il passé durant tout ce temps ? Debra l'avait-elle emporté avec elle ?

— Non, il était resté ici, quelque part dans les affaires des Gardner, échappant par je ne sais quel miracle à Ian Gardner qui s'était pourtant employé à effacer tout indice pouvant entacher le souvenir de Violette. Il était même allé jusqu'à effacer soigneusement les petites phrases équivoques qu'elle avait inscrites çà et là, comme celle que nous avons découverte derrière un portrait. Debra s'est empressée de récupérer ce cahier lorsque je me suis mis à sa recherche. Elle l'a ensuite caché à un endroit que j'avais déjà fouillé, mais sommairement, si bien que j'ai fini par mettre la main dessus lors d'une seconde fouille. J'aurais été grandement inspiré de ne pas le faire, croyez-moi ! Je ne parle pas seulement de ses conséquences, mais aussi de sa simple lecture...

Le policier pinça les lèvres, en signe de vague incompréhension, puis dit :

— J'ai vraiment du mal à croire qu'un simple texte puisse avoir un tel pouvoir de persuasion. Était-il réellement aussi nocif que vous le laissez supposer ?

Une expression de colère s'aviva dans le regard éteint de l'ancien pilote.

— Nocif ? Le mot ne paraît pas assez fort. Le Pr Simpson, qui n'avait pourtant pas lu ce journal, dit du style de Violette, en parlant de ses poésies les plus lumineuses, qu'on ne sortait pas indemne de ses lectures, qu'elles vous entraînaient irrémédiablement dans les sombres profondeurs de la pensée de l'auteur. On ne saurait vraiment mieux dire.

» Ce journal était un véritable appel au meurtre, écrit avec une finesse, un pouvoir de suggestion et un talent sans pareil. Tuer son prochain devenait chez elle le jeu le plus passionnant du monde. Elle avait l'art de lier le meilleur et le pire comme si c'était la chose la plus naturelle qui soit, présentait le Bien comme de succulents desserts, savoureux et sucrés à souhait, ceux dont raffolent tant les enfants, et le Mal comme la merveilleuse découverte de la saveur acide, celle dont on exigera toujours plus et dont on ne se passera plus jamais...

— Je vois, fit Davis Norton amusé. Mais à propos, où se trouve ce journal actuellement ?

Renversé contre le dossier de son fauteuil, Peter projeta un long filet de fumée vers le plafond.

— Dans la cheminée d'une chambre d'hôtel, sous forme de petit tas grisâtre.

— Vous l'avez brûlé ?

— Oui, il a fait suffisamment de dégâts comme ça. Ce fut un bel autodafé. J'ai pris une joie sadique à le voir partir en fumée ! Je puis vous le garantir, il ne contaminera plus personne.

— Qu'allez-vous faire, à présent, Mr Sutcliffe ?

— Franchement, je n'en ai aucune idée. Je ne vais pas faire de vieux os ici.

— Je vous demanderai cependant de ne pas quitter les lieux dans les prochains temps.

— À cause de... du...

— Du cadavre de Mr Jordan ? acheva le policier avec un regard impénétrable. Non, c'est un accident de voiture, l'enquête l'a établi.

Peter voulut protester, mais l'inspecteur l'arrêta d'un geste.

— Nous n'allons nous en tenir qu'aux choses essentielles dans cette affaire. Mais ne vous inquiétez pas. Vos états de faits durant la dernière guerre seront les garants de votre bonne foi. Votre participation dans la substitution d'identité de Deborah James me semble même trop bénigne pour être signalée. Enfin c'est à vous de voir...

Raccompagnant le policier jusque sur le pas de la porte, Peter songea une fois encore à Debra. Malgré sa folie, elle avait souvent fait preuve de beaucoup d'intelligence et de sang-froid, comme ce soir-là, lorsque son mari était venu se présenter à lui. Debra lui avait tout avoué, et il comprenait qu'elle s'était hâtée de faire taire définitivement ce témoin gênant. Peter se souvenait des mises en garde de l'homme, qui affirmait que la santé psychique de sa femme restait défaillante et dangereuse. Il ne l'avait bien sûr pas cru. Il lui avait alors fait ravaler chacune de ses paroles, jusqu'à ce qu'il tombe sur le sol, sans connaissance.

Alertée par les éclats de la querelle, Debra avait suivi la scène et leur courte lutte depuis le renfoncement sous l'escalier, puis attendu que Peter s'en aille la chercher dans le jardin. Elle avait alors parachevé son travail, en s'emparant du chérubin pour assommer l'homme déjà évanoui, mais de manière mortelle cette fois-ci.

L'ange de plâtre, lui, s'en était tiré avec une fissure

à sa base, qui résista jusqu'au moment où, quelques jours plus tard, Peter se cogna à la statue par maladresse. Le policier avait-il deviné le déroulement de ce drame, ou les croyait-il tous deux responsables ? Peter ne se posa pas longtemps la question, d'autant que la thèse de l'accident semblait lui convenir.

L'inspecteur le quitta en échangeant une franche poignée de mains et en lui souhaitant bonne chance.

Épilogue

Après le départ du policier, Peter gagna la salle de bain et se fit couler un bain chaud. Il se rasa également de frais. Il se sentit alors plus détendu. Il revêtit un pantalon de toile et monta à l'étage pour aller chercher une des chemises empilées dans la chambre de Violette.

Entrant dans la pièce récemment débarrassée de toutes ses fleurs, il arrêta son regard sur le portait de la défunte. Il lui jeta comme un air de défi, triomphant et ironique. S'emparant du cadre et le retournant, il relut l'inscription jadis tracée par Violette : « *Quand le mal est ensemencé dans un endroit, il ne manque pas de fleurir...* », puis il sourit, songeant que désormais, elle ne nuirait plus à personne. Dès qu'il en aurait le temps, il ferait disparaître tous ces objets, comme il avait brûlé son journal.

Violette semblait pourtant si jolie, avec son sourire mystérieux, sa beauté si fascinante qu'elle pouvait faire douter de sa culpabilité. Peter se dit alors qu'elle n'était peut-être elle aussi qu'une victime, le simple jouet des puissances de l'ombre.

Quoi qu'il en fût, elle avait désormais cessé de répandre son venin. Elle et toutes ses petites protégées dans le jardin. Il avait fait disparaître à jamais les belles lettres de cette dangereuse Sapho comme il ferait raser le massif fleuri, détruisant ainsi sa puissance démoniaque, le recouvrant de sel, le rasant comme Rome l'avait fait de Carthage. Rien, il ne resterait plus rien de ses sournois maléfices ! On oublierait même jusqu'à leur souvenir.

Comme il n'était que 16 heures, il décida de faire une promenade pour se détendre. Il musarda dans le village désert, marcha au hasard et finit par gagner les bois. Au hasard ? Il ne l'aurait pas juré sous serment, mais son esprit était trop préoccupé pour réfléchir à ce qu'il faisait, obnubilé à chasser le souvenir du visage de Violette qui lui semblait toujours si séduisant, si vivant. Il avait même cru un moment voir ses lèvres remuer sur la photo et entendre le murmure de sa voix, une fraîche musique comme ces gazouillis qui peuplaient les bois.

Arrivé aux abords du lac, il vit une silhouette allongée sur une couverture en train de profiter des derniers rayons de soleil. Il fit craquer une branche sous ses pas. La personne se redressa et il aperçut, comme il s'y attendait, la gracieuse Kathleen Marshall, vêtue de son maillot de bain deux-pièces si adorable. Agréablement surprise, elle lui fit de grands signes.

Après s'être assuré d'un regard circulaire qu'il n'y avait pas âme qui vive alentour, Peter eut un sourire d'étrange satisfaction. Alors, comme le lui conseillait une petite voix dans sa tête, il alla rejoindre la jeune fille.

Achevé d'imprimer en août 2002
sur presse Cameron
par ***Bussière Camedan Imprimeries***
à Saint-Amand-Montrond (Cher)

52/6196/1

ISBN 2-7024-8001-2

Dépôt légal : août 2002.
N° d'Édition : 24381. – N° d'Impression : 023591/4.

Imprimé en France